Sigrid Ramge

Das Riesling-Ritual

Sigrid Ramge

Das Riesling-Ritual

Ein Baden-Württemberg-Krimi

Sigrid Ramge, geboren in Bad Köstritz in Thüringen, studierte Musik, später Gartenarchitektur. Sie ist seit über dreißig Jahren in Stuttgart zu Hause. Neben mehreren Büchern sind von ihr Kurzkrimis in verschiedenen Anthologien erschienen. Sigrid Ramge leitete zehn Jahre lang die Schreibwerkstatt an der Universität Stuttgart/Studium Generale. Sie ist Mitglied des Schriftstellerverbandes Baden-Württemberg. Von Sigrid Ramge sind im Silberburg-Verlag bereits die Stuttgart-Krimis »Tod im Trollinger«, »Cannstatter Zuckerle« und »Lemberger Leiche« erschienen.

Weitere Informationen im Internet:
www.sigrid-ramge.de

1. Auflage 2014

Umschlaggestaltung: Christoph Wöhler, Tübingen.
Coverfoto: © zoom-zoom – iStockphoto.
Druck: CPI books, Leck.
Printed in Germany.

ISBN 978-3-8425-1318-1

Besuchen Sie uns im Internet
und entdecken Sie die Vielfalt unseres Verlagsprogramms:
www.silberburg.de

Prolog

Stuttgarter Weindorf

Die Eröffnungsfeier des 35. Stuttgarter Weindorfs verzögerte sich. Das lag nicht nur an dem Gewitterschauer, der die Gäste im Innenhof des Alten Schlosses unter die Arkaden drängte, sondern auch an Stuttgart 21. Vor den Absperrgittern im Hof und den Toren des Schlosses standen Projektgegner, die mit Plakaten und lautstarken Chören »Schuster weg!« und »Oben bleiben!« verlangten. Halb so schlimm eigentlich, denn vor einem Jahr hatten hier wesentlich mehr Demonstranten protestiert. Damals hatten Abrissbagger zeitgleich und gierig damit begonnen, den Nordflügel des Hauptbahnhofes bis auf die Fundamente abzunagen. Am Tag der diesjährigen Eröffnungsfeier fanden zwar keine Abriss-Aktionen statt, aber vorsichtshalber hatte der Veranstalter Sicherheitskräfte und Polizisten vor Ort gestellt. Derartig bewacht, konnte die schwäbisch-stimmungsvolle Feier mit nur einer Stunde Verspätung beginnen.

Zwischen den Ehrengästen saß ein Herr, seines Zeichens mittelhoher Beamter des Ministeriums für Ländlichen Raum und von Beruf Weinbauingenieur. Gemeinsam mit seiner Gattin lauschte er den Reden des Innenministers und Oberbürgermeisters, die leider teilweise in den Pfiffen der Demonstranten untergingen. Die Gattin begann verschämt durch die Nasenlöcher zu gähnen. Da man aber im Schlosshof sehr gemütlich saß, der Regenschauer überstanden war und die Sonne wieder lachte, der württembergische Wein nicht ausging und dazu allerlei gute Häppchen angeboten wurden, schwanden die Stunden rasch und angenehm dahin.

Die Feier ging friedlich zu Ende, und die geladenen Gäste huschten durch den Hinterausgang, um sich nicht an den Stuttgart-21-Gegnern zu reiben. Obwohl der stattliche Weinbaubeamte und seine kleine mollige Gattin nicht mehr zu den Jüngsten gehörten, hatten sie bis zum Schluss durchgehalten. Untergehakt und gut gelaunt machten sie sich eine Stunde vor Mitternacht auf den Heimweg.

Es gelang ihnen, ohne wesentlich zu wanken, den Schillerplatz zu überqueren, der vor Leuten wimmelte, da die Weinlaubenwirte Feierabend machten. Vom Menschenstrom mitgezogen, passierte das Ehepaar das Nadelöhr der Schiller-Passage und strebte zur U-Bahn-Haltestelle am Schlossplatz. Im Untergrund auf dem Hochbahnsteig herrschte enormes Gedränge – und deswegen war nicht gleich festzustellen, weshalb die Gattin des Weinbauingenieurs auf die Gleise stürzte. Zwar konnte die U 15 rechtzeitig bremsen, aber der Notarzt diagnostizierte einen tödlichen Genickbruch.

Noch bevor die Polizei eintraf, brach der Herr Weinbauingenieur zusammen und wurde mit Verdacht auf Schlaganfall unverzüglich ins Robert-Bosch-Krankenhaus gebracht.

Kriminalhauptkommissar Schmoll vom Stuttgarter Morddezernat leitete vor Ort die ersten Ermittlungen. Leider ergaben sich dabei keine Aufschlüsse über den Ablauf des Unglücks.

Sobald der schlaganfallgeschädigte Weinbauingenieur vernehmungsfähig war, suchte ihn Schmoll im Krankenhaus auf. Der Patient war zwar durch eine linksseitige Lähmung behindert, aber sein Kopf hatte offenbar keinen Schaden genommen. Der Schmerz um seine Frau schien weniger groß zu sein als die Sorgen, die er sich um seinen Hund machte. Nachdem der Kranke von dem liebenswürdigen goldbraunen Labrador erzählt hatte, nahm er einen Anruf seiner Sekretärin entgegen. Er erfuhr, dass sie den Zweitschlüssel zu seinem Haus in der Schreibtischschublade seines Büros gefunden und, wie gestern telefonisch besprochen, den Hund abgeholt und bei sich aufgenommen habe. Auf diese Nachricht hin lebte der Herr Weinbauingenieur sichtlich auf und beantwortete bereitwillig Schmolls Fragen. Er beteuerte, seine Frau sei auf die Gleise gestürzt, weil sie ein Mann mutwillig angerempelt habe.

»Ein junger Mann mit langen dunklen Haaren und einem Wangenbart. Er ist weggelaufen und die Treppe zum Ausgang hinaufgerannt.«

Durch diese Aussagen wurde von der Staatsanwaltschaft das Todesermittlungsverfahren zu einem Strafverfahren mit Tötungsdelikt umgewandelt.

Dem Presseaufruf mit der Bitte an Zeugen, sich zu melden, kamen nur wenige Leute nach. Alle hatten die Frau auf den Gleisen liegen sehen, wussten aber nicht, wie sie dahin gekommen war. Den Mann auf dem Phantombild, das nach Angaben des Witwers angefertigt worden war, wollte zwar der eine oder andere gesehen haben, aber niemand kannte ihn. Schmoll kam zu dem Schluss, dass am ersten Tag des Weindorfes keiner auf dem überfüllten Bahnsteig nüchtern genug gewesen war, um irgendetwas genau wahrzunehmen.

Als nach mehreren Wochen kein Tatverdächtiger im Zusammenhang mit dem tödlichen Sturz an der Straßenbahnhaltestelle ermittelt werden konnte, wurde das Verfahren eingestellt.

Eins

Weihnachtlicher Dienstausklang

Im Morddezernat des Stuttgarter Polizeipräsidiums verlief der Vormittag des Heiligen Abends ruhig. Es gab keinen akuten Fall, der Hauptkommissar Peter Schmolls Team aus der wohlverdienten Ruhe hätte aufscheuchen können. Kurz vor Feierabend saßen sie im Chefbüro beim Kaffee und naschten aus einer altmodischen Riesendose von den zwölferlei selbstgebackenen Weihnachtsguatsle, die Kommissar Katz' Großmutter spendiert hatte. Die junge Kommissarin Irma Eichhorn, die aus Norddeutschland stammte, hatte sich in den drei Jahren, die sie zum Morddezernat gehörte, so gut bei den Schwaben eingewöhnt, dass ihr das Wort Guatsle, wie man hier die Plätzchen nennt, so auf der Zunge zerging wie die Guatsle selbst. Mit vollen Backen blickte sie aus dem Fenster über die kahlen Weinberge hinunter auf Feuerbachs verkehrsreichste Kreuzung, den Pragsattel.

»Es nieselt immer noch«, sagte Irma. »Wer in den Schwarzwald zum Wintersport will, hat Pech gehabt.«

»I ben froh, dass koin Schnee liegt«, sagte Katz. Er biss einem Zimtstern die Zacken ab, streckte seine dünnen Beine von sich und zupfte nachdenklich an seinem Lippenbärtchen. »Da ka mei Oma wenigschtens net ins Rutsche komma. Mit vierondachtzig sollt mr sich net die Knocha brecha.«

»Aber Guatsle kann sie backen wie ein Weltmeister«, sagte Hauptkommissar Schmoll und streichelte sein Feinkostgewölbe, das den Pullover ausbeulte.

Der Bauch passte zu seiner Statur, die alle seine Mitarbeiter klein aussehen ließ. Während er nun ebenfalls ins regnerische Treiben vor dem Fenster sah, verwandelte sich seine Stirn samt Glatze in Wellblech.

Er griff geistesabwesend in die Guatsledose, steckte sich ein zuckergussüberzogenes Lebkuchenherz zwischen die kräftigen Zähne und nuschelte: »In der Zeitung steht, wir hätten bisher den fünftwärmsten Winter seit den Wetteraufzeichnungen von 1881!«

Irma entgegnete: »Aber der Wind bringt es seit ein paar Tagen auf Orkanstärke. Ich komme mir vor wie in Norddeutschland. Meine Mutter behauptete gestern am Telefon, man wird in Hamburg fast von der Straße geweht.«

»Ich denk, die Mama wohnt in Itzehoe?« Schmoll sagte wie immer »Itzehö«.

Irma hatte es sich längst abgewöhnt, ihn zu korrigieren, gab ihm aber die gewünschte Auskunft: »Meine Mam feiert Weihnachten mit dem galanten Kai-Friedrich aus Hamburg, von dem ich euch erzählt habe. Er ist immer noch ihr Favorit. Ich bin froh, dass sie so etwas Solides gefunden hat.«

»Solid und guet bei Kass«, ergänzte Katz und verdrehte seine treuherzigen braunen Dackelaugen vielsagend zur Decke.

Irma zuckte mit den Schultern, warf ihre rotbraune Lockenmähne in den Nacken und sagte grinsend: »Jedenfalls ist er kein sparsamer Schwabe.«

»Das saß«, sagte Schmoll und warf bedächtig vier Stück Würfelzucker in seinen Kaffee.

Er kannte zwar diesen soliden Kai-Friedrich nicht, aber er und auch Katz kannten Mama Eichhorn von einem gemeinsamen Ausflug auf den Feuerbacher Lemberg. Bei dieser Wanderung waren sie über eine Leiche gestolpert, die die Mordkommission in Atem gehalten hatte.

Eine halbe Stunde später wünschten sich Schmoll, Katz und Irma schöne Weihnachten und machten sich auf den Heimweg.

Irma freute sich auf ihren Freund Leo, Katz auf seine Freundin Ina, mit der er bei seiner Oma feiern würde. Schmoll schob freiwillig Bereitschaftsdienst, weil er niemanden hatte, mit dem er feiern konnte. Es war das dritte Weihnachten, das er ohne Karin, die ihm kurz vor der Silberhochzeit davongelaufen war, verbringen musste.

Zwei

Turtelurlaub und Mama Eichhorn

Für Irma war das Jahr 2011 turbulent gewesen. Erst hatte sie der Mord am Feuerbacher Lemberg in Atem gehalten, und als der endlich aufgeklärt war, folgten sofort anstrengende Tag- und Nachtschichten wegen weiterer schwieriger Fälle. Außerdem musste sie ihr Privatleben neu gestalten. Ihr Freund Leo hatte seinen Job als Fitnesstrainer aufgegeben und seinen Wohnsitz von Mallorca zurück nach Stuttgart verlegt. Seitdem unterrichtete er an der Bismarckschule in Feuerbach Sport und Geschichte. Obwohl Irma sich danach gesehnt hatte, Leo in der Nähe zu haben, war der Schritt aus ihrem gewohnten Single-Leben in die Zweisamkeit nicht einfach gewesen. Leo war im Herbst bei Irma in der Thomastraße eingezogen. Irmas Wunschvorstellung von einer größeren gemeinsamen Behausung ließ auf sich warten. Trotz aller Liebe wurde es in ihrer kleinen Wohnung ziemlich eng. Im Gegensatz zu Irma gefiel Leo das, jedenfalls machte er keine ernsthaften Versuche, für sie beide eine größere Wohnung zu finden.

»Nächstes Jahr«, sagte er fast jeden Abend zu Irma und verteilte zwischen jedem Wort kleine Tupferküsse auf die Sommersprossen in ihrem Gesicht, »nächstes Jahr suchen wir uns eine Wohnung zwischen den Weinbergen in Halbhöhenlage und gucken jeden Abend runter auf die Lichter Stuttgarts oder in den Sternenhimmel. Und zwischendurch …«

Irma entließ einen Glücksseufzer und genoss seine Liebkosungen. Im Bett war der Platzmangel in der Wohnung kein Problem.

In den letzten Tagen des alten Jahres verlebten sie gemeinsame Urlaubstage. Weder Irma noch Leo hatten ihre Ferien je daheim verbracht. Nun machten sie die arbeitsfreien Tage zu Flitterwochen. Sie kamen morgens nicht aus den Federn, bekochten sich gegenseitig und machten weite Spaziergänge, die bei dem sonnigen Wetter vermehrt Frühlingsgefühle auslösten. Eifrig erkundeten sie die Gegend um Stuttgart und nebenher sich gegenseitig. Sie wanderten von Schloss Solitude zum Bärenschlössle und über den Feuerbacher Höhenweg zum Kotzenloch, in dem voriges Jahr die »Lemberger Leiche« gelegen hatte.

An einem Vormittag, an dem ein blauer Himmel und eine strahlende Sonne den Dezember verspotteten, entschlossen sie sich zu einem Ganztagsausflug. Zuerst fuhren sie mit der Straßenbahn quer durch Stuttgart nach Obertürkheim. Dort begann der Weinwanderweg durch die schönsten Reblagen Stuttgarts, der hinauf nach Uhlbach führte.

Auf halber Strecke überholte sie ein schnittiger Sportwagen, der ihnen schon in Obertürkheim aufgefallen war, wo er vor einem Appartementhaus gestanden hatte.

»Ein echter Porsche«, sagte Leo ehrfurchtsvoll, während der knallrote Flitzer in unerlaubt flottem Tempo die nächste Kurve nahm.

»Nur kein Neid«, sagte Irma, die mit Autos nicht viel am Hut hatte. »Ich verstehe nicht, wieso jemand bei so schönem Wetter in einem Luxusschlitten spazieren fährt, anstatt zu wandern.«

Leo grinste und legte einen Schritt zu: »Vielleicht sind die beiden, die in dem Flitzer saßen, nicht so fit wie wir!«

»So stolz, wie die ihr Köpfchen gehalten hat, damit ihr Kopftuch malerisch im Fahrtwind flattern konnte, sah sie nicht aus, als ob sie gehbehindert wäre – und der Kerl mit seiner affigen Rennfahrermütze auch nicht.«

»Vielleicht hat er eine Glatze und friert ohne Mütze«, schlug Leo vor.

»Kann sein.«

Nach einer Stunde kamen sie in Uhlbach an. Vor dem Gasthaus »Beim Hasenwirt« stand der rote Porsche.

Leo studierte die ausgehängte Speisekarte und sagte: »Wenn wir uns schon keinen Porsche leisten können, so haben wir doch immerhin genug Knete, um hier einzukehren.«

Im Gastraum entdeckte Irma an einem Tisch in einer hinteren Ecke den Porschefahrer. Ohne seine Rennfahrermütze sah er mit seinen kurzen Locken und dem griechischen Profil unglaublich gut aus. Die Frau hatte das Kopftuch abgelegt und offensichtlich nach der flotten Fahrt schon ihr Make-up und ihre halblangen, glatten, blonden Haare in Ordnung gebracht.

Als die zwei später Händchen haltend zum Ausgang gingen, stellte Leo fest: »Die beiden passen zu ihrem Porsche!«

Nach einem prüfenden Blick auf die beiden entgegnete Irma: »Sie ist mindestens fünfzehn Jahre älter als ihr Beau.«

Irma und Leo gönnten sich eine deftige Maultaschenmahlzeit und tranken dazu eine ganze Flasche Rotenberger Schlossberg. Eingestimmt und beschwingt vom Wein beschlossen sie, das Uhlbacher Weinbaumuseum zu besichtigen, und bestaunten eine Stunde lang die Ausstellung über 2000 Jahre Weinbaugeschichte. Danach ging es weiter über Serpentinenwege zwischen den Rebenreihen hinauf zum Württemberg. Die Weinstöcke hielten Winterschlaf. Ihre knorrigen Stämme regten Irmas Fantasie an.

»Sie stehen in Reih und Glied wie verhutzelte Soldaten, die gern losmarschieren würden, wenn sie nicht angebunden wären!«

Endlich erreichten sie das Weindorf Rotenberg. Seit Irma das erste Mal vor zwei Jahren die Grabkapelle mit der grünschimmernden Kuppel von weitem inmitten der Weinberge gesehen und ihr Schmoll von der Zarentochter Katharina erzählt hatte, nannte Irma dieses Tempelchen den schwäbischen Tadsch Mahal. Nun stand sie endlich davor, und die Kapelle erschien ihr aus der Nähe genauso märchenhaft wie aus der Ferne.

Nachdem sie und Leo die Freitreppe emporgestiegen waren, umrundeten sie das Gebäude. Bei dem Rundumblick auf Stuttgart und das Neckartal blieb ihnen buchstäblich die Luft weg.

Als sie später die Kapelle betreten wollten, stand der Porschefahrer vor dem Portal.

Seine Beifahrerin trat mit dem Fotoapparat zurück, zeigte affektiert auf die goldenen Lettern über dem Portal und las theatralisch die Inschrift: »Die Liebe höret nimmer auf.«

Nachdem sie den Schönen oft genug abgelichtet hatte, küsste sie ihn und hakte sich besitzergreifend bei ihm ein. Irma und Leo sahen ihnen nach, wie sie die Freitreppe hinunterschritten.

»Ein Porsche fahrendes Zarenpaar«, sagte Irma kichernd.

Als sie den Kuppelsaal der Kapelle betraten, sagte Irma begeistert: »Wie das Pantheon in Rom!«

Der Satz schwebte in die Kuppel und hallte dort feierlich nach. Die Akustik war so prägnant, dass Irma und Leo nur noch flüsterten, um die Zarentochter Katharina und ihren Gemahl König Wilhelm I., der ihr diese Kapelle auf dem Württemberg als ewigen Liebesbeweis hatte errichten lassen, nicht zu stören.

Dann war es Zeit, den Heimweg anzutreten. Sie marschierten durch Obstgärten und Weinberge über den Kappelberg nach Fellbach hinunter. Als sie dort ankamen, war es dunkel und sie fuhren mit der Straßenbahn nach Hause.

* * *

Leider ging Irmas und Leos Turtelurlaub abrupt zu Ende. Am vorletzten Tag des alten Jahres erhielt Irma die Nachricht, dass ihre Mutter gestürzt sei und im Hamburger Marienkrankenhaus läge.

Im Morgengrauen des Silvestertags rollte Irma im ICE gen Norden. Da sie keine Platzkarte mehr bekommen hatte, trat sie stundenlang von einem müden Bein auf das andere und hockte sich schließlich zu einer Jugendgruppe im Gang auf den Boden. Die Zeit vertröpfelte langsam und zäh, und Irma dachte wehmütig an die wanderfrohen Tage und wünschte sich sehnlichst in Leos Arme zurück.

Jedenfalls kam sie noch im Jahr 2011 in der orthopädischen Abteilung des Marienkrankenhauses an. Mama Eichhorn fand Irmas Blitzbesuch von Stuttgart nach Hamburg ganz selbstverständlich. Irma hielt Händchen, ließ sich geduldig alle blauen Flecken zeigen und spendete Trost, so gut sie konnte. Der Stationsarzt hatte ihr bereits gesagt, ihre Mutter habe sich bei dem Sturz mehrere Risse in der linken Hüftpfanne zugezogen. Eine Operation wäre nur zu umgehen, wenn das Bein mindestens ein Vierteljahr nicht belastet würde. Das heiße Rollstuhl und für kleine Wege Gehhilfen.

Da Mama Eichhorn nie ernsthaft krank gewesen war und außer bei einer Blinddarmoperation vor mindestens zwanzig Jahren nie im Krankenhaus gelegen hatte, empfand sie ihre Situation als hochgradig unerträglich und ungerecht. Sie stöhnte, drückte die Augen zu und den Kopf ins Kissen.

»Meine Güte, min Deern, Risse in der Hüftpfanne! Ich wusste ja nicht mal, dass ich so eine Pfanne habe. Und nun muss ich wegen diesem dämlichen Ding drei Monate im Rollstuhl sitzen!«

»Der Arzt sagt«, erklärte Irma, »wenn du das Bein belastest, drücke der Oberschenkel in deine angeknackste Pfanne und sie bricht ganz durch.«

»Bricht durch – Gottogott! So ein Gedöns aber auch!«, flüsterte Mama.

»Also, Mam, willst du nun eine aufwendige Operation auf dich nehmen oder mal eine Weile im Rollstuhl sitzen? Kai-Friedrich wird dich sicher gern spazieren fahren. Wo ist er überhaupt? War er bei dem Unfall dabei? Wie ist das denn eigentlich passiert?«

An dieser Stelle wurde Mama Eichhorns Nasenspitze so weiß wie ihr Kopfkissen.

Und während sie von der Katastrophe, wie sie es nannte, berichtete, machte sie lange Pausen und heulte wie ein Schlosshund. Mit Katastrophe meinte sie nicht etwa den Sturz und den Knochenbruch, vielmehr die Trennung von Kai-Friedrich.

Irma wusste, dass Kai-Friedrich Jansen ihrer lebenslustigen, leider leicht kleptomanisch veranlagten Mutter schon vieles verziehen hatte. Er war immer nobel gewesen, weil er in diese quirlige Frau, mit der man viel Spaß haben konnte, bis über seine fast siebzigjährigen Ohren verliebt war. Er hatte ihr sogar vergeben, dass sie voriges Jahr im Casino in Baden-Baden sein Geld verzockt hatte. Geld, das sie ihm überdies vorher geklaut hatte. Diesmal schien das Maß voll gewesen zu sein.

Mama Eichhorn lehnte ihren Kopf mit der wuscheligen Kurzhaarfrisur, deren Tizianrot sich malerisch von dem weißen Kissen abhob, gegen das hochgestellte Kopfteil ihres Krankenbettes und erzählte teils salbungsvoll, teils grimmig von dem Tag, an dem sich die Katastrophe ereignet hatte: Sie habe mit ihrem Kai-Friedrich in dessen Wohnung an der Elbchaussee ein sehr harmonisches, mit Liebe und Zukunftsplänen angereichertes Weihnachten gefeiert. Das milde Wetter, das auch in Hamburg die Schneeglöckchen aus der Erde trieb, war zwar von einigen Sturmtiefs begleitet, aber sowohl für kuschelige Stunden vor dem Kamin wie auch für gemeinsame Spaziergänge am Elbufer geeignet gewesen. Die glückliche Zweisamkeit sollte bis über Silvester fortgesetzt werden.

Doch zwei Tage vor diesem schicksalsträchtigen Silvestertag war Frau Eichhorn eingefallen, dass sie für die Silvesterfeier, zu der sie Kai-Friedrich in ein vornehmes Restaurant am Elbufer ausführen wollte, nichts Geeignetes anzuziehen hatte.

»Das verstehst du doch sicher, Irma: in ein Gourmet-Restaurant, wo vor der Panoramascheibe Kreuzfahrtriesen und historische Museumsschiffe auf der Elbe vorbeiziehen, wo lukullisch gespeist wird, später getanzt und um Mitternacht alle Gäste gemeinsam von der Terrasse aus dem Feuerwerk zuschauen – da muss man doch elegant sein!«

Mama Eichhorn war aus der Puste gekommen, doch ihre Augen hatten bei dieser Rückblende ihren Glanz zurückbekommen. Die hübschen grünen Augen mit den goldenen Pünktchen, die Irma geerbt hatte, funkelten in Gedanken an das verpasste Feuerwerk.

Doch Irma ließ sich nicht vom Thema ablenken und verlangte: »Komm zur Sache, Mam! Was ist passiert?«

Mama würgte einen Schluchzer runter, wobei ihre Augen an Glanz verloren, und nun erfuhr Irma, wie Kai-Friedrich mit seinem Helgahäschen zu Hamburgs gehobener Einkaufsmeile in die Möckebergstraße, die »Mö«, geeilt war, wo sie sich von internationalen Top-Marken hatten inspirieren lassen. Nachdem Dutzende festliche Kleider, Röcke und Blusen anprobiert worden waren, entschied sich Kai-Friedrich für einen sündhaft teuren Hosenanzug. Eine Bluse, die dazu passen würde, so versicherte Helga, besäße sie bereits. Während Kai-Friedrich bezahlte, verdrückte sich Helga Richtung Rolltreppe. Bevor sie diese jedoch erreicht hatte, wurde sie von einem gutaussehenden Herrn aufgehalten – der sich als Kaufhausdetektiv entpuppte.

Es gab keinen Zweifel: Helga Eichhorn hatte einen kleptomanischen Rückfall erlitten, und es nützte ihr nichts, zu beteuern, die Bluse, die sie unter ihrem Pulli trug, sei nach der Anprobe rein aus Vergesslichkeit dort zurückgeblieben.

Als Kai-Friedrich dazukam, rannte Helga in Panik davon, sprang auf die Rolltreppe, stürzte und blieb liegen, als die rollenden Stufen sie in der nächstunteren Etage heruntergeschoben hatten. Ein Loch im Kopf, ein Dutzend gut verteilte Blutergüsse und, wie sich später im Krankenhaus herausstellte, eine zerbrochene Hüftpfanne hatten Frau Eichhorns körperliche und kleptomanische Aktivität lahmgelegt. Die Ursache, die dazu geführt hatte, hatte wiederum Kai-Friedrichs Geduld lahmgelegt. Er hatte noch für Schadensbegrenzung und Krankentransport gesorgt und sich seither nie wieder bei Helga blicken lassen.

An diesem Punkt ihrer Beichte angelangt, stellte Mama Irma vor die Alternative: »Entweder, min lütt Deern, bleibst du hier in Hamburg, bis ich wieder aufn Damm bin, oder ich komm zu dir nach Stuttgart.«

Irma mietete sich ein Hotelzimmer in der Nähe des Krankenhauses. Als sie dort endlich zur Ruhe kam, überdachte sie Mamas Aussage: »Ich komme zu dir nach Stuttgart.«

Da Irma wusste, dass ihre Mutter hartnäckig durchsetzte, was sie sich vorgenommen hatte, wurde ihr bei dem Gedanken ziemlich unbehaglich. Sie nahm sich vor, noch ein, zwei Tage in Hamburg zu bleiben, und hoffte, in dieser Zeit ihrer Mutter diesen Plan ausreden zu können.

Auf ihrem Handy hatten sich Leos SMS angesammelt, und obwohl Irma todmüde war, rief sie ihn endlich zurück. Er saß bereits zusammen mit Steffen und Ina beim Silvesteressen in Oma Katz' Wohnstube. Irma beneidete Leo, der sich bei der urigen Oma mit schwäbischen Köstlichkeiten vollstopfen konnte und einen lustigen Abend haben würde. Später würde er zusammen mit Steffen noch eine Runde mit Omas Mixmops Nutella drehen und nach Mitternacht würde Leo leicht beschwipst mit dem Nachtbus nach Hause fahren.

Irma erzählte Leo rasch vom Stand der Dinge, und dass sie frühestens am dritten Januar zurückkäme. Katz solle Schmoll Bescheid geben, dass sie mit Verspätung im Präsidium erscheinen würde. Von Mamas Drang, zu ihr nach Stuttgart zu kommen, erzählte Irma noch nichts.

Vor dem Hotelfenster tobte das Feuerwerk der Silvesternacht und raubte Irma bis gegen zwei Uhr früh den Schlaf. Als sie am Neujahrstag erwachte, brummte ihr Kopf, als hätte sie die Nacht durchgefeiert.

Während sie frühstückte und der Kaffee ihre Lebensgeister weckte, rief Leo an. Er erzählte von seinem fröhlichen Rutsch nach 2012 und wünschte ihr ein glückliches neues Jahr.

Bevor Irma gegen Mittag ins Marienkrankenhaus ging, rief sie noch Helene an. Helene Ranberg war Irmas beste Freundin, obwohl sie dreißig Jahre älter war als sie. Irma hatte Helene bei ihrem ersten Fall, den sie in Stuttgart mit Schmolls Team gelöst hatte, kennengelernt.

Helene, die Mutter des damaligen Mordopfers, hatte es Irma nicht vergessen, wie sie ihr beigestanden hatte, über den Verlust des einzigen Sohnes hinwegzukommen. Seither betrachtete Helene Irma wie ihre Tochter und zeigte großes Interesse an ihrer Arbeit. Obwohl Irma die wissbegierige Helene nur teilweise in ihre Ermittlungen einweihen durfte, hatte sich die pfiffige alte Dame schon ein paar Mal als Miss Marple bewährt.

Irma begann mit Neujahrswünschen. Als die getauscht waren, hatte Helene schon herausgehört, dass Irma irgendwo der Schuh drückte, und sie fragte, wo es brenne. Irma war froh, mit Helene über ihre Mutter sprechen zu können.

Abschließend sagte sie: »Stell dir vor, Helene, nach all dem Mist, den sie gebaut hat, sagte Mam zu mir: ›Entweder du bleibst bei mir oder ich komme zu dir nach Stuttgart!‹«

In der Leitung wurde es still und Irma spürte, wie Helene nachdachte. Dann aber hörte sie einen Seufzer durchs Handy und es folgte die sachliche Frage, ob Mama Eichhorn nach dem Krankenhausaufenthalt eine Rehabilitation verordnet bekäme.

»Der Arzt sagt, ich soll entscheiden, in welche Reha-Klinik Mam gehen soll.«

Nach dieser Auskunft hatte Helene eine Idee.

Irma harrte noch zwei Tage in Hamburg aus. Stundenlang saß sie am Krankenbett ihrer Mutter.

Wenn Irma von Abreise sprach, veranstaltete Mama jedes Mal ein mordsmäßiges Gejammer: »Du kannst mich in meinem erbärmlichen Zustand nicht alleine lassen, min Deern! Ich hab doch nur dich!«

Nach langen Debatten rückte Irma mit Helenes Idee heraus. Es wurde beschlossen, dass Mama die notwendige Rehabilitation in einer Klinik in der Nähe von Stuttgart absolvieren sollte.

Drei

Bad Urach

Irma musste einen kombinierten Transport aus Rollstuhl, Krankentaxi und Flugzeug von Hamburg nach Bad Urach organisieren. Und so kam es, dass ihre Mutter nach zehntägigem Krankenhausaufenthalt den Rest des Januars sowie den halben Februar in der orthopädischen Fachklinik Hohenurach verbrachte.

Irma versah ihre Tochterpflicht, indem sie, so oft sie konnte, die erwarteten Besuche abstattete. Da sie sich noch immer einem eigenen Auto verweigerte, zog sie, wie gewohnt, die Bundesbahn der Autobahn vor. Das war schon deswegen sinnvoll, weil dem Frühlingswetter, mit dem das Jahr 2012 begonnen hatte, Frost und Schnee gefolgt waren.

Von Stuttgart nach Urach war ein Katzensprung von nicht viel mehr als einer Stunde Fahrzeit. Zu diesen Pflichtausflügen startete Irma von Gleis 2 des inzwischen flügellosen Stuttgarter Hauptbahnhofs. Da dies immerhin noch oberirdisch möglich war, konnte sie im Schlossgarten die alten Baumriesen, jedenfalls jene, die bisher noch nicht gefällt worden waren, bewundern. Irma lehnte sich auf ihrem Fensterplatz der oberen Etage des Doppelstockwagens zurück und lernte ein neues Stück ihrer Wahlheimat kennen.

Wenn auf der Fahrt nach Urach die ersten Weinberge in Sicht kamen, hielt sie Ausschau nach der Kapelle mit der grünschimmernden Kuppel, die über dem Weindorf Rotenberg thront. Der Tag, an dem sie mit Leo dort oben gewesen war, schien eine Ewigkeit zurückzuliegen. Nach Esslingen verloren sich die Weinberge, und das Tal weitete sich zu Wiesen und Ackerland.

In Wendlingen stieg ein junger Mann zu und setzte sich Irma gegenüber. Sein rundes sympathisches Gesicht glänzte wie Zartbitterschokolade. Als er Irma anlächelte, lächelte sie zurück und hoffte, dass dies der Auftakt zu einem interessanten Gespräch über Nigeria, Kongo, Namibia oder einem anderen afrikanischen Land sein würde. Doch Irmas Hoffnung erfüllte sich nicht, da der junge Mann unverzüglich sein Handy zog und lospalaverte. Und zwar in einem Schwäbisch, gegen das Katz schon fast Hochdeutsch sprach.

Kurz bevor der Zug in Metzingen ankam, steckte der junge Mann sein Handy weg, sah mit verdrießlicher Miene aus dem Fenster und sagte vorwurfsvoll: »So en Mischt. Jetzt fängt's scho wieder an zum schneie!«

Irma nickte verständnisvoll, obwohl sie das Schneegestöber wunderbar fand. Sie wäre gern ausgestiegen, um auf der Obstbaumwiese einen Schneemann zu bauen. Das Flöckeln mauserte sich zum Schneetreiben. Kaum dass der Zug hielt, sprang der Junge mit einem Satz auf den Bahnsteig, wo ihm ein zartes blondes Mädchen in die Arme rannte. Sie standen im Schneegestöber und küssten sich, als ob sie nie mehr damit aufhören wollten. Irma lächelte und bekam Sehnsucht nach Leo.

Zehn Minuten später saß Irma in der Ermstalbahn. Die moderne Variante der musikalisch-berühmten »Schwäbischen Eisenbahne« flitzte elektrisch und ohne jedes Trullala durch die verschneite Landschaft. Nach einer Viertelstunde stieg Irma an der Haltestelle »Uracher Wasserfall« aus.

Das letzte Wegstück war ein Zehnminutenmarsch durch knöchelhohen Neuschnee bis zur Eingangshalle des Klinikums. Dort wartete Mama Eichhorn in ihrem Rollstuhl zwischen vielen anderen Bein-, Knie- oder Rückengeschädigten, die entweder mit Rollstühlen und Gehwägelchen vorgefahren waren oder sich an Krücken fortbewegten.

Irmas Besuche bei ihrer Mutter verliefen immer gleich: Nach einer herzlichen Begrüßung gingen sie ins Restaurant der Klinik, weil es meist schon Mittag war und Mama Hunger hatte.

Sobald Mama einigermaßen satt war, begann sie über das Therapieprogramm zu jammern: »Keine ruhige Minute hat man hier! Sofort nach dieser Schiet-Embolie-Spritze, die einem die Schwester schon vor dem Aufstehen in den Bauch rammt, muss man aus den Federn und zum Frühstück eilen. Danach hetzt man von einer Anwendung zur anderen: Einzelgymnastik, Elektrotherapie, Hüftgruppe, Massage, Wärmepackungen.«

»Es gibt doch eine Mittagspause!«, wandte Irma ein.

»Viel zu kurz, kann ich dir sagen. Kaum sind die Teller leer, geht's mit vollem Magen wieder zu Gehübungen, Bewegungsbädern und so weiter und so fort, bis es nachmittags um fünf Abendbrot gibt.«

Irma lachte. »Wie im Knast, da gibt es auch die letzte Mahlzeit um sieben Uhr abends. Danach werden alle in die Zellen gesteckt bis zum nächsten Morgen um halb sechs. Du kannst wenigstens abends noch einen Rollstuhlspaziergang durch den Park machen.«

»Also, erstens«, sagte die Mama, »ist es um fünf schon dunkel, zweitens macht das bei diesem Schietwetter keinen Spaß und drittens bin ich abends zu müde für Ausflüge.«

Mama war echt empört, was ihr alles abverlangt wurde, aber Irma dachte ohne Mitleid: selber schuld!

Wenn das Sonntagsmenü verdrückt war, begaben sich die Damen Eichhorn in den Aufenthaltsraum zum Klönschnack. Bei gutem Wetter machten sie danach einen Abstecher in den vierten Stock auf die Dachterrasse. Dort zeigte die Mama ihrer Tochter die bewaldeten Vorlandberge des Albtraufs und den Kegel mit der Burgruine Hohenurach und versicherte, wie gut ihr diese Landschaft gefallen würde.

»Spätestens im März bist du wieder in deiner gewohnten Umgebung«, sagte Irma. »Dein flaches Holstein wird dir auch wieder gefallen.«

»Ja, ja«, sagte Mama ohne Begeisterung.

Irma half ihrer Mama wieder in den Rollstuhl und schob sie ein Stündchen durch den Kurpark spazieren. Erst nachdem sie sich noch Kaffee und Kuchen genehmigt hatten, machte sich Irma auf den Heimweg.

Bei Irmas letztem Besuch schneite es von früh bis abends. An einen Parkspaziergang war nicht zu denken. Trotzdem war Mama Eichhorn bester Laune. Während sie geheimnisvoll lächelte und ihre grünen Augen begeistert glänzten, erzählte sie von einem Patienten, der ihr nachsteigen würde.

»Otto verehrt mich!«, sagte Mama im Brustton der Überzeugung.

Irma wurde wieder einmal schmerzhaft bewusst, dass ihre Mutter nicht nur leicht kleptomanisch, sondern auch schwer mannstoll war. Da hatte sich nichts gebessert, obwohl sie inzwischen über sechzig war. Immerhin sah sie sogar im Rollstuhl adrett aus. Irma wusste, dass Mama überzeugt war, mit ihren hübschen Augen jeden Mann bezirzen zu können.

Jetzt war sie in ihrem Element und erzählte: »Otto ist zwar schon so um die siebzig, aber sehr gut erhalten. Er ist wegen seiner Knieprothese hier. Wir schwänzen gemeinsam die Gymnastik und gehen in die Uracher Therme zum Schwimmen.«

»Mit dem Rollstuhl?«

»Den brauche ich nur zur Anfahrt, auf kurzen Strecken komme ich mit meinen Gehhilfen zurecht. Otto darf schon Zweipunktschritt und kommt ganz flott voran. Manchmal lädt er mich ins Hotel »Graf Eberhard« zum Kaffeetrinken ein. Sehr nobles Restaurant – es liegt gleich hinterm Kurpark.«

»Mir scheint«, sagte Irma, »du hast nette Abwechslungen hier: Der Hüftpfannenbruch und die Knieprothese planschen gemeinsam in der Uracher Mineralquelle oder gehen ins Café und essen Sahnetorte.«

»Otto bezahlt. Er hat eine gute Pension. War früher Schuldirektor in Reutlingen.«

»Ich hoffe nur, Mam, du übertreibst es nicht mit deinem Kurschatten – du bist in einer Reha-Klinik und nicht in der Sommerfrische!«

»Bisschen Spaß muss man doch haben!«, sagte Mama. »Otto hat mir versprochen, wenn wir erst hier raus und wieder gehfähig sind, treffen wir uns in Urach und sehen uns die Altstadt an oder wandern zum Wasserfall!« Mama seufzte. »Ach, min lütt Deern, wie ist es doch hübsch hier! Ich kann dich endlich verstehen, dass du dich in Süddeutschland wohl fühlst. Am liebsten würde ich hierbleiben.«

Irma sagte nichts. Sie dachte nur: um Gottes willen!

* * *

Am 10. Februar holte Irma ihre Mutter aus der Reha-Klinik Bad Urach ab und fuhr mit ihr im Taxi nach Stuttgart. Das Problem, wo Irma ihre Mutter einquartieren konnte, hatte Leo gelöst, indem er die Flucht ergriff.

»Ich komm ja bald wieder«, hatte er Irma und sich selbst getröstet und sich kurzerhand bei seiner Schwester Line in der Kanalstraße einquartiert, wo die Geschwister früher gemeinsam gewohnt hatten.

Allerdings musste Lines Freund Moritz deswegen notgedrungen zurück zu seinem Vater und seinen drei kleinen Schwestern ziehen.

Irmas zweites Problem war, wie sie Mama ohne Aufzug in die Dachwohnung bugsieren sollte. Allerdings war das Gott sei Dank eine leichte Übung. Mama hatte in Urach gelernt, mit Krücken Treppen zu steigen.

Leider hielt die für Stuttgarts Verhältnisse sibirische Kälte mit mehr als zehn Grad minus an. Der Wind pfiff ums Haus und die Dachfenster verzierten Schneekristalle. Mama jammerte, in der Wohnung sei es zu kalt. Sie lag unter zwei Steppdecken im Bett und ließ sich von Irma betochtern.

Nach ein paar Tagen drängte sich die Sonne durch die Wolkendecke, lachte zum Fenster herein und ermunterte Mama aufzustehen. Sie humpelte mit ihren Gehhilfen in die Küche und begann ihr angeborenes Haushaltstalent zu entfalten. Da Irma dringend zurück zum Dienst musste, ließ sie Mama gern gewähren. Sie brauchte nur einzukaufen, konnte sich abends an den gedeckten Tisch setzen und durfte nicht vergessen, das Essen zu loben. Dieses Leben gefiel der Mama, und da sie außer der Hausarbeit noch genügend Zeit zum Nachdenken hatte, reifte bei ihr ein Entschluss.

Als Irma sie nach vierzehn Tagen daran erinnerte, dass die Wohnung in Itzehoe seit zwei Monaten leer stände und Mama doch mal über die Rückkehr in ihre eigenen vier Wände nachdenken solle, hatte sich Mama Eichhorn schon ihr Veto zurechtgelegt: »Hör zu, min Deern: Mir ist das Schwabenland ans Herz gewachsen. Ich habe mich entschlossen, hier ein neues Leben anzufangen.«

»Ist es wegen Otto?«, fragte Irma entgeistert.

»Nö. Der hat gar nichts mehr von sich hören lassen. So ein Benehmen kann ich sowieso nicht ab. Ich bleib hier, weil es mir im Schwabenländle gefällt!«

Nun redet sie schon Schwäbisch, dachte Irma. Wie soll ich ihr diese Marotte mit dem Hierbleiben ausreden?

Doch Mama sagte: »Mein Entschluss ist gefasst. Nach Itzehoe zurück kriegst du mich nur über meine Leiche!«

* * *

In den nächsten Wochen waren der bei Irma ausquartierte Leo und der bei Line ausquartierte Moritz fieberhaft damit beschäftigt, für Mama Eichhorn eine geeignete Bleibe zu suchen. Erfolg in dieser dringenden Angelegenheit hatte schließlich Moritz. Im Stadtteil Freiberg, wo er zurzeit wieder bei seiner Familie untergekommen war, fand er im benachbarten Hochhaus ein freies Zweizimmerdomizil.

Mama Eichhorn zickte zuerst herum. Doch als sie das erste Mal auf dem Balkon dieses Appartements stand, schmolz ihr Widerstand vor der traumhaften Aussicht.

Der Herr von der Baugenossenschaft, der die Vermietungen betreute, hatte den Hausmeister mitgebracht.

Mama Eichhorn zog die Herren auf den Balkon und versicherte: »Also, obwohl wir in Norddeutschland einen weiteren Horizont haben, kann ich mir nicht mehr vorstellen, in diesem eintönigen Flachland zu leben.« Sie zeigte über die Landschaft und hauchte: »Ich bin überwältigt.«

Der Hausmeister war geschmeichelt. »Sie haben sich eine schöne Wohnlage ausgesucht, Frau Eichhorn. Frische Luft und schöne Aussicht! Auch die Infrastruktur stimmt: Supermarkt, Bäcker und Metzger fast vor der Haustür, dazu Ärzte, Banken, Friseur. Zur Straßenbahnhaltestelle sind es fünf Minuten. Und das Beste ist: Sie brauchen nur die kleine Kehrwoche zu machen, die große erledige ich.«

Für Helga Eichhorn gab es kein Halten mehr. Sie unterzeichnete den Mietvertrag, ohne ihn vorher durchzulesen.

Irma musste nach Itzehoe fahren, um Mamas alte Wohnung aufzulösen und den Möbelwagen auf den Weg nach Stuttgart zu bringen. Sie zögerte es hinaus, weil sie hoffte, ihre Mutter würde sich diesen Schritt überlegen und doch lieber wieder nach Norddeutschland zurückkehren. Aber Frau Eichhorn wollte, wenn sie nun schon auf Kai-Friedrich verzichten musste, wenigstens in der Nähe ihrer Tochter sein.

Irma resignierte. Ihre Mutter brauchte jemanden, den sie mit ihrem Charme berieseln konnte, genauso nötig wie jemanden, dem sie auf die Nerven gehen konnte. Sonst war sie offensichtlich nicht glücklich.

Doch nachdem Mama Eichhorn ihre neue Wohnung im zwölften Stock in Besitz genommen hatte, war sie wider Erwarten glücklich und hatte vorerst kein Bedürfnis, an jemandem ihren Charme auszuprobieren oder Irma auf die Nerven zu gehen. Nach vier Wochen war sich Irma sicher, dass sich ihre Mutter in der neuen Umgebung eingewöhnt hatte. Offensichtlich kam sie perfekt allein zurecht.

Vier

Cannstatter Frühlingsfest

Obgleich Frau Eichhorns Hüftpfanne inzwischen wieder zusammengewachsen war, konnte sie sich nicht von ihrem Rollstuhl trennen. Er war ihr lieb und teuer geworden, und sie benutzte ihn zum Einkaufen und auch für Spazierfahrten in den nahegelegenen Weinbergen. Wenn sie zu größeren Spritztouren ausfuhr, machte sie sich immer todschick. In ihrem Schrank hingen zeitlos elegante Kleider. Die hatten sich über die Jahre angesammelt. Passend zu ihren schicken Klamotten besaß sie schachtelweise Modeschmuck, der, wie sie fand, wie echt aussah. Der gesteigerte Wert, den Frau Eichhorn auf ihre äußere Erscheinung legte, war eine Marotte, die sie sich als Verkäuferin in dem vornehmen Schuhgeschäft zugelegt hatte, in dem sie vierzig Jahre lang gearbeitet hatte.

An einem sommerlich warmen Tag Ende April machte sich Helga Eichhorn picobello aufgebrezelt auf den Weg zum Cannstatter Frühlingsfest. Sie fuhr mit der U 7 zum Hauptbahnhof und stürmte dort mit den Volksmassen die Volksfestlinie U 11. Dank ihres Rollstuhls hatte sie immer einen Sitzplatz.

Eine Dirndldame, die sich neben ihr an einer Haltestange festklammerte, sagte: »Der Elfer macht an Omweg. Des isch a lohnende Schtadtrondfahrt. Da kenne mr wenigschtens onser Fahrgeld ausnutze.«

Da die Bahn zuerst unterirdisch fuhr, konnte sich Frau Eichhorn nicht recht orientieren. Als sie die Liederhalle erkannte, war sie erleichtert, wieder zu wissen, wo sie sich befand, und war froh, dass es nun ein Stück oberirdisch weiterging. Doch bald tauchte die sogenannte Stuttgarter U-Bahn wieder in den Untergrund zur Haltestelle Stadtmitte, tunnelte sich unter dem Charlottenplatz und der Staatsgalerie durch und kam erst hinterm Neckartor wieder ans Tageslicht. Ab da konnten die Fahrgäste die Aussichtshöhepunkte der Reststrecke genießen: Die Bahn kurvte entlang der berühmten Cannstatter Sprudler, die in regelmäßigen Phasen schäumende Fontänen in die Luft spuckten, um danach wehleidig in sich zusammenzufallen. Dann ging es vorbei an den Mineralbädern Berg und Leuze. Nachdem die Bahn den Neckar auf der König-Karls-Brücke überquert hatte und vor dem Haupteingang zum Cannstatter Wasen hielt, stiegen die meisten Leute und auch Frau Eichhorn aus.

Es war inzwischen drei Uhr nachmittags und hochsommerlich warm. Gut gelaunt rollte sie hinein ins Getümmel und war froh, nicht laufen zu müssen. Es machte ihr Spaß, hin und wieder jemandem in die Fersen zu fahren.

Den älteren Herrn anzurempeln hatte sie eigentlich nicht vorgehabt, er war ihr vor die Räder gestolpert und geradezu in den Schoß gefallen. Das spielte sich unterm Riesenrad vor dem Stand mit den gebrannten Mandeln ab. Als sich der Herr mit Entschuldigungsgemurmel zurückziehen wollte, sah Frau Eichhorn aus ihrer Rollstuhl-Froschperspektive ihre Geldbörse in seiner Hosentasche verschwinden. Blitzschnell krallte sie sich an seinem Jackett fest und sprang wie eine Furie aus dem Rollstuhl.

»Her damit«, knirschte sie, »oder ich schrei einen Volksauflauf zusammen.«

Obwohl die Jacke in den Nähten krachte, ließ Frau Eichhorn nicht locker. Der Mann blickte sie verblüfft an, denn er hatte nicht damit gerechnet, dass sie so viel Kraft aufbringen würde. Er konnte ja nicht wissen, dass sie durch vier Monate Rollstuhlfahren und an Krücken laufen Armmuskeln wie ein Mittelklasse-Gewichtheber bekommen hatte.

Da einige Leute stehen blieben, ihr zwar nicht halfen, nur glotzten, zischelte der Mann: »Schon gut, gnädige Frau. Geben Sie bitte einen Moment Ruhe und es kommt alles wieder in Ordnung.«

Frau Eichhorn befahl ihm, sich mit ihr aus dem Menschengewühl zu entfernen. Erst als er nickte, ließ sie sein Jackett los, bestieg ihren Rollstuhl und setzte sich hoheitsvoll zurecht wie die Queen in ihrer Staatskarosse. Sie war erstaunt, dass er sie wirklich hinter eine Losbude schob, wo keine Leute waren.

Dort angekommen, rief sie »Stopp« und sah den Kerl wie eine strafende Göttin an. »Schämen Sie sich nicht, einer alten Frau ihr bisschen Rente zu klauen?«

Er zog ihre Geldbörse aus seiner Tasche und überreichte sie ihr wie ein Geburtstagsgeschenk.

Mama Eichhorn zählte vorsichtshalber den Inhalt und knurrte: »Zwanzig Euro und dreiundzwanzig Cent. Stimmt.«

»Ich habe Sie überschätzt«, sagte er. »Warum takeln Sie sich auch so auf? Fette Perlenkette, und an jedem Finger Brillantringe!«

»Sie haben keine Ahnung!«, fauchte sie ihn an. »Nach welchen Kriterien beklauen Sie denn die Leute – ich bin doch sicher nicht die Einzige?«

»Normalerweise hab ich einen Blick dafür, wer es verkraften kann, wenn ihm etwas abhanden kommt. Aber Sie hab ich nicht nur überschätzt, vielmehr auch unterschätzt, da Sie ja offensichtlich topfit und bestens auf den Beinen sind.«

Frau Eichhorn lächelte süß wie Zuckerwatte. Er lächelte verlegen zurück, und dieses Lächeln erinnerte sie an irgendjemanden. Und da er weiterhin neben ihr stehen blieb und lächelte, fiel ihr plötzlich ein, wem er ähnlich sah.

»Sie sehen aus wie Heinz Rühmann!«

»Ich weiß«, sagte er bescheiden. »Diese Ähnlichkeit ist ein wahrer Segen für meine Geschäfte – ich kann immer damit rechnen, dass mir meine Mitmenschen Vertrauen schenken. Doch wenn ich das bemerken darf: Sie, gnädige Frau, sehen aus wie Inge Meysel in ihren besten Jahren.«

»Kann sein«, sagte Frau Eichhorn. »Sie können Helga zu mir sagen.«

Er schloss den mittleren Knopf seines gut geschnittenen, teuer aussehenden Jacketts, lupfte den Strohhut und verbeugte sich: »Luigi. Luigi Baresi.«

»So, so. Das klingt italienisch.«

»Ich bin Sizilianer!«, sagte Luigi. »Das ist ein Unterschied.«

»Aha«, sagte Helga. »Mafia, ich verstehe. Wenn Sie trotzdem ein wenig Anstand im Leib haben, dürfen Sie mich jetzt eine Runde schieben und damit Ihren Fehlgriff büßen.«

Sie schoben los. Etwa nach einer Viertelstunde fragte Helga über die Schulter: »Wie viel haben Sie denn heute schon eingenommen?«

Luigi rangierte den Rollstuhl hinter einen Currywurststand, stellte sich mit dem Rücken zum Publikum und griff in verschiedene Taschen seiner Hose.

»Diese Trekkinghosen mit den vielen Taschen«, sagte er mit verschmitztem Grinsen, »sind das Beste, was die Modefritzen in den letzten Jahren erfunden haben. Ich nehme nur Papiergeld. Münzen klimpern beim Laufen.«

Er zählte schnell und geschickt wie ein Banker. Helga sah fast nichts, hörte nur die Scheine rascheln.

»205 Euro«, seufzte er. »Heute ist es bisher nicht gerade ein Mordsgeschäft gewesen.«

»Na so was«, sagte sie.

Und sogleich spürte sie den bekannten Spannungskitzel, den unwiderstehlichen Drang, etwas zu riskieren. Die Hoffnung auf den unvergleichlichen Kick und die Erleichterung, nachdem der Coup gelungen war.

Helga straffte sich: »Wie wär's, wenn wir gemeinsam noch ein paar Geschäfte machen?«

»Wenn Sie wünschen, es ist mir ein Vergnügen«, sagte Luigi und verbeugte sich.

Helga wunderte sich, dass ihre Frage ihn nicht zu verblüffen schien. Sie ahnte nicht, wie abgebrüht und erfahren Luigi war. Dass er so harmlos wirkte und gar nicht wie ein Italiener aussah, war sein persönliches Berufskapital. Er war gewieft genug, um zu erkennen, dass auch Helga es mit dem siebten Gebot nicht allzu genau nahm.

Da Sonntag war, herrschte Hochbetrieb. Die Leute schlenderten umher und bestaunten die Monstergeräte, die XXL-Riesenschaukel, Freifallturm oder Star-Flyer heißen und die ihre kreischende Fracht rundum oder rauf und runter schleuderten. Das Lautsprecher-Geschrei von den Imbiss- und Belustigungsständen mischte sich mit Rap und Volksmusik zu seltsamen Klang-Orgien.

Das schien niemanden zu stören. Auch nicht Luigis Zielgruppe: die promenierenden Paare mittleren Alters, die in edlem Outfit oder in Lodenjacken und dekolletierten Dirndln den Bierzelten zustrebten.

Luigi war erstaunt, wie schnell Helga kapierte. Die Ware verschwand unter der Decke, die über ihren Knien lag. Dort fingerte sie in aller Ruhe die Einnahmen aus den ledernen Behältnissen, lupfte den Po und steckte die Scheine durch den offenen Reißverschluss in ihr Sitzkissen. In günstigen Momenten beseitigte sie im Menschengewühl die Brieftaschen oder Portemonnaies, in denen nichts fehlte außer den Geldscheinen. Diese Entsorgung kostete zwar erhöhte Konzentration, machte Helga aber großen Spaß.

Nachdem sie die mit Menschen gefüllten Budengassen abgefahren waren, meinte Luigi, die gemeinsamen Geschäfte seien befriedigend gelaufen und erledigt.

»Fein.« Helga ließ ihre hübschen grünen Augen blitzen. »Jetzt möchte ich Achterbahn fahren.«

»Seien Sie nicht leichtsinnig«, sagte Luigi. »Sie sollten im Rollstuhl und behindert bleiben.«

»Tüttelbüttel!«, maulte Helga. »Dann gehen wir eben in ein Festzelt zum Feiern. Mir scheint, wir haben genug eingenommen, um uns was leisten zu können. Aber ich will nicht im Rollstuhl bleiben, ich will auf 'ner Bierbank sitzen!«

»In Ordnung«, sagte Luigi, »wir stellen den Rollstuhl hinter das Zelt oberhalb der Damentoiletten. Doch wenn wir ins Bierzelt gehen, müssen Sie sich von mir stützen lassen, denn falls Sie jemand als die Frau im Rollstuhl erkennt, wird er sich sonst fragen, wieso Sie plötzlich wie ein fröhliches Rehlein rumhüpfen. Wir müssen unauffällig bleiben. Machen Sie ein Buckelchen und humpeln Sie ein bisschen. Okay? Sie können singen und saufen, so viel Sie wollen, aber auf der Bank tanzen kommt nicht in Frage. Verstanden?«

Das fand Helga ziemlich machohaft, doch sie sagte »Verstanden« und stieg behindertengerecht aus dem Rollstuhl, strich sich das Blauseidene glatt und zupfte ihre tizianrote Fransenfrisur zurecht.

Als sie ins Bierzelt einzogen, hing Helga schwer an Luigis Arm. In den ersten zehn Minuten war sie vollauf damit beschäftigt, ihr Trommelfell an das Getöse der Musikkapelle und das Grölen der Trinklieder singenden Festzeltgäste zu gewöhnen. Über dem Lärm hing eine Glocke aus klebriger Hitze, geschwängert von Grillfett, Bierdünsten und Schweiß. Luigi ergatterte Plätze und bestellte zwei halbe Göckele. Helga trank einen Krug Bier dazu und sang aus Leibeskräften, bis sie heiser war. Allerdings ging ihr Luigi auf den Wecker, weil er sie ermahnte, sie solle nicht dauernd von der Bank hochhopsen.

»Sie sind echt ein Sabbelknoken«, zeterte Helga. »Was soll eigentlich Ihre Schulmeisterei?« Sie zog einen Flunsch. »Na ja, wenn einer so etepetete ist wie Sie und im Bierzelt Mineralwasser trinkt, kann man wohl keinen Humor erwarten.«

Luigi sagte höflich, aber bestimmt, im Dienst trinke er keinen Alkohol und außerdem trage er hier die Verantwortung.

»Wenn Sie kein Bier vertragen, trinken Sie wenigstens ein Viertele!«

»Promille trüben die Pupille«, sagte Luigi mit ernster Miene.

Helga zuckte mit den Schultern und verlangte noch ein Maß Bier.

Mehrmals ging Luigi hinaus und sah nach dem Rollstuhl. Immer kam er mit der Meldung zurück, er stände am gleichen Fleck, und die Füllung des Sitzkissens knistere noch beruhigend.

Nach zwei Stunden brach Luigi die Sause im Bierzelt ab und strebte, Helga mehr tragend wie führend, Richtung Damentoiletten.

Der Rollstuhl stand noch da – aber er war besetzt! Ein Mann hatte es sich darin bequem gemacht. Er hielt mit einer Hand eine Schnapsflasche und fummelte mit der anderen unterhalb seiner Gürtellinie herum.

Und als Helga genauer hinsah, brüllte sie los: »Raus aus meinem Rollstuhl! Und steck sofort dein Dingsda zurück in die Hose!«

Obwohl Helga bei früheren Begegnungen mit einschlägigen Individuen diese durch Drohgebärden und Geschrei stets in die Flucht schlagen konnte, bewirkte ihr lautstarker Protest nur, dass sich alle Damen in der Toilettenschlange wie auf Kommando umdrehten und auf den Herrn im Rollstuhl starrten! Dieses zahlreich aufgetauchte Publikum spornte ihn zu noch eifrigerem Tun an. Sein Stöhnen erinnerte Helga an ihre Kaffeemaschine, wenn sie die letzten Tropfen durch den Filter drückte.

Helgas Wut brodelte hoch wie ein mittelschweres Erdbeben, sie löste die Handbremse und gab dem Rollstuhl einen Schubs. Er setzte sich auf dem leicht abschüssigen Weg in Richtung der Damentoiletten in Bewegung und nahm schnell Fahrt auf. Der Mann war zu betrunken, um die Gefahr wahrzunehmen. Er riss begeistert die Arme hoch und brach in Gelächter aus. Die Damen stoben schreiend auseinander. Der Rollstuhl krachte gegen die Wand des WCs. Auch der Kopf des Mannes knallte dagegen.

Und danach wurde es stiller als nachts auf dem Waldfriedhof.

Luigi und Helga näherten sich vorsichtig dem Unfallort. Nicht dass sie helfen wollten, sie wollten nur den Rollstuhl wiederhaben.

»Der ist tot«, flüsterte Luigi.

»Schiet, och«, sagte Helga.

Eine der Damen aus der Toilettenschlange schlich sich heran. Wenn sie nicht angefangen hätte zu kreischen, hätte es wahrscheinlich überhaupt keine Probleme gegeben. Luigis Plan, den er Helga später anvertraute – den Rollstuhl mit Inhalt unauffällig zu entfernen und die Leiche in den Neckar zu kippen – wurde hinfällig, weil sich die lange Reihe aus wartenden Damen auflöste und sich um Luigi, Helga und die Leiche im Rollstuhl gruppierte. Sie standen wie eine Mauer und stimmten eine nach der anderen in das Gekreisch der ersten Dame ein. An Flucht war nicht zu denken, zumal sich nun ein dicker Kerl, der dem Festzelt-Sicherheitsdienst angehörte, zwischen den Damen durchdrängte und fragte, was hier los sei.

»Eine Leiche!«, schrie der Damenchor. »Da ist Blut!! Ein Mord!!«

Der Dicke kratzte sich an verschiedenen Körperstellen und verkündete mit wichtigem Gesicht, er müsse die Mordkommission verständigen.

Helga Eichhorn versuchte, ihm das auszureden, weil sie Schreckliches ahnte. Sie stellte sich vor, dass ihre Tochter Irma aus dem Dienstwagen der Kripo sprang, ihre Mutter entdeckte und sie unverzüglich zur Rede stellen würde. Oder vielleicht kam auch Hauptkommissar Schmoll angefahren oder Kommissar Katz – oder gleich alle drei. Ihr brach der kalte Schweiß aus. Wortreich versicherte sie dem dicken Festzeltsicherheitsbediensteten, genau gesehen zu haben, dass bei dieser Leiche kein Fremdverschulden im Spiel war und deswegen auch keine Kripo gebraucht würde. Weil sich der Dicke nicht beirren ließ und schließlich aufgeregt ins Funktelefon sprach, änderte Helga ihre Taktik und redete leise und eindringlich auf Luigi ein. Sie flehte ihn an, er solle um Gottes willen diesen Schietkerl aus dem Rollstuhl entfernen, damit sie so schnell wie möglich diesen Ort verlassen könnten.

Da Luigi das auch für ratsam hielt, suchte er sich nun Gehör und Verständnis bei dem Dicken zu verschaffen, indem er sehr höflich, aber bestimmt sagte: »Die Leiche sitzt im Rollstuhl meiner Gattin. Könnten Sie bitte so freundlich sein und den toten Mann herausnehmen?«

»Ich darf am Tatort nichts verändern!«, sagte der Dicke mit Dienststimme.

Helga jammerte, sie sei schwer gehbehindert und könne unmöglich so lange hier rumstehen, bis die Kriminalpolizei käme. Außerdem müsse sie nach dieser Aufregung nun dringend auf die Behindertentoilette, die auf der anderen Seite des Bierzeltes sei. So weit könne sie nicht laufen, sie brauche ihren Rollstuhl!

Die Damen ergriffen Helgas Partei, sie beschimpften den Dicken und rückten ihm bedrohlich auf die Pelle, bis er gemeinsam mit Luigi die Leiche aus dem Rollstuhl hievte.

Von dem beachtlichen Ausmaß, in das der Kerl sein gutes Stück gebracht hatte, war nur eine verschrumpelte bräunliche Essiggurke übrig geblieben. Der dicke Ordnungshüter guckte hilflos darauf, und weil die Damen nicht aufhörten zu kreischen, legte er schließlich sein Käppi auf das Objekt des Anstoßes.

Luigi fasste mit Daumen und Zeigefinger die blutverschmierte Decke, die noch auf dem Rollstuhl lag, und ließ sie neben die Leiche fallen. Dabei schielte er sichtlich nervös auf das Sitzkissen. Helga ahnte, dass er fürchtete, es würde knistern, wenn sie sich darauf setzte. Natürlich knisterte es – doch Helgas markerschütterndes Wehklagen über undefinierbare Schmerzen übertönte das Geräusch vollständig. Außerdem achtete niemand auf das Knistern. Wer achtet schon auf so etwas, wenn eine Leiche herumliegt?

Helgas Rollstuhl war noch fahrtüchtig, nur die Fußstützen hatten sich leicht verbogen. Nachdem Luigi Helga beim Einsteigen geholfen hatte, machten sie sich unverzüglich in Richtung Behindertentoilette davon. Das verwehrte ihnen niemand. Jeder sah offensichtlich ein, dass es außer Leichen auch andere Notfälle gibt.

Kaum waren sie außer Sichtweite, sagte Luigi: »Zur Toilette können wir jetzt nicht! Pinkeln Sie meinetwegen in den Rollstuhl. Geld lässt sich zwar schwer waschen, aber bestimmt trocknen. Wir hauen ab. Wenn Sie gestatten, gnädige Frau, schiebe ich Sie nach Hause.«

»O ja, bitte«, flehte Helga.

* * *

Fünfzehn Minuten nachdem sich Helga Eichhorn und Luigi Baresi aus dem Staub gemacht hatten, tauchten Hauptkommissar Schmoll und Irma bei den Damentoiletten hinter dem Festzelt auf.

Neben der Leiche kniete der Polizeiarzt. Er blickte auf, wiegte den Kopf und sagte: »Exitus.«

Irma hatte auch die Spurensicherung angefordert, denn wenn es auch vorerst nach einem Unfall aussah, musste man der Sache auf den Grund gehen. Schon deswegen, weil Augenzeugen von einem älteren Ehepaar berichteten: Diese zwei hätten sich den Rollstuhl, mit dem der Unfall passiert war, geschnappt und seien damit verschwunden.

Schmoll ließ sich dieses Ehepaar näher schildern: Die meisten Augenzeugen sprachen von einer kleinen molligen Dame mit kurzen roten Locken und einem schlanken, grauhaarigen Herrn. Beide um die 60, verhältnismäßig klein von Statur und gut gekleidet.

Die Dame kam Irma irgendwie bekannt vor. Nicht spinnen, sagte sie zu sich selbst, kleine mollige Damen, nett und adrett mit rot gefärbten Haaren, gibt es in Stuttgart haufenweise.

Doch als ein Spurensicherer die blutbefleckte Wolldecke aufhob und in eine Plastiktüte fallen ließ, weckte das erneut Irmas Argwohn, weil ihr die Decke bekannt vorkam.

Sie nahm ihr Handy und wählte die Nummer ihrer Mutter. Nicht daheim. Und das abends um zehn! Doch das bedeutete noch lange nichts. Irma versuchte sich zu beruhigen.

Sie nahm sich zusammen und dachte: Wie zum Teufel komme ich dazu, meine Mutter zu verdächtigen? Den Ehemann, von dem die Zeugen berichtet haben, gibt's doch gar nicht. Wieso sollte sich Mam von einem fremden Herrn über das Frühlingsfest schieben lassen? Sie kann doch längst wieder laufen – und wenn sie doch aus lieber Gewohnheit mit dem Rollstuhl unterwegs gewesen ist, hat sie genug Übung, um sich damit selbst fortzubewegen. Na ja, und kleine karierte Wolldecken gibt es ja auch nicht nur eine!

Irma hütete sich, ihrem Chef, Hauptkommissar Schmoll, etwas von ihren Hirngespinsten zu erzählen und schlug ihm stattdessen vor, den Tod des Mannes als Unfall zu betrachten. Das Rätsel, wie er in den Rollstuhl gekommen war und ob er freiwillig, aus Versehen oder mit Hilfe eines anderen Menschen gegen die Hauswand geknallt war, ließ sich vorerst nicht klären. Vielleicht würde die Obduktion und die Spurenauswertung etwas Licht in diese seltsame Geschichte bringen können.

Schmoll sah das auch so und sagte: »Lassen wir den Herrn mit dem Loch im Kopf vorsichtshalber in die Pathologie bringen. Gibt es irgendeinen Anhaltspunkt, wer er ist?«

Einer der Spurensicherer sagte: »In seiner Jackentasche ist eine Monatskarte der Stuttgarter Straßenbahn. Er heißt Achim Upps, ist 54 Jahre alt und wohnt im Hallschlag.«

»Dieser ulkige Name ist mir kürzlich in der Datenbank für gesuchte Exhibitionisten aufgefallen«, sagte Irma.

Schmoll hatte schon sein Handy aus der Tasche gezogen und während er eine Nummer eintippte, murmelte er: »Ich werde die Presse benachrichtigen. Wenn es morgen gleich in die Stuttgarter Zeitungen kommt, melden sich vielleicht Zeugen – hoffentlich auch dieses Rentnerpärchen, das mit dem Rollstuhl abgehauen ist.«

Wenig später begrüßte Schmoll einen Journalisten, den er offenbar gut kannte und dem er nun die Geschichte von dem unerwartet gefundenen Sittenstrolch erzählte.

Da mittlerweile der Leichenwagen eingetroffen war und den toten Mann in die Pathologie abtransportiert hatte, machten Schmoll und Irma Feierabend und fuhren nach Hause.

Irma hätte viel dafür gegeben, mit jemandem über ihre fixe Idee zu sprechen. Doch sie wollte selbst nicht daran glauben, und so erzählte sie Leo nichts. Der war gut gelaunt und wartete mit dem Abendessen auf sie. Er fühlte sich schon so sehr wie ein Stuttgarter, dass er ihr geschmelzte Maultaschen vorsetzte, dazu Kartoffelsalat nach dem Rezept von Katz' Großmutter. Leo hatte auch eine Flasche Trollinger geöffnet und sagte nach beendeter Mahlzeit im Tonfall von Oma Katz: »Lieber z' viel gessa wie z' wenig tronke.«

Irma lachte. »Bei Oma Katz klingt das anders! Du lernst das Schwäbische nie, genau wie ich.«

Da Irma unregelmäßige und oft sehr lange Arbeitszeiten hatte, genossen die zwei die Zeit, die sie gemeinsam verbringen konnten. Seit Mama Eichhorn endlich in eine eigene Wohnung gezogen war, wohnte Leo wieder bei Irma im Thomaweg. Das Beste daran war, dass die Etage unter Irmas kleiner Dachwohnung frei geworden war und die Hauswirtin ihnen diese Räume zusätzlich vermietet hatte. So verfügten sie nun über fürstlich viel Platz, und Leo hatte endlich ein Arbeitszimmer, wo er in Ruhe seine »Schularbeiten« machen konnte.

Als Irma und Leo an diesem Abend in das Bett ihres nagelneuen Schlafzimmers krochen, waren Mama Eichhorn und Luigi an ihrem Ziel angekommen.

* * *

Da Luigi keinesfalls die Straßenbahn hatte nehmen wollen, hatte Helga ihn durch die laue Frühlingsnacht zu ihrer Heimstatt dirigiert. Luigi schob den Rollstuhl über die König-Karls-Brücke, danach am Neckar entlang, vorbei an der Wilhelma, weiter nach Münster in Richtung Freiberg.

Nach zwei Stunden hatten sie die Austraße erreicht. Gegenüber dem Max-Eyth-Steg, der Hängebrücke, die sich elegant über den Neckar schwingt, bogen sie links ab.

Nun wurde es steil.

Luigi wischte sich den Schweiß von der Stirn und schnaufte: »Ab jetzt sind Sie nicht mehr gehbehindert, gnädige Frau. Haben Sie die Güte und steigen Sie bitte aus.«

»Schade«, sagte Helga. »War 'ne richtig flotte Ausfahrt. Danke, mein Bester.«

Bevor sie aus dem Rollstuhl kletterte, fragte sie: »Meinen Sie wirklich, Luigi, Geld lässt sich trocknen?«

Er blieb ihr die Antwort schuldig, und sie keuchten wie zwei Dampfwalzen den steilen Berg hinauf zum Freiberg. Oben ging es an einem Ladenzentrum vorbei und zuletzt durch den Grünzug, aus dem sechs Scheibenhochhäuser wie Riesengrabsteine ins Dunkel ragten. Kurz vor Mitternacht erreichten sie das Haus, in dem Helgas Wohnung war. Zwölfter Stock, links vom Aufzug.

Zuerst klammerten sie die Scheine im Bad an die Wäscheleine.

»Es stinkt nur unwesentlich nach Urin«, sagte Helga.

»Geld stinkt nicht«, sagte Luigi.

»Es sind mehr als 2000 Euro«, stellte Helga fest.

»Steuerfrei«, sagte Luigi. »Die Hälfte der Knete gehört Ihnen, Helga. Meine Einnahmen in Stuttgart waren dieses Jahr recht gut.« Er seufzte, bevor er weitersprach. »Trotzdem muss ich die Stadt so schnell wie möglich verlassen.«

Helga stemmte die Hände in die Hüften und zeterte: »Wieso verlassen? Haben wir nicht perfekt zusammengearbeitet?«

»Ja«, gab Luigi zu. »Es war ein schöner Tag mit Ihnen, Helga.«

Sie heulte ein bisschen und sagte, dass sie sich nie zu träumen gewagt hätte, so einen aufregenden und interessanten Tag zu erleben. Dann putzte sie sich die Nase und fragte, wo er eigentlich wohne.

»Ich wohne nicht – ich komme irgendwo unter. In ’ner Gartenlaube, in Abrisshäusern oder Bauwagen – es gibt viele Möglichkeiten.«

»Aha«, sagte Helga so verständnisvoll, als seien ihr solche Wohnverhältnisse seit eh und je bekannt. »Wo sind denn Ihre Sachen, Luigi? Sie müssen doch ein paar Klamotten haben? Und Ihre Einnahmen? Die zahlen Sie doch bestimmt nicht auf der Volksbank ein?«

»Ich habe eine Reisetasche am Bahnhof in einem Schließfach deponiert, und mein Geld liegt in einem sicheren Versteck.«

»Aha«, sagte sie wieder, und dann bot sie ihm an, bei ihr zu übernachten.

Luigi schielte zum Sofa, das bequem und einladend aussah.

»Na gut«, sagte er. »Es ist spät geworden. Ich bin hundemüde. Wenn Sie erlauben, nehme ich heute gern mit Ihrem Sofa vorlieb.«

Fünf

Irmas Verdacht

Helga schlief wie ein zufriedener Säugling und wachte erst gegen neun Uhr auf. Sie spähte ins Wohnzimmer. Das Sofa war leer, die Steppdecke zusammengelegt und das Kopfkissen aufgeschüttelt. Helga schnupperte. Auf dem Tisch lag eine Bäckertüte, daraus stieg der Duft frischer Brötchen. Ich spinn, dachte Helga und hastete zum Bad. Hier roch es nach Fichtennadeln.

»Schiet«, murmelte sie, »er hat ein Vollbad genommen, bevor er abgehauen ist.«

Die Euroscheine hingen noch an der Wäscheleine. Sie nahm sie ab, strich sie glatt und zählte. 2030 Euro! Davon zweigte sie 1015 Euro ab und legte sie in ihre Suppenterrine zum Rest der Monatsrente. Die andere Hälfte der Scheine bündelte sie mit einem Gummiband und ließ sie auf dem Couchtisch liegen. Sie nahm sich vor, alle Scheine später aufzubügeln, und ging auf den Balkon, um wie jeden Morgen ein wenig Gymnastik zu machen.

Da stand Luigi ans Geländer gelehnt und genoss die Aussicht.

»Guten Morgen, gnädige Frau«, sagte er vergnügt. »Sie haben einen Panoramablick erster Klasse!«

Helga stellte sich neben ihn, fuchtelte mit den Armen und erklärte: »Da, schaun Sie: die Großstadt zwischen Wald und Reben! In der Ferne kann man heute sogar die Schwäbische Alb mit der Burg Teck und dem Hohenneuffen sehen.«

»Bellissimo!«, sagte Luigi.

»Stimmt«, sagte Helga. »Die Aussicht von den Freiberg-Hochhäusern ist fantastisch. Leider wissen das immer weniger Stuttgarter zu schätzen. Ich wohne gern hier, die Türken und Russen in der Nachbarschaft sind freundlicher als meine Landsleute.«

Helga verzichtete auf Kniebeugen und Armkreisen und richtete das Frühstück.

Am Kaffeetisch lobte sie Luigi: »Nett von Ihnen, dass Sie schon beim Bäcker waren.«

»Iwo«, sagte er. »Ich war nur im Erdgeschoss, um eine Zeitung zu holen. Nicht mit dem Aufzug, sondern über die Treppe, damit mir niemand begegnet. Beim Raufsteigen musste ich ab und zu verschnaufen. Dabei hab ich die Brötchentüte entdeckt, sie stand im fünften Stock vor einer Wohnungstür.«

Helga schmunzelte und schmierte Butter auf ein Laugenweckle. »Sie sind echt keine Bangbüx«, mümmelte sie mit vollem Mund.

Nach dem Frühstück sagte Luigi, dass er nun gehen müsse.

»Wohin?«, fragte Helga, und es klang bitter enttäuscht.

Sie hatte Luigi inzwischen an die erste Stelle ihrer Sehnsüchte, die nach der Trennung von Kai-Friedrich neu erwacht waren, gesetzt. Luigi war ein Mann, den sie uneingeschränkt bewunderte. Kein Luftikus. Kein Heiratsschwindler. Kein einsamer Witwer.

Was für Mannsbilder hab ich nicht schon durchprobiert, dachte Helga Eichhorn, aber ein Mann wie Luigi ist mir noch nie begegnet! Ein Mann mit so geschickten Händen! Sie legte ihre Hand leicht und zärtlich auf seine.

Luigi sah Helga an und lächelte. Doch gleich zog er seine Hand weg und sagte leise: »Ich muss weiter. Dabei ist mir Stuttgart ans Herz gewachsen. Jetzt muss ich aufpassen, dass nicht auch noch Sie mir ans Herz wachsen, Helga.«

»Bleib hier!«, sagte sie.

»Das geht nicht, auch wenn ich wollte. Seit der Leiche gestern bin ich hier nicht mehr sicher. Und Sie auch nicht!« Luigi hielt ihr die Stuttgarter Nachrichten unter die Nase.

»Gibt's was Neues in der Schwabenmetropole?«, fragte sie.

Er schlug den Lokalteil auf und las vor:

»Männliche Leiche auf dem Cannstatter Frühlingsfest.

Gestern Abend ist auf dem Wasengelände ein 54-jähriger Mann zu Tode gekommen. Er ist mit einem Rollstuhl gegen eine Betonwand der Damentoiletten geprallt und hat einen tödlichen Schädelbruch erlitten. Gesucht wird der Eigentümer des kurz nach dem Unfall verschwundenen Rollstuhls. Ein älteres Ehepaar, das sich während des Geschehens am Tatort befunden hat, wird dringend gebeten, sich zu melden. Die Polizei ermittelt, ob es sich um einen Unfall oder um Mord handelt.«

»Mord!?«, sagte Helga und machte ein Gesicht wie die Unschuld vom Lande.

»Sie haben die Bremse gelöst, gnädige Frau, und dem Rollstuhl einen Schubs gegeben.«

»Das haben doch nur Sie gesehen!«

»Hoffentlich! Ich kann Ihnen nur raten, in nächster Zeit nicht mehr mit dem Rollstuhl auszufahren.«

»Ha!«, schrie Helga. »Die können mir doch dankbar sein, dass ich diesen Kerl unschädlich gemacht habe!«

»Das war mindestens fahrlässige Tötung, Helga.«

»Kann sein«, sagte sie, »aber es tut mir nicht leid.«

»Mir auch nicht. Doch wenn sich Zeugen finden, werden Sie nicht davonkommen. Ich weiß, wie's im Knast ist. Da gibt es keinen Panoramablick. Glauben Sie mir, Helga, es ist besser für Sie, wenn wir nicht zusammen gesehen werden.«

»Kommen Sie wieder? Wir können uns doch das Stuttgarter Sommerfest und das Weindorf nicht entgehen lassen. Bis dahin ist bestimmt Gras über die Leiche gewachsen. Waren wir nicht ein gutes Team?«

»O ja.« Luigi Baresi stand auf, machte eine galante Verbeugung, nahm ihre Hand und legte seine Lippen darauf.

Mein Gott, dachte Helga – seine Hände, diese schönen, geschickten Hände! Sie haschte danach und drückte einen Kuss darauf. Er zog sie vom Stuhl hoch und sie standen sich gegenüber. Da sie genau gleich groß waren, brauchte sich Helga nur etwas vorzubeugen, um Luigi sanft auf den Mund zu küssen. Er hielt sie fest und verwandelte den sanften in einen wilden Kuss.

Helga stand in Flammen.

Luigi ließ sie abrupt los und wandte sich zur Tür. »Alles Gute für Sie, Helga. Bis bald.«

Helga blieb traurig zurück. Doch als ihr einfiel, dass heute Montag war und der inzwischen übliche Mutter-Tochter-Abend anstand, war sie froh, Luigi erst mal los zu sein.

* * *

Obwohl Irma diese Treffen als Pflichtübung empfand, hatte sie es diesmal kaum erwarten können, mit ihrer Mutter ein paar Wörtchen unter vier Augen zu sprechen. Irma hoffte inständig, damit den Verdacht, der ihr diese Nacht den Schlaf geraubt hatte, ausräumen zu können.

Mama Eichhorn hatte sich wie immer viel Mühe mit dem Abendmenü gegeben. Irma wollte ihr den Appetit nicht verderben und wartete mit ihren Fragen, bis die Spargelcremesuppe, die Butterkartoffeln mit gedünsteten Lachsstücken und das Schokoladeneis verspeist waren.

Erst später bei einer Flasche Riesling fragte Irma, wie Mam den Sonntag verbracht habe.

Mama nahm einen Schluck Wein, kaute versonnen an einer Salzstange und nuschelte: »Wie immer.«

»Keinen Spaziergang gemacht?«

Irma beobachtete ihre Mutter, als ob sie eine Hauptverdächtige verhörte. Doch die schien in keiner Weise nervös.

»Natürlich bin ich bei dem schönen Wetter unterwegs gewesen«, sagte sie.

»Mit dem Rollstuhl? Oder hast du dich endlich von ihm getrennt?«

»Wenn ich etwas weiter weg will, hab ich ihn gern dabei.«

»Und wo warst du?«

»Eine Tour durch die Weinberge.«

»Und wo ist dein Rollstuhl jetzt?«

»Unten im Fahrradraum.«

»Hast du die kleine karierte Decke noch, die ich dir zu Weihnachten geschenkt hab?«

»Die hab ich verloren. So ein Pech.«

»Du warst gestern nicht zufällig auf dem Frühlingsfest?«

»Ach, ja – da war ich auch.«

»Aha«, sagte Irma, »da hättest du doch Helene mitnehmen können. Ich finde es nett, dass ihr euch angefreundet habt.«

»Helene hatte keine Zeit«, log Mama.

Irma zeigte auf die Zeitung, die Luigi auf die Anrichte gelegt hatte.

Mama schien etwas blass zu werden, als Irma sagte: »Du liest doch sonst keine Zeitung. Wenn du dir diese extra gekauft hast, wolltest du doch sicher über den Todesfall nachlesen, den es gestern Abend auf den Wasen gegeben hat.«

»Ach so, ja«, sagte Mama. »Davon hab ich gar nichts mitgekriegt, als ich dort war.«

»Woher wusstest du es denn?«

»Ist heute früh im Radio gekommen. Sie suchen Zeugen.«

»Und du hast gestern nichts gehört und gesehen?«

»Wahrscheinlich war ich schon wieder auf dem Heimweg, als das passiert ist.«

»Schade«, sagte Irma. »Wenn du in der Nähe gewesen wärst, hätte es ja sein können, dass du mehr darüber wüsstest. Das hätte mir sehr geholfen, weil ich nämlich die Ermittlungen leite und herausfinden muss, ob es sich um einen Unfall oder um Mord handelt.«

»Na, so was«, sagte Mama und trank ihr Glas in einem Zug leer.

Nachdem sich Irma verabschiedet hatte, war ihre Mutter nicht beunruhigt, eher nachdenklich. Sie hatte vorgehabt, diese Episode mit dem Rollstuhl zu vergessen. Und es war ihr fast gelungen, weil sie seither nur noch Luigi im Kopf gehabt hatte. Ihr schnell entflammbares Herz hatte Feuer gefangen und sie war überzeugt, dass auch der smarte Sizilianer Gefallen an ihr gefunden hatte. Er hatte ja zugegeben, sie beide seien ein gutes Team, und Helga wünschte sich sehnlichst, dass sie das für immer bleiben könnten.

Nun war er weg! Sie wusste nicht, woher er gekommen und wohin er gegangen war. Sie wusste nicht, ob sie ihn je wiedersehen würde. Das war traurig, doch Helga war überzeugt, dass Luigi zurückkommen würde. Bestimmt!

Das Einzige, was sie fürchtete, war, dass Irma ihr Geheimnis aufdeckte. Dieses seltsame Verhör hatte ihr gar nicht gefallen.

Sie ging auf den Balkon und spähte hinunter zu dem Weg, der zur Straßenbahnhaltestelle führte, um Irma nachzuwinken. Eine U 7 rollte gerade in die Gegenrichtung zur Endhaltestelle Mönchfeld. Endlich entdeckte Helga ihre Tochter, die nicht zur Haltestelle eilte, sondern auf dem Fahrrad saß und, wie es schien, wütend in die Pedale trat.

»Das hat sie ja gar nicht erzählt, dass sie mit dem Fahrrad da war«, flüsterte die Mama und umklammerte das Balkongeländer. »Dass sich die Deern aber auch kein Auto anschafft! Sie verdient doch gut. Und Fahrradfahren ist ja auch nicht ganz ungefährlich in der Großstadt. Na, nun hat sie sich wenigstens endlich einen Sturzhelm zugelegt.«

Mit diesem beruhigenden Gedanken setzte sich Frau Eichhorn vor den Fernseher und schaltete den späten »Tatort« ein.

* * *

Irma war froh, sich nach dem Gespräch mit der Mutter ihren Frust und ihre Sorgen abstrampeln zu können. Sie flitzte über Zuffenhausen und danach unterhalb der Weinberge durch die Krailenshalde bis zum Pragsattel. Von dort hatte sie nur noch die Tour über den Killesberg vor sich, die Strecke, auf der sie fast jeden Tag zwischen ihrer Wohnung und dem Polizeipräsidium pendelte.

Im Park angekommen, hätte sie sich gern auf eine Bank gesetzt, verschnauft und nachgedacht. Hier war es still und einsam, niemand würde sie stören. Die Grillen zirpten ihr Nachtlied. Der Mond hing als schiefes Ei hinter der filigranen Konstruktion des Aussichtsturms. Ein leichter Wind pustete die Wärme des Tages vor sich her. Aber Irma hatte keine Ruhe und stürmte weiter. Sie wollte mit Leo sprechen, weil sie ihren Verdacht nicht mehr länger für sich behalten konnte.

Es war elf Uhr, als sie daheim ankam.

Wie immer, wenn Irma seinen Rat suchte, hörte Leo sie an, ohne sie zu unterbrechen. Während sie erzählte, wurde sein rundes Gesicht unter den fellartigen braunen Haaren länger, sein Mund schmaler und das Grübchen im Kinn tiefer.

Als Irma mit ihrem Bericht fertig war, überlegte er ein Weilchen und wiederholte dann die von Irma genannten Verdachtsmomente.

»Erstens: Wieso hat sich deine Mutter die Tageszeitung mit dem Polizeibericht gekauft? Zweitens: Die angeblich verloren gegangene Decke liegt im kriminaltechnischen Institut, wo die DNA von dem daran haftenden Blut und auch die von Schweiß oder Haaren bestimmt wird. Wenn deine Mutter in Verdacht gerät, wird sie eine Speichelprobe geben müssen. Es würde sich schnell herausstellen, ob es sich um ihre Decke handelt.«

»Mam wird weiter behaupten, die Decke verloren zu haben – und wenn niemand das Gegenteil beweisen kann, besteht kein Tatbestand, der sie in Schwierigkeiten bringen könnte.«

»Drittens«, sagte Leo, »du hast den Rollstuhl im Fahrradraum geprüft und entdeckt, dass die Fußstützen verbogen sind.«

»Kannst du dieses Teil nicht geradebiegen und ein bisschen überlackieren?«, fragte Irma sehr leise.

Entrüstet fragte Leo: »Also, Frau Kriminalkommissarin, was brütest du da aus? Willst du deinen Job riskieren?«

»Ich kann meine Mutter nicht verraten. Ich kann's einfach nicht! Versteh mich doch …«

»Nein«, sagte Leo. »Ich verstehe dich nicht. Soviel ich weiß, hat deine Frau Mutter im Laufe ihres Lebens schon jede Menge unvernünftige Dinge angestellt. Eigentlich mag ich sie ja, aber sie kann nicht von dir verlangen, dass du ihre Fehler ausbügelst. Morgen unterbreitest du deinem Chef die Fakten. Der alte Schmoll soll sehen, was er herausfindet – du musst dich da sowieso raushalten, weil du als Tochter befangen bist.«

»Vielleich findet Schmoll ja gar nichts, dann hätte ich böswillig Alarm geschlagen«, sagte Irma. »Mam wird durch die Mangel der Justiz gedreht und kriegt ihre Macke weg, ob sie was mit dieser vertrackten Rollstuhlleiche zu tun hat oder nicht. Du musst dich doch erinnern, Leo, wie es war, als du unschuldig im Gefängnis gesessen hast. Du warst jung und hast das locker weggesteckt – aber wenn ich damals nicht an deine Unschuld geglaubt hätte, wer weiß …«

»Also erstens habe ich das nicht locker weggesteckt, und zweitens hab ich nicht vergessen, dass du an mich geglaubt hast.«

»Und jetzt versuche ich, an die Unschuld meiner Mutter zu glauben.«

»Versuche es halt, wenn du nicht anders kannst. Aber bitte, gehe morgen noch mal zu ihr und kläre rein privat verschiedene Ungereimtheiten. War es ihr Rollstuhl, mit dem der Mann verunglückt ist? Wenn ja, wer war dieser Ehemann, von dem die Zeugen berichtet haben? Und warum haben sich die beiden verdrückt, wenn sie unschuldig sind?«

»Aus dir wäre ein guter Kripokommissar geworden«, sagte Irma.

Ihre Angst, dass sie sich wegen dieser blöden Sache verkrachen oder zumindest wieder aneinander vorbeireden würden wie früher so oft, wich unter seinem Kuss.

Sechs

Euroscheine

Der nächste Tag war der 1. Mai. Da Irma keinen Bereitschaftsdienst hatte, stand sie mit den Fragen, die sie nachts umgetrieben hatten, vormittags gegen zehn vor der Wohnungstür ihrer Mutter. Zum ersten Mal benutzte sie den Zweitschlüssel, den sie für Notfälle in Verwahrung hatte, und trat ein, ohne anzuklopfen. Sie lugte durch die offene Wohnzimmertür, und als sie kapierte, was ihre Mam dort trieb, stieß sie vor Überraschung einen spitzen Schrei aus.

Helga fiel vor Schreck das Bügeleisen vom Brett. Irma konnte es nicht rasch genug aufheben. Sein Abdruck blieb wie ein Mahnmal in den Teppichboden gebrannt.

»Was in aller Welt treibst du hier, Mam?!«

Mama sagte: »Ich plätte.«

»Du plättest Euroscheine?!«

Mama nickte und begann zu schluchzen.

»Heul nicht rum«, sagte Irma heftig. »Erkläre mir das!«

Wenig später wusste Irma, wo diese Scheine herkamen und auch wer der »Ehemann« gewesen war, der Mam übers Frühlingsfest kutschiert hatte.

In üblich epischer Breite berichtete Mama von dem Festzeltbesuch und dem Schietkerl, der es sich in so unanständiger Weise in ihrem Rollstuhl bequem gemacht hatte. Danach schilderte sie dramatisch aufgeregt seine Todesfahrt gegen die Wand der Damentoiletten. Was sie gewissenhaft verschwieg, war, dass ihre Hand die Bremse gelöst und dem Rollstuhl einen Schubs verpasst hatte.

Obwohl diese wichtigen Details unterschlagen wurden, reichte Irma das, was sie gehört hatte, um völlig aus dem Häuschen zu geraten.

»Mein Güte, Mam!«, schrie sie. »Kannst du wirklich nicht aufhören mit der Klauerei? Nun treibst du es schon im

Team mit fremden Taschendieben! Ich bin von Itzehoe weg, weil ich dich damals nicht angezeigt habe und das mit meinem Gewissen nicht vereinbaren konnte. Geht das nun auch hier in Stuttgart wieder los?«

»Ich bin diesmal verführt worden«, redete sich Mama raus. »Ich bin einem begnadeten Taschendieb auf den Leim gegangen.«

Wie sehr sie diesen Dieb bewunderte und wie sehr sie sich nach ihm sehnte, ließ sie wohlweislich aus. Sie unterschlug auch, dass Luigi Baresi bei ihr übernachtet hatte.

Irma war nur zu bereit zu glauben, was Mama behauptete: Dieser Mann sei eine Zufallsbekanntschaft gewesen und sie wüsste nicht mal seinen Namen. Er habe sie gezwungen mitzumachen und ihr die Hälfte der Beute überlassen, weil sie gedroht habe, ihn anzuzeigen.

Mama hoffte bei dieser Version auf Irmas Lob, das aber ausblieb.

Irma fand beim besten Willen keine Lösung, wie sie ihre Mutter aus der Sache raushalten konnte, ohne sie anzuzeigen. Aber sie ahnte bereits, dass sie das nicht übers Herz bringen würde.

Nach stundenlanger Grübelei beschloss Irma, trotz moralischer Bedenken, die Beichte ihrer Mutter nicht an die große Glocke – zum Beispiel Schmoll – und auch nicht an eine kleinere – also Leo – zu hängen.

Ihrer Mutter schärfte sie ein, über das Geschehene zu schweigen, und malte ihr drastisch aus, was ihr passieren würde, wenn sie in Verdacht geriete, irgendeine Rolle bei diesem Unglück auf den Wasen gespielt zu haben. Mama schwor, Irmas Rat zu befolgen.

Damit war Irmas Job als Kommissarin der Mordkommission getan. Für den Diebstahl war sie nicht zuständig und sie würde einfach vergessen, den Fall ans Raubdezernat weiterzugeben. Von der Zusammenarbeit mit Kommissar Stöckle hatte sie seit dem Bankraub in Feuerbach sowieso die Nase voll.

So schlug sie ihrer Mutter vor – sie befahl es ihr regelrecht, und es gab Zeter und Mordio deswegen –, die 1015 Euro, davon einige gebügelte, der größere Rest gewellt, dem Kinderdorf Gutenhalde zu spenden.

Weil sie ihrer Mutter nicht traute, erledigte es Irma selbst. Sie schickte das Geld per Post ohne Absender – ihr schlechtes Gewissen wuchs sich zum Dauerzustand aus.

* * *

Irma bekam von Schmoll den miesen Job zugeteilt, in die Pathologie zu gehen und sich von Doktor Bockstein die Obduktionsergebnisse an der Rollstuhlleiche geben zu lassen.

Von der Abgeklärtheit des Gerichtsmediziners war Irma weit entfernt. Beim Anblick geschundener, meist verunstalteter Körper musste sie jedes Mal gegen das Zittern ihrer Stimme und Gänsehaut ankämpfen.

Als Irma in Doktor Bocksteins »Heiligen Hallen«, wie er die Pathologie nannte, eintraf, schien ihr, dass seine braune Haut heute besonders extrem von dem weißgekachelten Arbeitsraum abstach. Der knochige Bockstein mit der weißblonden Stoppelfrisur erweckte ganzjährig den Eindruck, er sei soeben von einem vierwöchigen Urlaub aus einem südlichen Ferienparadies zurückgekommen. Während er Irma willkommen hieß, bleckte er freundlich sein Pferdegebiss. Er freute sich, die nette junge Kommissarin und nicht den bruddeligen Schmoll begrüßen zu können.

Lächelnd zog er den Toten aus der Kühlkammer und schlug das grüne Tuch zurück. »Die Kopfverletzung hat er sich eindeutig beim Aufprall gegen die Betonwand zugezogen.« Bockstein drehte den Körper zur Seite und zeigte auf blaue Flecke, die auf dem Rücken und den Schultern des Toten ineinanderliefen. »Diese Hämatome sind nicht die Folgen eines Kampfes, wie man meinen sollte – es sind Druckstellen, die sich der Gute beim Zurückprall von der Wand in den Rollstuhl eingehandelt hat. Wenn er freiwillig und mit

Anlauf gegen die Wand gerannt wäre, sähe das anders aus – also wird er wirklich mit Schwung in einem Gefährt dagegengesaust sein. Er war übrigens nicht ganz nüchtern: 1,6 Promille. In diesem Zustand wird er die Bremse nicht gefunden haben. Wollen Sie noch wissen, was in seinem Magen gewesen ist?«

»Nein, danke«, sagte Irma. »Das wird ja nichts mit seinem Tod zu tun haben.«

»Nein – es ist sein Kopf, der nicht hart genug war«, sagte Bockstein. »Der Spalt in der Stirn stammt von der Wand, durch die er unbedingt wollte. Der Mann ist eindeutig an einem Schädelbruch gestorben.«

Nach dem Aufruf in der Presse hatten sich fünf Zeuginnen gemeldet. Jede erzählte etwas anderes.

Schmoll war genervt, und nachdem er sie alle wieder losgeworden war, wetterte er in seinem besten Donnerton: »Diese Dämchen haben sich wahrscheinlich vorher im Bierzelt volllaufen lassen! Kein Wunder, dass sie sich nicht richtig erinnern können, was vor den Damentoiletten los gewesen ist!«

Die einzige Aussage, die bei allen Damen übereinstimmte, lautete: Der Mann hatte, bevor er zu Tode gekommen war, in einem Rollstuhl gesessen und sich vor ihren Augen unanständig benommen. Der Ordnungshüter vom Festzelt-Sicherheitsdienst gab zu Protokoll, der Ehemann der gehbehinderten Dame habe die Leiche aus dem Rollstuhl entfernt.

Inzwischen hatte die Datenbank, außer dem Namen und der Adresse des Toten, noch mehr Informationen geliefert: Joachim Upps, alleinstehend, berufs- und arbeitslos. Ein vorbestrafter Exhibitionist, seit einigen Jahren polizeibekannt. Da er sein Unwesen bevorzugt auf Stadtfesten trieb, nährte das den Verdacht, es sei ein Racheakt einer Dame gewesen, die schon anderweitig von ihm belästigt worden war. Es war möglich, dass eine solche Dame den Rollstuhl in

Schwung gebracht hatte, um dem Herrn einen Denkzettel zu verpassen.

Auch mit dieser Theorie kam Schmolls Kripoteam nicht weiter, weil sich niemand dazu bekannte. Herr Upps wurde als Unfall zu den Akten gelegt.

Schmoll sagte abschließend: »Es gibt keine reine Wahrheit, aber ebenso wenig einen reinen Irrtum.«

»A neuer Sinnspruch vom Chef?«, fragte Katz.

»Nicht neu und nicht von mir«, murmelte Schmoll. »Hat Friedrich Hebbel gesagt, vor 150 Jahren.«

Irma grübelte über Schmolls Satz nach. Sie wurde den Verdacht nicht los, er hatte irgendwas damit sagen wollen. Doch sie hoffte, es war einer seiner schlauen Sprüche, der nichts Bestimmtes bedeutete.

Sieben

Edmund und Edith Körner

Der Sommer, der lange nicht richtig in Gang hatte kommen wollen, war wie ein unvorhergesehenes Naturereignis ausgebrochen. Seit der letzten Juliwoche, pünktlich zu Beginn der großen Ferien, brodelte unerwartet afrikanische Hitze über Baden-Württemberg, unter der die Stuttgarter nach Luft schnappten.

Auch in einer Wohnung in Stuttgarts bester Halbhöhenlage herrschte dicke Luft. Beim Ehepaar Körner schaukelte sich wieder einmal ein Streit hoch.

Edmund Körner, ein gut erhaltener Sechziger, war Beamter im Landwirtschaftsministerium gewesen, wo er einen mittelhohen Posten in der Abteilung Weinbau innegehabt hatte. Auf Fragen, was dort seine Aufgaben gewesen waren, antwortete Körner bescheiden: »Ich habe auf 27 500 Hektar Rebfläche das baden-württembergische Sortenspektrum aus Trollinger, Lemberger, Riesling und Müller-Thurgau überwacht.«

Die Ursache des Schlaganfalls, der ihn vor einem Jahr getroffen hatte, war aber weniger seinem Arbeitsstress zuzuschreiben, sondern ganz offensichtlich dem Schock, den er durch den plötzlichen Tod seiner ersten Frau erlitten hatte. Seine Ehe war zwanzig Jahre lang ohne nennenswerte Höhen und Tiefen verlaufen. Gerlinde hatte ihn umsorgt und ihm den Rücken frei gehalten, wie sie das nannte. Edmund hatte ein pflichtbewusstes und geruhsames Beamtendasein geführt. Aber nachdem Gerlinde so unerwartet auf den Gleisen der Stuttgarter Straßenbahn verschieden war, hatte ihn der Schlag getroffen. Als er nach einigen Wochen aus der Reha zurück in sein Zuhause kam, hatte sich die linksseitige Lähmung zwar gebessert, aber er brauchte noch Gehhilfen und außerhalb des Hauses einen Rollstuhl.

Edmund musste sich das erste Mal im Leben über etwas Sorgen machen: Der Gedanke, dass er ab jetzt die Einkäufe, das Waschen und Putzen, alles Dinge, um die er sich noch nie gekümmert hatte, bewältigen musste, trieb seinen Blutdruck bedenklich in die Höhe. Er sah seine Gerlinde, die das alles mit großer Selbstverständlichkeit erledigt hatte, plötzlich in einem Glorienschein, den er zu ihren Lebzeiten nie wahrgenommen hatte.

Auf die Idee, sich eine Putzfrau zu nehmen oder behindertengerechte Umbauten in seiner Villa vornehmen zu lassen, eventuell nur zwei oder drei Räume zu bewohnen statt sieben, kam er nicht. Edmund war Schwabe, zumindest väterlicherseits, was seine Neigung zu Bescheidenheit und Sparsamkeit geprägt hatte. Das Geld für die Villa mit parkähnlichem Garten und Blick auf Stuttgart hatte seine französische Mutter mit in die Ehe gebracht. Das Anwesen, das Edmund von seinen früh verstorbenen Eltern geerbt hatte, war inzwischen ein Vermögen wert. Aber Edmund schien sich nicht bewusst zu sein, dass er ein reicher Mann war.

Am wichtigsten war ihm sein Hund Amus, ein liebenswürdiger goldgelber Labrador in den besten Jahren. Sein Name war eine Abkürzung von Amadeus, weil Edmund Mozart liebte.

Zum Glück hatte damals, als seine Frau verunglückt war und er den Schlaganfall erlitten hatte, seine Sekretärin Edith Knoblauch den Hund in Pflege genommen. Einmal hatte sie Edmund in der Klinik in Bad Herrenalb besucht und Amus mitgebracht. Dafür war Edmund ihr unendlich dankbar. Das herzzerreißende Wiedersehen zwischen Hund und Herrchen wurde allerdings getrübt, weil Amus nicht mehr mit Edith zurück nach Stuttgart fahren wollte. Bei dem schwierigen Manöver, ihn in Ediths Auto zu laden, hatte Edmund seinen sanften Amus das erste Mal knurren und bellen, jaulen und winseln gehört.

Als Edmund aus der Reha zurück war, wollte er Amus so schnell wie möglich wieder bei sich haben. Am Telefon versicherte er seiner großmütigen Sekretärin, er könne ihr nun endlich Amus wieder abnehmen. Zwar brachte Edith daraufhin Amus sofort zurück, allerdings hatte Edmund nicht damit gerechnet, dass sie auch selbst bei ihm einziehen würde. Sie ließ sich das nicht ausreden. Und letztendlich war er ihr dankbar, weil sie den Haushalt und seine Pflege in die Hand nahm – mit Hilfe einer Zugehfrau, eines Gärtners und eines Physiotherapeuten, der zu den Behandlungen ins Haus kam. Im Organisieren war Frau Knoblauch schon gut gewesen, als sie noch seine Sekretärin gewesen war.

Das Ministerium schickte Edmund in Frühpension. Gleichzeitig kündigte die Sekretärin dort ihren Job, um sich ausschließlich und aufopfernd um Edmund kümmern zu können.

Die adrette Edith war zwanzig Jahre jünger als Edmund und stachelte seine Hormone derart hoch, dass er auflebte und seine Potenz wieder zum Leben erwachte. Wie hätte er auch wissen sollen, dass Edith ihm Viagra-Tabletten statt Betablocker verabreichte?

Edmund tappte frohen Mutes in Ediths Arme. Der Spaß war jedoch schnell vorbei, da nach der Hochzeit Ediths Zuneigung zu ihm bedenklich schrumpfte. Der größte Zankapfel war Amus, der Edith nicht leiden konnte, weil sie ihn auch nicht leiden konnte. Seit er Edith, die behauptete, nicht zu wissen, weshalb, in den Finger gebissen hatte, hing das Eheglück auf Halbmast.

Der gutmütige Edmund versuchte, immer wieder Frieden zu stiften, weil er es Ediths Fürsorge zu verdanken hatte, dass er sich gut von seinem Schlaganfall erholte. Doch je mehr Edmund seine Selbständigkeit wiederfand, desto mehr verlangte Edith auch ihre Freiräume in dieser Ehe. Da er das anders sah, kam es häufig zu Streitereien.

Heute zum Beispiel ging es um ein Wellness-Wochenende, auf dem Edith bestand, obwohl sie erst vorige Woche einige Tage bei einer Freundin in München verbracht hatte. Edmund hielt dagegen, dass in Stuttgart Sommerfest sei und er sich darauf gefreut habe, mit ihr hinzugehen, so wie früher mit Gerlinde.

Den Nachsatz hätte er sich besser verkneifen sollen, denn er reizte Edith und sie keifte, sie gehe nicht auf spießige Volksfeste, schon gar nicht mit einem Grufti.

Als er daraufhin versuchte, ihr zärtlich zu beweisen, dass er kein Grufti war, explodierte Edith und warf die chinesische Bodenvase, ein Andenken an Gerlinde, gegen die Wand.

Edmund fegte die Scherben zusammen und verzog sich mit Amus, der die Szene knurrend beobachtet hatte, in sein Zimmer. Seit geraumer Zeit war dieses ehemalige Herrenzimmer Edmunds und Amus' Schlafstube.

Edith packte. Zwei Stunden später war sie mit dem Sportcabrio, das ihr Edmund zur Hochzeit geschenkt hatte, verschwunden.

Edmund, der eigentlich kein großer Grübler war, überlegte, was er falsch machte. Da er sich keiner Schuld bewusst wurde, fiel ihm aber plötzlich ein, dass heute Freitag war. Der Tag seines »Riesling-Rituals«!

Es stimmte nicht, was Edith behauptete: Edmund trank nicht zu viel, sondern in Maßen und mit Genuss. Gerlinde hatte es nie gestört, wenn er aus dem Weintrinken ein regelrechtes Ritual machte. Sein »Riesling-Ritual« war Edmund heilig. Er behauptete, es sei Balsam auf seiner Seele, eine Kraftquelle und ein Gesundbrunnen. Aber seit Edith seine Frau war, musste Edmunds Ritual immer öfter ausfallen, denn sie hatte es zum Saufgelage erklärt.

Da Edith heute unerwartet außer Haus war, stieg Edmund in den Keller, um sich eine Flasche Riesling zu holen. In dem geräumigen, kühlen Vorratsgewölbe lagerte außer Edmunds speziellem Riesling auch Trollinger, Schillerwein, einige Flaschen Champagner sowie Mineralwasser. Zusätzlich wurden hier Konserven, Kartoffeln, allerlei Hausrat und die Koffer aufbewahrt. Edmund wunderte sich, dass die zwei gestern angelieferten Kartons mit seinem Stettener Pulvermächer nicht mehr auf dem Fußboden standen. Sie lagen auf dem Regalbrett, auf dem Ediths Koffer fehlte. Doch Edmund war zu träge, darüber nachzudenken, und zu faul, sich die Trittleiter aufzustellen, um eine Flasche herunterzuangeln. Deswegen griff er sich die zwei Flaschen, seine stille Reserve, die er unter dem tiefsten Regalbrett versteckt hielt. Er streichelte die schlanken kühlen Flaschen und sah im Geiste die Weinterrassen im lieblichen Remstal, auf denen diese edlen Tropfen gereift waren.

Der Pulvermächer selbst war ebenfalls Streitobjekt von Edmund und Edith. Sie fand es himmelschreiend, dass er derart teuren Riesling aus einem Weingut im Remstal bezog, wo es doch auch bei Aldi guten, aber preisgünstigeren Riesling gab. So nachgiebig Edmund sonst war, hier blieb er fest: Der Remstal-Riesling war seine Leidenschaft, die er um nichts in der Welt aufzugeben bereit war. Und es musste Stettener Pulvermächer, Kabinett oder Prädikatswein, sein.

Wohlgemut stieg Edmund mit den zwei Pulvermächer-Flaschen aus dem Keller herauf und bereitete sein Ritual vor: Er öffnete eine der Flaschen und stellte sie mit einem Viertelesglas auf das Tischchen neben seinem Sessel. Nachdem er eingegossen hatte, legte er eine Mozart-CD auf. Heute das Klarinettenkonzert, eins seiner Lieblingsstücke.

Er lehnte sich im Sessel zurück. Die Musik und der Anblick des Weines, der wie heller Bernstein mit grünlichen Reflexen im Glas schimmerte, lösten sogleich das erwartete Wonnegefühl in ihm aus. Schluck für Schluck genoss er die exotische Fruchtnote, schwelgte in dem sanften Schmelz, den jeder Tropfen an seinem Gaumen hinterließ. Zu Edmunds Füßen lag entspannt ausgestreckt Amus. Sein Kopf ruhte auf den Vorderläufen und seine Ohren waren hochgestellt, als ob ihn die Musik genauso glücklich machte wie sein Herrchen.

Das frische Bukett des edlen Rieslings, ein Hauch aus Pfirsich und Grapefruit, hing so federzart im Raum wie die Musik. Eine glückliche Stunde lang frönte Edmund seinem Ritual und fühlte sich danach verjüngt und voller Tatkraft.

Trotz dieses Hochgenusses verzichtete Edmund darauf, die zweite Flasche zu öffnen, und stellte sie in den Kühlschrank. Dabei schob er eine halbleere Flasche zur Seite und überlegte, wann in aller Welt er diese angebrochen hatte. Aber Edmund war kein großer Denker, außerdem lenkte ihn Amus ab, der sich demonstrativ vor die Schranktür setzte, hinter der sein Dosenfutter lagerte.

Während Edmund zusah, wie es Amus schmeckte, gestand er sich ein, dass er froh war, Edith übers Wochenende los zu sein. Dieser Frau, der er dankbar gewesen war, weil sie sich während seiner Krankheit um ihn gekümmert hatte, begegnete er mittlerweile ängstlich ergeben, um Streit zu vermeiden. Wenn er ehrlich gewesen wäre, hätte er zugegeben, dass sie ihm unheimlich war und er sich vor ihr fürchtete.

Bevor Edmund sich schlafen legte, spazierte er mit Amus bis zum Eugensplatz und zurück. Danach legte er sich im Herrenzimmer auf das zum Bett umfunktionierte Sofa, und der Hund machte es sich auf den Füßen seines Herrchens bequem.

Edmund fühlte sich so frei und wohl wie schon lange nicht mehr. Bevor er einschlief, nahm er sich vor, morgen aufs Sommerfest zu gehen. Vielleicht schon nachmittags – oder gegen Abend.

Acht

Stuttgarter Sommerfest

Helga Eichhorn hatte, seit Luigi Baresi am 29. April die Tageszeitung für sie geklaut hatte, das Blatt abonniert. Sie sagte sich, dass sie dadurch wenigstens nicht in Versuchung kam, eine Zeitung aus einem fremden Briefkasten mitgehen zu lassen.

Seit drei Monaten studierte Helga jeden Tag mehrere Stunden die neuesten Nachrichten.

Bevor sie morgens ins Erdgeschoss zum Briefkasten fuhr, pflegte sie mit ihrer Nachbarin zu plaudern. Das war unabwendbar, weil Frau Brüstle, sobald sie draußen jemanden zum Aufzug gehen hörte, aus ihrer Wohnung geschossen kam.

Frau Brüstle war noch kleiner als Helga und hatte weder Po noch Busen. Ihr einzig voll entwickeltes Teil war ihr Mundwerk. Sie verfügte über eine »Schwertgosch«, wie die Schwaben so etwas nennen, und war ständig auf der Suche nach Opfern, denen sie Neuigkeiten erzählen konnte. Nach einem »Grüß Gott, Frau Eichhorn, au scho onderwegs?« sprudelten als Erstes Klagen über ihre morschen Knochen, Rheumatismus und Kreuzschmerzen aus ihrem flinken Mundwerk. Bevor Helga also die neuesten Nachrichten aus dem Briefkasten holen konnte, erfuhr sie hier zwischen Tür und Angel die lokalen Neuigkeiten, für die sich die Nachbarin als alteingesessene Freibergerin zuständig fühlte. Frau Brüstle war gemeinsam mit der Urbevölkerung der Siedlung gealtert und hatte mittlerweile so manchen davon überlebt.

Jetzt zielte ihre Neugier auf die jungen Familien, die nachzogen. Die meisten davon waren Türken oder Russen. Frau Brüstle gefiel es inmitten dieser Multi-Kulti-Gesellschaft, die sie viel interessanter fand als die verbliebenen Rentner.

Bei dem nachbarlichen Smalltalk zwischen Frau Brüstle und Frau Eichhorn vor dem Aufzug kam hauptsächlich das Neueste von den gemeinsamen Nachbarn links oder rechts beziehungsweise oben oder unten, ganz gleich, ob es Ausländer oder Deutsche waren, zur Sprache. Frau Brüstle berichtete, wer die Kehrwoche nicht ordentlich machte und wer verbotenerweise Flaschen durch den Müllschlucker warf. Sie wusste auch, wessen Kinder im Treppenhaus durch die Lüftungslamellen auf das Vordach pinkelten und welcher Opa das Gleiche im Aufzug tat. Auch außerhalb des Hauses hielt Frau Brüstle Augen und Ohren offen. Sie war im Bilde, wer was im Supermarkt im Einkaufswagen zur Kasse schob, und machte sich ausführlich Gedanken darüber, ob sich Familie Özkan gesund ernährte oder Familie Malejew zu viel Geld für Alkohol ausgab.

Bei diesen Informationsstunden mit ihrer Nachbarin lernte Helga Eichhorn nicht nur in Handumdrehen Schwäbisch, sondern auch die Bewohner der Siedlung kennen. Sobald Frau Brüstle die Puste ausging, eröffnete Frau Eichhorn ihrerseits ein Palaver über das Weltgeschehen, von dem sie durch ihre Zeitung unterrichtet war. Es ging dann um die Aufstände in Ägypten und Griechenland, um Euro-Rettungsschirme und um Steuergroschen, die nach beider Dafürhalten ungerecht verteilt wurden.

»Die Millionäre schmuggeln ihr Geld ins Ausland!«, schimpfte Helga. »Das ist doch Diebstahl, hab ich nicht recht, Frau Brüstle?«

»De reinschde Raubridder send des!«

Helga Eichhorn nickte heftig und dachte bei sich: Wieso regt sich Irma auf, weil jemand wie Luigi in fremde Taschen greift, um sich das Leben ein bisschen nett machen zu können?

Abschließend wetterten beide noch über das viele Geld, das Stuttgart 21 kostete, und Frau Brüstle sagte versonnen: »Aber scheene Demos send des immer!«

Danach stieg Helga Eichhorn endlich in den Aufzug, dessen Tür sie seit einer Viertelstunde festgehalten und trotz wütender Klopfzeichen aus anderen Stockwerken nicht freigegeben hatte. Sie fuhr ins Erdgeschoss, um die Zeitung zu holen, damit sie auch morgen wieder bei Frau Brüstle Neuigkeiten zum Besten geben konnte.

Wieder in ihrer Wohnung las sie zuerst den Polizeibericht: Wohnungseinbrüche. Enkeltrickser. Drei verschiedene Überfälle in der Innenstadt.

»So etwas würde Luigi nie tun«, flüsterte sie vor sich hin. »Er hat gesagt, er erleichtert nur die Leute, die etwas entbehren können ... Ach, wenn doch Luigi wiederkäme!«

Seit ihrem gemeinsamen Abenteuer auf dem Cannstatter Frühlingsfest hatte Helga Eichhorn nichts mehr von Luigi Baresi gehört. Gott sei Dank auch nichts von der Mordkommission. Ihr Rollstuhl stand im Keller – seit einem Vierteljahr ging sie wieder zu Fuß. An die Leiche vom Frühlingsfest dachte sie fast nie, und schon gar nicht an den Schubs, den sie dem Rollstuhl gegeben hatte – aber sie wartete jeden Tag auf Luigi.

In den letzten Tagen hatte sich die Hitze im Ländle festgefressen. Helga frühstückte morgens auf dem Balkon unter der Markise. Dort verbrachte sie auch den größten Teil des Tages und die lauen Sommerabende. Während sie zusah, wie sich die Dämmerung auf die Landschaft senkte, trank sie eine halbe, oft auch eine ganze Flasche Trollinger oder Lemberger. Seit einigen Tagen war sie auf Riesling umgestiegen, weil er bei der Hitze frisch und spritzig durch ihre Kehle lief.

Auch am Abend des 4. Augusts saß Helga in Gesellschaft einer Flasche Riesling auf dem Balkon. Als es gegen zehn Uhr bei ihr klingelte, konnte sie sich nicht vorstellen, wer zu so später Stunde noch etwas von ihr wollte. Erst als es dreimal hintereinander Sturm geklingelt hatte, ging sie an die Sprechanlage.

»Hier ist Luigi, Luigi Baresi«, hörte sie es mehr flüstern denn sprechen.

So schnell hatte sie noch nie auf den Türöffner gedrückt und so beschwingt war sie noch nie über den Laubengang zum Aufzug gerannt.

Die Tür flog auf und Helga flog in Luigis Arme. »Luigi!« Sie schluchzte auf. »Luigi! Luigi! Ach, wie ich mich freue!«

Er schien sich genauso zu freuen wie sie. Er grinste sein Heinz-Rühmann-Lächeln, nahm ihr Gesicht in die Hände und küsste sie auf die Stirn, dann auf die Nasenspitze und zuletzt auf den Mund. Kleine leichte, zärtliche Küsse.

Als Frau Brüstle ihre Wohnungstür aufriss, ließen sie sich los, murmelten »Guten Abend« und verschwanden blitzschnell in Helgas Wohnung. Während sie ihre Tür leise schloss, hörten sie die von Frau Brüstle zuknallen.

»Nun ist sie beleidigt«, sagte Helga. »Wenn sie jemanden vorm Aufzug erwischt, erwartet sie nämlich ein Plauderstündchen.«

»Das kann sie morgen wieder mit dir machen«, sagte Luigi. »Heute musst du mit mir plaudern.«

Helga überhörte nicht, dass er beim Du blieb, das sie in ihrer Begrüßungsbegeisterung eingeführt hatte. Wie hätte sie jetzt auch Sie sagen können, nachdem sie ein Vierteljahr immer »per Du« an ihn gedacht hatte?

»Hast du Hunger, Luigi?«

»Wie ein Löwe!«

Talentiert, wie Helga in häuslichen Dingen war, richtete sie in Windeseile Schnittchen mit Edamer und Lachsschinken. Nach zehn Minuten stellte sie die Platte und eine Flasche Riesling auf den Couchtisch. Luigi schrak vom Sofa hoch, wo er eingeschlafen war. Helga setzte sich neben ihn, sie prosteten sich zu und besiegelten das Du mit einem Kuss. Helga schwebte im siebten Himmel. Während Luigi kräftig zulangte, bekam sie vor glücklicher Aufregung einen Schluckauf und brachte kaum einen Bissen herunter.

»Wo warst du nur so lange, Luigi?«

»Nachdem ich mich von Stuttgart – und von dir – trennen musste, habe ich ein Jagdrevier am Rhein eröffnet.«

»Aha«, sagte sie. »Zappzarapp!« Sie machte eine eindeutige Handbewegung, die sie mit ihrem ansteckenden Glucker-lachen unterlegte.

Er nickte, nahm einen Schluck Riesling und sagte: »Wun-der-bar. Viel spritziger als die süßen Rheinweine.«

»Erzähl mir vom Rhein«, drängte Helga und setzte betrübt hinzu: »Da war ich nämlich noch nie.«

Er lehnte sich gemütlich zurück und überlegte, bevor er begann: »Als ich ankam, hatte die Touristensaison schon begonnen. In allen Städten von Bingen bis Koblenz wurden rechts und links des Rheins Weinfeste gefeiert.«

»Wo überall? Erzähl«, bat Helga.

»Zuerst war ich im Rheingau, in Rüdesheim. In diesem Städtchen ist immer Festtagsstimmung. Vor allem die Amis und Japaner sind so entzückt von den alten Gassen, dass sie nicht auf ihr Geld achtgeben. Noch weniger passen sie auf, wenn sie in den Straußenwirtschaften oder in den lauschigen Weinlauben sitzen. Sie denken an nichts wie ans Saufen. Für mich sind das angenehme Arbeitsbedingungen, die richtig viel Bares einbringen.«

»Schön!«, sagte Helga und tätschelte seinen Arm. »Erzähl weiter.«

»Da ich in meinem Beruf nach einer gewissen Zeit die Arbeitsstelle wechseln muss, zog ich rheinaufwärts. Am ergiebigsten war das Loreley-Fest. Danach war ich auf dem Weinblütenfest in Bacharach – dort hatte ich gute Einnahmen beim Festumzug und anschließendem Feuerwerk.« Er schmunzelte. »Wenn alle Leute in die Luft starren und Ah und Oh rufen, ist mein Job ein Kinderspiel.«

Helga sagte, sie sei mit ihrer Tochter beim Lichterfest auf dem Killesberg gewesen, aber viel lieber hätte sie mit ihm das Feuerwerk in Bacharach gesehen.

»Ich hab immer an dich gedacht«, sagte Luigi und legte seinen Arm fester um ihre Schultern.

Helga seufzte: »Und ich habe hier drei Monate lang meine Zeit verplempert.«

Luigis Gesicht wurde ernst. »Eins möchte ich noch wissen: Hat es Probleme wegen der Rollstuhlleiche gegeben?«

»Die Leiche ist als Unfall zu den Akten gelegt worden«, sagte Helga.

»Da bist du gut davongekommen«, sagte Luigi.

Nun war Helga beleidigt und fragte Luigi, ob er sie beschuldigen wolle.

»Oh nein, meine Liebe«, sagte er und wuschelte ihre frisch gefärbten tizianroten Locken durch.

Um vom Thema abzulenken, fragte Helga wieder nach seiner Rhein-Tournee.

»Wo ich überall war, weiß ich selbst nicht mehr genau. Denn natürlich hüte ich mich, Notizen zu machen, das wäre ja geradezu eine Spur, die ich zu mir selbst legen würde. Jedenfalls waren meine Geschäfte Mitte Juli erledigt.«

Von seiner überstürzten Abreise aus Koblenz, wo er in letzter Minute der Polizei hatte entwischen können, erzählte er Helga nichts.

Sie holte die nächste Flasche Riesling aus dem Kühlschrank und gab sie Luigi zum Entkorken. Luigi schenkte formvollendet ein, wie ein Oberkellner.

Helga stieß wieder einen Seufzer aus und gleichzeitig mit ihm an. »Ach, Luigi, nun bist du wieder da, ob du gar nicht weg gewesen wärst.«

»Ich bin schon seit Donnerstagabend in Stuttgart«, sagte er. »Meine Baustelle ist zurzeit das Sommerfest. Bei solch angenehmen Nachttemperaturen sind alle Menschen unbekümmert und fröhlich.«

»Und wo hast du geschlafen?«

»Auf der Uhlandshöhe. Da gibt es einen Aussichtsturm, unter dem ein Art Pavillon ist, eine kleine gemütliche Grotte.«

»Das ist doch weit vom Schlossgarten bis zur Uhlandshöhe! Ich denk, du fährst nach der Arbeit prinzipiell nicht mit der Straßenbahn?«

»Natürlich laufe ich. Das Schlimmste sind die vielen Stufen bis zum Eugensplatz. Von dort ist es nicht mehr weit.

Oben auf der Uhlandshöhe ist es nachts einsam, wie auf dem Pragfriedhof. Kein Mensch unterwegs.«

»Ist es nicht zu hart, in der Grotte zu liegen?«, fragte Helga besorgt.

»Alles Routine. Zuerst statte ich Herrn Uhland einen Besuch ab. Der guckt ziemlich streng von seinem Sockel.« Luigi grinste. »Ich glaube, er ist sauer, weil man ihm die Schultern auf Säulenbreite zugeschnitten hat und er dadurch armamputiert wirkt. Sein Dichterhaupt ist ins Tal direkt zum Hauptbahnhof gerichtet, aber leider kann er ihn nicht sehen, weil ihm eine Trauerbuche die Sicht verdeckt. Sonst wäre es bestimmt eine interessante Abwechslung für ihn, zusehen zu können, wie da unten Stuttgart 21 gebaut wird.«

»Bisher wurde nichts gebaut, nur abgerissen«, sagte Helga. »Erzähl lieber weiter von der Uhlandshöhe.«

»Also: Herr Uhland auf seinem Sockel hört zwar den Gong und die Durchsagen für die Züge, aber sehen kann er nur bis zu dem Gebüsch, das den Abhang abgrenzt. Wenn er genau hingucken würde, könnte er meinen Schlafsack entdecken, der dort versteckt liegt.«

Helga lachte und versicherte, baldmöglichst einen Ausflug auf die Uhlandshöhe zu machen.

»Das kann ich dir empfehlen«, sagte Luigi. »Vergiss nicht, Ludwig Uhland deine Ehrerbietung darzubringen, indem du ihm ›Des Sängers Fluch‹ aufsagst.«

»So 'n langes Gedicht«, maulte Helga. »Du willst mir doch nicht erzählen, dass du es auswendig kannst.«

»Doch«, sagte er. »Die zweite Strophe!«

Luigi begann pathetisch und geheimnisvoll zu rezitieren:

»Es saß ein stolzer König, an Land und Siegen reich,
Er saß auf seinem Throne so finster und so bleich;
Denn was er sinnt, ist Schrecken, und was er blickt, ist Wut,
Und was er spricht, ist Geißel, und was er schreibt, ist Blut.«

»Das ist gruselig«, sagte Helga.

»Ja, deswegen gefällt es mir so gut. Ich sage also Herrn Uhland die zweite Strophe auf, wünsche ihm eine gute Nacht und trolle mich zu meinem Schlafplatz. Wenn ich mich im Untergeschoss des Turms eingerichtet hab, steige ich noch mal auf die Aussichtsplattform und blicke über die Stadt. Ich sehe zu, wie die Lichter im Stuttgarter Talkessel verlöschen.«

Helga gab eine ihrer Lachkoloraturen von sich und zwitscherte: »Und während die Lichter ausgehen, geht so manchem ein Licht auf, weil ihm seine Geldbörse oder seine Brieftasche abhandengekommen ist.«

»Seien Sie bitte nicht scharfzüngig, gnädige Frau«, sagte Luigi und küsste ihre Hand.

»Morgen ist der 5. August, der letzte Tag vom Sommerfest«, stellte Helga fest.

»Ja«, sagte er. »Da sind massenweise Leute unterwegs. Und dieser Sonntag ist auch mein letzter Arbeitstag in Stuttgart. Heute hab ich etwas früher Feierabend gemacht und die Knete vom Donnerstag und Freitag aus meinem Schließfach am Bahnhof geholt.« Er zeigte auf den Leinenbeutel mit Aufdruck »Bio ist in«, feixte und sagte: »Euro ist in.« Er klopfte auf seinen Beinen herum, und es knisterte. »Und hier sind die heutigen Tageseinnahmen gebunkert!«

Damit zog er einen Geldschein nach dem anderen, vorwiegend Zwanziger und Fünfziger, aber auch Hunderter, aus seinen vielen Hosentaschen und warf sie auf die geleerte Schnittchenplatte. Als diese überquoll, waren Luigis Taschen geleert und er fragte Helga, ob sie so nett wäre und seine Einnahmen bis morgen Abend bei sich deponieren würde.

»Ja, natürlich, gern«, sagte Helga und sehr leise: »Wie viel ist es denn?«

»Keine Ahnung. Würdest du bitte die Scheinchen zählen, während ich auf Arbeit bin? Auch die, die in dem Biobeutel sind?«

»Klar«, sagte Helga.

Luigi begann, die Euroscheine von der Platte zu nehmen und glattzustreichen. »Wenn du willst, kannst du sie etwas aufbügeln.«

»Um Himmels willen!«, sagte Helga.

Sie erzählte Luigi, wie sie von ihrer Tochter beim Europlätten überrascht worden war. Verärgert und beschämt beichtete sie ihm, wie sie das schöne Geld als Spende für das Kinderdorf Gutenhalde losgeworden war. Mehr erzählte Helga nicht von ihrer Tochter – und schon gar nicht, welchem Beruf Irma nachging.

Um das Thema zu wechseln, fragte Helga: »Wo warst du denn die ganze Zeit, wenn deine Geschäfte am Rhein schon Mitte Juli erledigt waren?«

»Auf Sizilien«, sagte Luigi und seine Augen wurden bei dem Wort Sizilien verträumt und sehnsüchtig.

»Da möchte ich auch mal hin«, sagte Helga, wobei nun auch ihre Augen verträumt und sehnsüchtig wurden. »Hast du Urlaub gemacht? Oder Verwandte besucht?«

»Verwandte besucht«, sagte Luigi. Es klang kurz angebunden, als ob er nicht weiter danach gefragt werden wollte.

Helga deutete daraus, er habe außer Verwandtenbesuchen auch Geschäfte gemacht, und bohrte weiter: »Irgendwelche Mafiabosse zu beklauen ist doch bestimmt gefährlich. Die meisten Leute auf der Insel sind, wie ich hörte, ziemlich arm.«

»Da hast du recht! Und weil man auf Sizilien, wenn man nicht zufällig Mafiamillionär ist, auf keinen Palmenzweig kommt, hat sich mein Vater als Gastarbeiter anwerben lassen.«

»Und so bist du nach Deutschland gekommen«, ergänzte Helga.

»Nein, erst später«, sagte Luigi. »Zuerst ist mein Vater losgezogen. Das war 1955, als bei euch das Wirtschaftswunder in Schwung kam. Er arbeitete, so wie viele seiner Landsleute, am Fließband beim Daimler. Ein schwerer, eintöniger Job für einen Fischer, der das Meer liebt. Aber gut bezahlt! Die Gastarbeiter schickten von ihrem Lohn jede Mark, die sie entbehren konnten, nach Hause. Wer gut arbeitete, bekam seinen Arbeitsvertrag verlängert. Doch alle hatten Heimweh.«

»Sie konnten doch im Urlaub nach Hause fahren«, sagte Helga.

»In diesen Jahren gab es nur zwei Wochen bezahlten Urlaub. Den nahmen alle Gastarbeiter zu Weihnachten. Damals wurden Extra-Personenzüge eingesetzt, um die Italiener nach Hause und zurück nach Deutschland zu transportieren. Es ist für meinen Vater schrecklich gewesen, wenn er wieder von daheim nach Norden musste.«

Luigi hatte Helga noch nie von seiner Familie erzählt. Sie hatte aufmerksam zugehört und ihn selten unterbrochen.

Nach ein paar Schweigeminuten sagte sie mitfühlend: »Das ist schlimm, wenn jemand, um seine Familie nicht verhungern zu lassen, eine so schöne Insel, wie ich mir Sizilien vorstelle, verlassen muss ... Und wann bist du nach Deutschland gekommen?«

»Das war 1960. Für Papà wurde es leichter, als er meine Mutter und mich nachholen konnte. Er zog aus der Arbeiterbaracke aus und mietete für uns eine kleine Wohnung. Sie lag im ›Alten Flecken‹ von Zuffenhausen, dort, wo früher die Schweinehirten wohnten. Ich war dreizehn Jahre alt.«

»Da warst du ja nicht mal mit der Schule fertig!«

»Ich hab in Stuttgart Realschulabschluss gemacht«, sagte Luigi stolz. »Das Lernen fiel mir leichter als das Heimischwerden in der Fremde. Die deutschen Kinder waren nicht alle nett zu uns kleinen Italienern. Sie verspotteten uns als Itaker und Spagettifresser.«

»Und als du mit der Schule fertig warst?«

»Da lernte ich zuerst Gärtner und später Kellner in einem Hotel. Beim Kellnern bin ich auf die Idee gekommen, die Geldbonzen, die sich von früh bis abends haben bedienen lassen, hin und wieder etwas zu erleichtern. Das hat mir Spaß gemacht, sonst hätte ich es nicht ausgehalten in diesem Dienstleistungsjob.«

Helga nickte. »Das hätte ich auch machen sollen bei meiner schlecht bezahlten Arbeit als Verkäuferin. Aber ich musste damals noch Rücksicht auf Irma nehmen.«

»Hat der Vater deiner Tochter so wenig verdient?«

»Keine Ahnung. Er hat mich sitzenlassen, als ich mit Irma schwanger war.«

Unvermittelt fragte Helga, was sie schon lange gerne wissen wollte: »Bist du eigentlich verheiratet, Luigi?«

»Nein.«

»Und Liebschaften!?«

Luigi drückte den Rücken durch und hob das Kinn. »Ich bin schließlich Italiener und nicht aus Holz. Fast hätte ich in meinen jungen Jahren ein hübsches deutsches Mädchen geheiratet. Leider war Gabi dem Gesetz treuer als mir. Sie hat mich verraten, als sie meine Nebentätigkeit durchschaut hatte. Die Polizei war mir schon auf den Fersen, aber ich konnte noch rechtzeitig abhauen.«

»Abhauen? Wohin?«

»Ich entsinne mich noch, wie ich über den Bahnhofsvorplatz gerannt bin. An dem Tag, an dem ich fliehen musste, wurde die Klett-Passage eingeweiht. Das war im April 1976.« Luigi sprach mit verschmitzter Miene weiter: »Durch diese Einweihungs-Feierlichkeiten war am Bahnhof mehr Rambazamba als bei Stuttgart-21 Demonstrationen. Ich konnte unbemerkt auf den Bahnsteig gelangen und in den nächsten Zug springen.«

»Einfach so, ohne zu wissen, wohin?

»Ja. Als ich merkte, dass der Zug nach München rollte, war mir das recht, weil es in Großstädten Arbeit gibt. In München versah ich meinen Doppeljob, ohne mich erwischen zu lassen. Das war gar nicht so schwer, weil wir Italiener inzwischen beliebter waren, schon deswegen, weil die Deutschen das *dolce vita* an den Stränden Italiens entdeckt hatten. Die Zeiten, in denen wir als Itaker und Spagettifresser beschimpft wurden, waren vorbei. Inzwischen waren in Deutschland die Türken nachgerückt, denen fiel es noch schwerer als uns, sich zu integrieren, und deswegen wurden nun sie misstrauisch behandelt und als arm und kriminell eingestuft.«

Helga sah Luigi lange an. »Du bist der erste italienische Gastarbeiter, den ich kennengelernt habe. Bis nach Schleswig-Holstein, wo ich mein Leben verbracht habe, sind die Italiener nicht vorgedrungen. Erst in den Siebzigern öffnete in Itzehoe die Eisdiele *Giovanni,* und später gab es auch zwei Pizza-Restaurants.«

»Siehst du«, sagte Luigi, »manche cleveren Landsleute von mir haben sich in Deutschland zu Unternehmern gemausert.«

»Das hättest du ja auch tun können!«, sagte Helga vorwurfsvoll.

Er lachte. »Das musst gerade du sagen. Du hast ja auch immer das getrieben, was dir Vergnügen gemacht hat.«

»Weiß Gott nicht immer!«, sagte sie empört. »Ich war bis zu meinem sechzigsten Lebensjahr berufstätig. Vierzig Jahre lang zickigen Damen unzählige Paar Schuhe an ihre Käsefüße anzupassen, war nicht immer spaßig. Doch ich hab bis zur Rente durchgehalten. Die reicht zwar nur gerade so zum Leben und für die Miete, doch ich war nie anspruchsvoll und bin zufrieden. Allerdings bin ich nicht viel in der Welt rumgekommen.«

»Ich schon«, sagte Luigi. »Zumindest in Deutschland. Ich musste immer rechtzeitig, bevor mein Nebenverdienst entdeckt wurde, die Stelle und die Stadt wechseln. Mein Gaunerjob hat mir so viel Spaß bereitet, dass ich ihn zu meinen Beruf gemacht habe.«

»Bist du nie erwischt worden?«, fragte Helga.

»Einmal war ich zu leichtsinnig und musste Bekanntschaft mit dem Knast machen. Meine Einnahmen hatte ich gut verwahrt, die konnte mir niemand wegnehmen. Die Strafe habe ich abgesessen. Im Winter, das war ganz praktisch. Im Sommer hätte ich die Hauptsaison verpasst.«

»Und als du wieder frei warst?«

»Eröffnete ich meine Ich-AG in einem anderen Bundesland und versuchte, die Einbußen aufzuholen. Seit meinem Knastaufenthalt bin ich sehr vorsichtig geworden.«

»Man kann Pech haben«, sagte Helga. »So wie ich in dem Nobelkaufhaus in Hamburg. Du kennst ja die Geschichte.«

»Du hast die falsche Taktik, Helga. Merke: Gegenstände, die jemand anderem gehört haben, sind Beweise und nicht geeignet für dieses Gewerbe. Aber Geld lässt sich keinem Vorbesitzer zuordnen.«

»Die Banken registrieren die Geldscheine«, sagte Helga so altklug, als hätte sie schon mal erwogen, eine Bank zu überfallen.

»Ein ehrlicher Taschendieb überfällt keine Bank!«, sagte Luigi streng. »Und selbstverständlich bricht er auch nicht in Läden, Warenhäuser und schon gar nicht in Wohnungen ein. Solche Geschäftsgebaren sind kriminell. Und gefährlich – denk an die Überwachungsvideos. Auf so einem Ding war ich nie drauf – aber wahrscheinlich du in dem vornehmen Klamottengeschäft in Hamburg.«

»Meinst du, in der Kabine wird man gefilmt? Das ist doch sittenwidrig. Ich habe mich ja fast ganz ausgezogen!«

Luigi schmunzelte: »Das wird dem Detektiv gefallen haben!«

»Ich hab mich gewundert, wieso der wusste, was ich unter dem Pulli anhabe.«

»Du ahnungsloser Engel, du!«, murmelte Luigi. Er haschte nach ihren Händen und setzte knallende Küsschen auf jede Fingerspitze. »Beschäftige deine niedlichen langen Finger mit anderen Dingen, *mia bella* Helga. Du kannst exzellent kochen und backen. Und du hast mir erzählt, dass du Klavier spielen kannst. Dafür sind lange Finger gut geeignet.«

»Ich habe mein Klavier schon vor vielen Jahren verscherbeln müssen.«

»Warum?«

»Um Irma ab und zu mal was Hübsches kaufen zu können. Diese Klamotten und Bücher hätte ich natürlich auch klauen können, aber ich klaue nur für mich. Seit das Klavier weg ist, habe ich nie mehr gespielt. Kai-Friedrich wollte mir eins kaufen, doch dazu ist es ja nicht mehr gekommen.« Sie fuhr aufgeregt fort: »Wenn du mich noch mal mitnimmst auf eine Tour, könnte ich mir eine Anzahlung verdienen.«

»Das geht nicht, Helga. Es ist mein letztes Geschäft und da soll nichts schiefgehen.«

»Wieso das letzte?«

»Ich geh in Rente.«

»Rente? Du hast doch nie was eingezahlt, wie ich annehmen darf.«

»Du darfst. Ich habe trotzdem für meine alten Tage gesorgt. Dieses Jahr werde ich fünfundsechzig und setze mich zur Ruhe.«

Helga war eine Weile sprachlos, bevor sie hervorstieß: »So viel haben deine Geschäfte eingebracht, dass du dich zur Ruhe setzen kannst!? Wo bunkerst du denn das ganze Geld? Vermute ich richtig, dass du es nicht auf die Sparkasse getragen hast?«

»Du vermutest richtig. Und doch auch falsch. Meine Sparkasse steht auf Sizilien und ist ein Hotel.«

»Wie? Was? Du hast ein Hotel?«

»Meine Verwandten haben es von dem Geld gebaut, das ich in der Fremde beschafft habe. Sie haben ein hundert Jahre altes Fischerhaus umgebaut: das Haus, in dem ich geboren worden bin.«

»Unglaublich!«, sagte Helga. »Das musst du mir jetzt auseinanderklamüsern.«

»Es ist ein Traumhotel geworden. Die Idee kam von meinem jüngsten Neffe Giuseppe. Er hat in einem Hotel in Catania gearbeitet. Dort hat er auch seine Frau gefunden. Maria ist Köchin – eine sehr gute Köchin! Giuseppe übernahm die Leitung unseres Hotels und Maria die Küche. Ihre zwei Töchter helfen ihr und arbeiten als Zimmermädchen. Ihre Söhne, die Fremdenführer, Busfahrer und Kellner gewesen sind und in ihrer Freizeit viele Jahre mit am Bau gearbeitet haben, wurden Hausmeister, Chauffeur und Oberkellner.«

»Wow«, machte Helga. »Das nenne ich Familienunternehmen!«

Luigi nickte strahlend. »Im vorigen Herbst hat das Hotel *Pinocchio* seine Pforten geöffnet. Alle elf Zimmer sind ständig ausgebucht. In das zwölfte, ein kleines Appartement, ziehe ich nun bald ein und kann mich auf meinen Lorbeeren ausruhen.«

»Du ziehst nach Sizilien?«

Luigi schloss die Augen und murmelte: »Du glaubst gar nicht, wie sehr ich mich darauf freue. Es war immer mein Traum zurückzukehren, wie es fast neunzig Prozent aller Italiener tun. Nun ist es auch bei mir so weit.«

Helga piepste: »Ich komme dich besuchen!«

Eigentlich hatte sie gehofft, er würde nun sagen: »Ich nehme dich mit«, aber Luigi sagte förmlich, wenn auch liebenswürdig: »Dein Besuch würde mich freuen.«

»Und jetzt willst du noch ein bisschen was auf dem Stadtfest abräumen«, sagte Helga. »Lass mich dir helfen – ich brauch ein paar Hunnis für ein Klavier.«

»Keinesfalls. Du musst sauber bleiben. Ich geb dir was ab.« Er stockte und fragte etwas unsicher: »Kann ich diese Nacht wieder deine Couch haben?«

»Du kannst heute in meinem Bett schlafen.«

Vorher saßen sie noch lange auf den Balkon, tranken Riesling und genossen die Sommernacht. Sie hielten Händchen und guckten Sterne, so wie sie es einst als Teenager mit ihrer ersten Liebe getan hatten.

* * *

Edmund Körner saß in seiner noblen Villa und grübelte über sein Schicksal nach. Er hockte trübsinnig im Sessel, kraulte seinen goldgelben Labrador hinter den Ohren und klagte ihm sein Leid.

»Wie habe ich mich nur auf Edith einlassen können? Sie fährt dauernd weg und lässt uns hier alleine hocken? Wo zum Teufel treibt sie sich rum?«

Amus legte den Kopf auf Edmunds Knie und sah ihn an, als hätte er alles verstanden. Edmund streichelte Amus' Rücken, seufzte und sprach weiter: »Warum nur habe ich auf sie gehört und mich frühzeitig pensionieren lassen? Nun sitze ich hier, langweile mich zu Tode und lebe sinnlos in den Tag hinein. Ich hab mich doch gut von meinem Schlaganfall erholt, nicht wahr, Amus? Ich würde gern noch ein wenig am Leben teilnehmen. Doch ich bin pensioniert – und wer einmal pensioniert ist, ist es für immer. Ein Glück, dass ich dich habe, Amus. Je weniger Edith dich leiden kann, je mehr liebe ich dich. Du verstehst mich. Du gehst mit mir spazieren und hörst mit mir Mozart. Mach dir nichts draus, Amus, wenn Edith schimpft, weil wir Musik hören. Soll ich jetzt die Kleine Nachtmusik auflegen? Oder das Adagio aus dem Klarinettenkonzert, das du so magst?«

Amus war eingeschlafen.

Edmund flüsterte: »Ich verspreche dir, nie und nimmer zu erlauben, dass Edith dich ins Tierheim bringt, wie sie immer droht. Sie sagt, du kostest zu viel. Kostest zu viel!? Dabei gibt sie mein Geld mit vollen Händen aus! Ich bin so froh, dich zu haben, mein Amus!«

Amus war wirklich das einzig Erfreuliche, was Edmund noch hatte. Er empfand sein Leben als frustrierend und sinnlos. Oft meinte er, ihm fiele die Decke auf den Kopf.

Edmund überlegte, ob er sein Riesling-Ritual zelebrieren sollte, um sein seelisches Gleichgewicht wiederzufinden. Schon der Gedanke an den Pulvermächer belebte ihn. Aber als er die CD ausgesucht hatte und die Weinflasche aus dem Kühlschrank holen wollte, winselte Amus. Ein Zeichen, dass er raus musste. Edmund nahm seinen Liebling an die Leine und verließ das Haus.

Die Musik aus dem Schlossgarten, die durch die warme, klare Abendluft herauf zum Eugensplatz schallte, erinnerte Edmund daran, dass er sich gestern Abend vorgenommen hatte, aufs Stuttgarter Sommerfest zu gehen. Auf dem Heimweg wurden seine Schritte vor Vorfreude leicht und beschwingt.

Er gab Amus sein Futter und fragte ihn, ob er ihn allein lassen dürfe. Amus schien nichts dagegen zu haben. Nachdem er seine Schüssel geleert hatte, gähnte er und legte sich in seinen Korb.

Eine halbe Stunde später drehte Edmund Körner die erste Runde über das Stadtfest. Seit er unterwegs war, stieg seine Laune. Da er heute noch nichts Rechtes gegessen hatte, steuerte er einen der 29 Gourmet-Treffpunkte der Stuttgarter Top-Gastronomen an. Er ließ sich vor dem Opernhaus in einem der weißen Pagodenzelte an einem der weiß gedeckten Tische nieder und bestellte Rindersteak mit Ofenkartoffeln. Als zweiten Gang einen knackigen Salat mit Garnelen. Dazu trank er Riesling aus dem Remstal.

Weil alle anderen Gäste paarweise zusammensaßen und er keinen Tischnachbarn hatte, verspeiste Edmund seine opulente Mahlzeit schweigend, aber mit großem Genuss. Danach war er so satt und zufrieden, dass er es wagte, Edith auf den Mond zu wünschen.

Forschen Schrittes verließ er das gastliche Zelt und drehte noch eine Runde durch das heitere Treiben im Herzen der Stadt. Er fühlte sich locker und entspannt und hätte gern gesungen – ihm gingen Burschenschaftslieder aus seiner Studentenzeit durch den Sinn, aber er war nicht betrunken genug, eins anzustimmen.

Für ein Stündchen ließ er sich auf den Stufen des Opernhauses nieder und hörte einer Band zu, die nostalgische Songs spielte. Die Musik erinnerte ihn an das erste Stadtfest vor einundzwanzig Jahren. Es war zur Abschlussfeier der Rad-Weltmeisterschaften 1991 aus der Taufe gehoben worden und hatte sich als komfortables Gegenstück schwäbischer Hocketsen etabliert. Damals hatte Edmund erst seit einigen Monaten die Stelle als Weinbauingenieur beim Ministerium innegehabt. Auf diesem ersten Stuttgarter Sommerfest hatte er seine Gerlinde kennengelernt. Edmund erinnerte sich, dass sich schon anno dazumal die weißen Pagodenzelte vor dem Opernhaus im Eckensee gespiegelt hatten und dass bei den Gastwirten Champagner und Hummer ausgegangen waren. Vor dem Opernhaus hatte eine Jazzkapelle gespielt und er hatte mit Gerlinde getanzt.

Diesmal spiegelten sich wesentlich mehr Zelte im Eckensee und es tummelten sich auch viel mehr Menschen auf den Flaniermeilen. Die meisten davon hatten sich, wenn auch mit anderen Modetrends als früher, schick gemacht. Edmund war froh, gut angezogen zu sein, sein meliertes Haar passte zu dem hellgrauen Leinenanzug und dieser zu Edmunds stattlicher Figur, der auch ein kleiner Bauchansatz nichts anhaben konnte.

Er schlenderte lächelnd und mit Gedanken voller schöner Erinnerungen zum Schlossplatz, wo er sich in einem Zelt niederließ und eine Flasche Champagner bestellte.

Zuerst dachte er, die junge Frau verwechsle ihn mit jemandem, aber als sie den benachbarten Barhocker erobert hatte, ihm weiter schöne Augen machte und ihm nicht mehr von der Pelle rückte, lud er sie zum Champagner ein. Nach einer weiteren Flasche waren sie per Du und Edmund nahm den Arm nicht mehr von ihrer Schulter. Ihn bezauberten ihr übermütiges Lachen und die geschmeidige Geste, mit der sie ihre blonde Lockenmähne schüttelte. Edmund hörte sie mit Glöckchenstimme sagen: »Ich mag dich!« Er genoss es, wie sie sich an ihn schmiegte. Ihm wurde heiß, weil sich ihr Körper so fest und kühl anfühlte. Ihn berauschten ihre Lippen, die weich und nachgiebig waren. Er fühlte sich gut und sehr jung.

Eine Stunde vor Mitternacht waren sie bei ihm zu Hause angekommen.

Neun

Letzter Tag des Stuttgarter Sommerfestes

Den Sonntag verbrachten Luigi und Helga daheim und benahmen sich wie ein altes Ehepaar, nur dass sie frisch verliebt waren.

Helga bekochte Luigi nach allen Regeln der Kunst, und Luigi, der selten derartigen Service geboten bekam, genoss ihn und revanchierte sich mit charmanten Sprüchen, unter denen Helga vor Glück zerschmolz.

»Es ehrt mich«, sagte er schmunzelnd, »von der schönsten und sympathischsten Bewohnerin dieses Hauses verwöhnt zu werden.«

Helga kicherte geschmeichelt und winkte ab. »Du hast dich die letzten drei Monate ohne Skrupel herumgetrieben, mein Lieber. Hast mich hier sitzen lassen, ohne dich zu melden oder auch nur an mich zu denken.«

Er hob die Arme, drehte die Handflächen und die Augen nach oben und versicherte, er habe ständig an sie gedacht. Luigi konnte sehr bekümmert gucken und dabei pure Unschuld und Harmlosigkeit heucheln. Aber Helga kannte ihn inzwischen so gut, dass sie hinter seiner Unschuldsmiene den Schalk blitzen sah.

Die meiste Zeit dieses Tages verbrachten sie auf dem Balkon. Sie tricksten die Hitze erfolgreich aus, indem sie die Markise herunterkurbelten. Zwischen dem Geländer und der Markise blieb ein Spalt frei, damit sie beim Plaudern oder Träumen den Panoramablick über das Neckartal genießen konnten. »Aussicht erster Klasse« nannte das Luigi. »Rundum *bellissimo*!«

Nachmittags um fünf sagte Luigi, nun müsse er allmählich zu seiner Arbeitsstelle aufbrechen. Helga machte ein Gesicht wie eine fachkundige PR-Beraterin und riet ihm, zu warten, bis es dunkel werden würde. Luigi gestand ihr, dass er, bevor er seinen Dienst begänne, endlich einmal wieder wie in seiner Jugend durch Stuttgart streifen wollte.

»Oh«, schnurrte Helga, »bei deinem Streifzug würde ich dich wahnsinnig gern begleiten. Eigentlich hab ich die Stadt noch gar nicht so richtig kennengelernt. Ich bin schließlich eine Reingeschmeckte. Aber du kennst Stuttgart von früher. Du könntest mich führen und mir alles zeigen.«

Luigi blieb hart. »Stuttgart anschauen kannst du dir, im Gegensatz zu mir, jeden Tag. Ich möchte heute endlich einen Erinnerungsspaziergang machen. Seit ich vor fast vierzig Jahren Stuttgart verlassen habe, bin ich tagsüber nie mehr in Ruhe durch die Stadt geschlendert. Heute ist die letzte Gelegenheit dazu, denn du weißt ja, was ich vorhabe: ›Ich bin dann mal weg‹ und bleibe für den Rest meines Lebens auf Sizilien.«

Luigi beobachtete erschreckt, wie Helga die Enttäuschung ins Gesicht kroch. Wie es schien, auch in alle Knochen, denn sie sackte zusammen und ließ den Kopf hängen. Luigi hatte sie noch nie traurig gesehen und bei diesem Anblick beschlich ihn eine unbekannte Wehmut.

Er nahm Helga in die Arme, streichelte hingebungsvoll ihren Wuschelkopf und flüsterte: »Ich komme ja diese Nacht oder spätestens morgen noch mal zu dir, bevor ich abreise.«

Sie machte sich los und schluchzte: »Ja, ich weiß schon – um dein Geld zu holen. Das nimmst du mit – aber mich lässt du hier.«

Trotz ihrer weinerlichen Wut ließ sie es zu, dass er ihr einen besonders langen Kuss auf den Mund drückte.

Danach seufzten beide auf und Luigi flüsterte: »Komm mich bald besuchen auf Sizilien.«

Helga nickte, aber sie war nicht mehr so glücklich wie all die Stunden vorher, die Luigi bei ihr gewesen war.

Luigi hatte es auf einmal eilig.

»Pass auf dich auf«, sagte Helga.

»Keine Sorge. Bin bald wieder bei dir.«

Schmatz! Und weg war er.

Helga schaute ihm nach, wie er zur Straßenbahnhaltestelle ging. Wie immer picobello in Schale: weißes Hemd – frisch von ihr gebügelt –, weiße Turnschuhe und eine flotte Trekkinghose, die jedoch nicht so recht zu dem schicken Jackett passen wollte.

Luigi zog am SSB-Automaten eine Fahrkarte für zwei Zonen. Ihm tat es um die 2,40 Euro leid, aber schließlich konnte er nicht riskieren, schon in der Straßenbahn aufzufallen, was außerdem bei einer Kontrolle 60 Euro gekostet hätte.

Mit der U 7 fuhr er durch den Stadtteil Rot, vorüber an Wohnblocks verschiedener Baujahre und an den Einfamilienhäuschen aus dem Zweiten Weltkrieg, die von den Alteingesessenen noch immer mit »SS-Siedlung« bezeichnet wurden. Luigi erkannte auch »Romeo« und »Julia« wieder, die beiden Hochhäuser, die in den sechziger Jahren schon hier gestanden hatten. Inzwischen waren der siebzehngeschossige »Romeo« und die kleinere, ausladende »Julia« nicht mehr unter sich. Zu ihnen hatten sich jede Menge Wohnblocks und einige weitere Hochhauskomplexe gesellt.

Nach zwanzig Minuten erreichte Luigi sein Fahrtziel, die Klettpassage, unter dem noch oberirdisch liegenden Hauptbahnhof. Über die Rolltreppe gelangte er in die große Eingangshalle und folgte dem Menschenschwarm hinaus auf die Königstraße. Er setzte sich auf eine Bank neben dem *Brezelkörble,* einem Mini-Verkaufsstand, den es schon bei seiner Ankunft vor einem halben Jahrhundert gegeben hatte und in dem eine füllige Frau das bekannteste und beliebteste schwäbische Gebäck feilbot. Hier hatte Luigi seine allererste Laugenbrezel gegessen. Sozusagen aus Tradition kaufte er auch jetzt eine. Sie schmeckte so gut wie in alten Zeiten. Kauend schaute er die Königstraße hinauf zum Schlossplatz. Unter den frisierten Platanen herrschte Hochbetrieb, doch ganz anders wie einst.

Luigi versank in nostalgische Träumereien. Es war 1960 und er dreizehn Jahre alt, als er an diesem Bahnhof angekommen war. In Stuttgart hatte das Wirtschaftswunder schon seine Wunder getan: Fast alle Trümmergrundstücke waren verschwunden. Das neue Rathaus fremdelte weiß und streng mit den wiedererstehenden Schlössern und der Stiftskirche. Über all dem ragte bereits der Fernsehturm aus dem Wald auf der Waldau.

Die Königstraße ließ nichts mehr von der Trümmerwüste ahnen, in die sie der Krieg verwandelt hatte. Die Stuttgarter waren dabei, gemeinsam mit ihren Gastarbeitern, die letzten Wunden zu heilen. In die Baulücken wurden Häuser eingepasst, davor Bürgersteige gebaut und Straßenbeläge erneuert. Die untere Königstraße war eine riesige Baustelle gewesen. Niemand hatte das gestört, die Menschen schlängelten sich zielstrebig zu Fuß, mit Autos oder Straßenbahnen zwischen Kränen, Betonmischern und Bulldozern hindurch.

Da das Wunschdenken aller Bürger auf ein eigenes Auto zielte, sorgte der Verkehr vom Hauptbahnhof über die Königstraße bis zum Charlottenplatz für Schritttempo und Staus. Neben den Autos zuckelte in diesen Jahren noch die Straßenbahn und quälte sich die Weinsteige hinauf nach Degerloch.

Als Luigi schon ein paar Monate in Stuttgart war, putzte sich die Stadt zur Bundesgartenschau heraus. Er nutzte seine schulfreien Nachmittage und streifte durch die neu gestalteten Grünanlagen des Killesbergs, der Weißenburganlage und den Schlossgarten. Ihn, ein Kind Siziliens, einer Insel, auf der die Natur nur im Frühling für ein paar Wochen erwachte, um den Rest des Jahres in bräunlicher Dürre zu verharren, begeisterten die Blütenwunder des Sommers so sehr, dass er begann, sich in Stuttgart wohl zu fühlen. Er beschloss, Gärtner zu werden. In den nächsten Jahren erlebte Luigi, wie sich die Stuttgarter Stadtväter bemühten, die Autoströme in günstigere Bahnen zu lenken. Das Resultat waren Stadtautobahnen, mit denen das Dilemma der Autofahrer nur scheinbar behoben wurde. Zwischenzeitlich hatte sich die Wohnungsnot zu einem weiteren Riesenproblem ausgewachsen. Wohin mit den vielen zugezogenen Menschen? Wohin mit den Gastarbeitern?

Luigi erinnerte sich daran, wie Mitte der sechziger Jahre rund um Stuttgart Neubaugebiete mit Wohnsilos emporschossen. Ihm fielen Namen wie Fasanenhof, Giebel und Neugereut ein. Als die Siedlung auf dem Freiberg gebaut wurde, wo Helga sich nun so nett eingerichtet hatte, war Luigi zwanzig Jahre alt gewesen. Seinen Gärtnerjob hatte er bereits an den Nagel gehängt, weil er sich nicht für Schwerstarbeit und dreckige Gummistiefel begeistern konnte. Er arbeitete inzwischen als Kellner, adrett befrackt und ohne sich die Hände schmutzig machen zu müssen. Er verdiente recht gut. Obwohl es in der Wohnung in Zuffenhausens »Altem Flecken« eng herging, konnte sich Luigi, wie alle italienischen Söhne, nicht von seiner Mamma trennen.

Leider waren Stuttgarts Neubaugebiete nicht für Gastarbeiter bestimmt. Diese mussten weiter mit maroden Wohnungen in den alten Vierteln vorliebnehmen. Oder sie konnten jetzt in die von den Stuttgartern verlassenen Stadtquartiere umziehen.

Luigis Familie zog in die Neckarstraße, in die erste Etage eines geräumigen, einst feudalen Altbaus. Die großen Zimmer und ein Bad, wenn auch vorsintflutlich und marode, bewogen die Baresis trotz der Autokolonnen, die Tag und Nacht durch diese Straße donnerten, noch ein paar Jahre in Stuttgart zu bleiben. Seine Eltern erwarteten von Luigi, das Familienbudget aufzustocken und die Rücklagen zu erhöhen, mit denen die Baresis irgendwann gemeinsam zurück in die Heimat ziehen wollten. Also arbeitete Luigi weiter als Kellner.

Wenn er jetzt hier auf der Bank neben dem *Brezelkörble* über diese Zeit nachdachte, hätte er nicht genau sagen können, wann er bei seiner Arbeit das erste Mal in fremde Taschen gegriffen hatte. Es wurde ihm zur fixen Idee, diese

Kunst, mit der man schnell an Geld kommen konnte, zu seinem Beruf zu machen. Mit seinem unwiderstehlichen Lächeln und seiner bescheidenen Art gewann er das Vertrauen der Gäste, die er bediente. Mit der Zeit hatte er es in seinem Gewerbe zur Perfektion gebracht.

Nachdem er in den siebziger Jahren aus Stuttgart geflohen war, hatte er in dieser Stadt seinen Gaunerjob nur noch bei den Vorortfesten betrieben und die Innenstadt gemieden. Seit er jedoch Helga Eichhorn auf dem Frühlingsfest kennengelernt und mit ihr so prachtvoll zusammengearbeitet hatte, waren ihm Stuttgart und diese Dame nicht mehr aus dem Kopf gegangen. Besonders hatte ihm imponiert, wie sie ohne Aufregung die Rollstuhlleiche weggesteckt hatte. Luigi fühlte sich das erste Mal im Leben von einer Frau verstanden – je länger er ihr fern gewesen war, desto mehr war er zu der Überzeugung gelangt, dass zwischen ihm und Helga eine Seelenverwandtschaft bestand. Er hatte Stuttgart zur letzten Station seiner Karriere gewählt, weil er Helga noch einmal sehen wollte, bevor er sich endgültig in Sizilien auf seinem Lebenswerk zur Ruhe setzen würde.

Mit diesen Überlegungen landete Luigi wieder in der Gegenwart. Er kaufte sich noch eine Brezel und ließ sich von dem Menschengewimmel durch die Theaterpassage in den Schlossgarten schieben. Gemächlich schloss er sich den flanierenden Festgästen an und machte eine Informationsrunde entlang der weißen Zelte rund um den Eckensee. Danach setzte er sich auf ein Mäuerchen vor die Schlosstreppe, wippte zu Rock'n'Roll-Rhythmen oder wiegte sich im Blues der Südstaaten.

Als er am Kunstgebäude vorbei den Schlossplatz erreichte, sah er zum ersten Mal den Museums-Glaswürfel, in dessen Fassade sich Stuttgarts Stadtschlösser spiegelten. An einem Eiswagen kaufte sich Luigi zwei Kugeln Stracciatella und steuerte die Freitreppe zum kleinen Schlossplatz an. Es war eine andere Treppe als früher. Die neue Treppe und der Glaswürfel, so vermutete Luigi, verschlossen die Tunnelröhre des missglückten Straßenbauprojekts aus den sechziger Jahren. Er musste grinsen, dachte an Stuttgart 21 und fragte sich, weshalb man sich in der Stadt der Tüftler und Erfinder so schwertat mit unterirdischen Verkehrsplanungen.

Weil die Stufen gut besetzt waren, musste Luigi die Treppe im Zickzack hinaufsteigen. Die Luft flimmerte über der Stadt und die Betonsteine gaben die tagsüber gespeicherte Hitze ab. Luigi schnaufte, als er oben ankam. Er zog sein Jackett aus, legte es sorgfältig zusammen und setzte sich daneben. Hier auf der letzten Stufenreihe fühlte er sich wie in einem Amphitheater.

Die Pagodenzelte vor der barocken Fassade des Neuen Schlosses nahmen sich wie ein Märchen aus Tausendundeiner Nacht aus. »Weiß Gott, ein Stadtfest mit königlicher Kulisse«, murmelte Luigi und grüßte zum Fernsehturm hinauf, der alles zu bewachen schien.

Und urplötzlich bekam Luigi Zweifel, ob er wirklich für immer nach Sizilien zurückwollte. Diese Eingebung dauerte nur ein paar Augenblicke, dann wünschte er sich statt des mit Menschen überfüllten Schlossplatzes einen weiten Sandstrand, an dem die Fischer ihre Netze flickten, und statt der grünen Hügel ein azurblaues Meer, das in der Sonne glitzerte. Mit diesen Gedanken bettete Luigi den Kopf auf sein Jackett und schlief ein.

Er wurde erst wach, als es dämmerte. Erstaunt rieb er sich die Augen und fluchte innerlich über die Tatsache, dass es im August so spät dunkel wurde. Danach strich er seine Hosen glatt, kämmte sich die Haare und zog das Jackett an.

Die Szenerie hatte sich verändert und leuchtete ihm entgegen. Das Schloss strahlte wie hinter einem goldenen Vorhang, die Brunnen und die Siegessäule funkelten um die Wette. Die weißen Zelte schimmerten geheimnisvoll. Luigi trennte sich nur ungern von diesem Anblick, aber er musste an die Arbeit. Die Zeit wurde knapp, da das Fest heute um 23 Uhr schließen würde. Luigi rechnete noch eine ertragreiche Stunde während des allgemeinen Aufbruchs dazu, danach würden sich die Leute auf den Heimweg machen und die Märchenkulisse in Dunkelheit versinken.

Gut gelaunt spazierte Luigi zurück zum Schlossgarten. Das Menschengewühl hatte noch zugenommen, doch inzwischen leuchteten entlang der Wege tausende bunte Lichterbecher, die die Orientierung leicht machten. Der Schlossgarten war genauso bombastisch illuminiert wie der Schlossplatz. Die Bands gaben ihr Bestes. Die Fassaden der Oper und des Schauspielhauses präsentierten sich im Flutlicht. Luigi leistete sich eine »Handy-Maultasche« und ausnahmsweise ein Viertele, dann ging er an die Arbeit.

Kurz vor Mitternacht war Luigi so erfolgreich gewesen, dass er Feierabend machte. Er verließ das Stuttgarter Sommerfest mit dem zwölften Schlag der Stiftskirche und trottete gemächlich durch die Unterführung vom Opernhaus zur Adenauer-Straße. Hinter dem »Haus der Geschichte« bog er rechts ab und erreichte die Eugenstraße, die bergauf führt und sich ab der Urbanstraße in eins der Stuttgarter Stäffele verwandelt. Luigi keuchte, als er die sechsunddreißig Stufen bis zur Werastraße geschafft hatte. Nun war er endgültig aus dem Festtumult heraus. Zufrieden tastete er über die Taschen seiner Trekkinghosen und schmunzelte, weil es angenehm knisterte.

Das Stadtfest, das heute zu Ende ging, hatte sich für die Gastronomie und auch für Luigi gelohnt. Er hatte sich wieder einmal darauf verlassen können, dass man seiner zurückhaltend freundlichen Wesensart Sympathie und Vertrauen schenkte. Luigi lächelte vor sich hin und nahm die achtundachtzig Stufen in Angriff, die zum Eugensplatz führten.

Oben angekommen, begrüßte er mit einer galanten Verbeugung die steinerne Galatea, die nackt, wohlgerundet und angeleuchtet auf dem Sockel über ihrem Brunnen steht. Er setzte sich auf den Beckenrand und lauschte dem Geplätscher der Kaskade. Leider war es für heute zu spät, zu Helga zu fahren. Dafür hätte er die Straßenbahn nehmen müssen –

eine Situation, bei der ihn möglicherweise jemand wiedererkannt hätte. Jemand, mit dem er geplaudert und dem kurz danach seine Brieftasche gefehlt hatte. Luigi fühlte sich nach dem brütend heißen Tag rechtschaffen müde. Da bis auf die Uhlandshöhe noch einige Stäffele und der steile Weg bis zum Aussichtsturm zu erklimmen waren, beschloss er, noch ein Weilchen zu verschnaufen. Hier auf dem Eugensplatz, wo er auf dem Brunnenrand hockte und sich ausruhte, war die Aussicht auf die Stadt von Bäumen verdeckt.

Luigi sah hinauf zur Galatea und wisperte: »Hallo, schöne Nymphe. Wie kommst du eigentlich nach Stuttgart? Barocke Kostbarkeiten wie du und dein Brunnen gehören doch nicht ins Schwabenland, sondern nach Sizilien. Dort hättest du in jeder Stadt Gesellschaft von deinesgleichen.«

Über Luigis Gesicht huschte sein spitzbübisches Lächeln, und er fummelte aus seiner Brusttasche ein mit Silberpailletten besticktes Täschchen hervor. Dabei beschlich ihn ein sonst selten gefühltes Schuldbewusstsein, weil es nicht in sein Beuteschema passte, ein junges Mädchen zu beklauen. Aber das Täschchen hatte so verführerisch an der Stuhllehne gehangen und so niedlich ausgesehen, dass ihm die Finger danach ausgerutscht waren. Es war seine letzte Beute und so klein, dass er sich nicht mehr die Mühe gemacht hatte, den Inhalt herauszunehmen und das Täschchen zu entsorgen. Es fühlte sich angenehm kühl an, und als er es öffnete, zog ihm der Duft von Chanel Nr. 5 in die Nase. Außer einem Lippenstift, zwei Tampons, einem Kamm und einem Notizbuch in Miniformat enthielt das Täschchen nur einen Zwanzig-Euro-Schein und ein paar Cent. Münzen verschmähte Luigi, weil sie beim Laufen klimperten. Den Geldschein steckte er zu den anderen in einen seiner Hosenbeintresore und das duftende, kühle Glitzerding in seine Jackettasche. Zwar stand ein Abfallkübel in Reichweite, doch der kam nicht in Frage. Luigi achtete darauf, keine Spuren zu legen, wenn er seinen Arbeitsplatz verlassen hatte. Das war oberstes Gebot in seinem Gewerbe.

Er gähnte, nahm seine Nickelbrille ab und rieb sich die Augen. Weil er die Brille heute nicht mehr brauchen würde, schob er sie in die Brusttasche seines Hemdes. Ausgeruht erhob er sich und machte sich auf den Weg zur Uhlandshöhe.

Am Ende des Eugensplatzes sah er etwas Weißes leuchten. Es lag unter einer Pergola, die mit Clematis überwuchert war. Von der Haußmannstraße drangen nur dünne Lichtpfeile durch das Laub. Erst als Luigi direkt unter der Pergola stand, erkannte er, dass dort ein Mädchen auf einer Bank lag. Hingegossen wie die Maja von Goya, nur war sie nicht nackt, sondern hatte ein weißes Kleid an, das über einem drallen Busen spannte und über hübsche stramme Beine bis zum Höschen hochgerutscht war.

»Na, meine Schöne, auch müde?«, fragte Luigi.

Da er keine Antwort erhielt, wollte er sie nicht stören. Ohne seine Brille sah Luigi alles etwas verschwommen, aber was er sah, gefiel ihm und dadurch erwachte sein Beschützerinstinkt.

Vorsichtig setzte er sich neben sie und sagte voller Mitgefühl und sehr leise, um sie nicht zu wecken: »So alleine, meine Kleine?«

Er zog das Paillettentäschchen hervor, legte es dem Mädchen auf den Bauch und flüsterte: »Schenk ich dir.«

Der Anblick des schlafenden Mädchens hatte ihn noch müder gemacht, als er ohnehin schon war – Luigi suchte sich eine bequeme Lage und schloss die Augen.

Zehn

Verschlafen

Als Luigi Baresi die Augen wieder öffnete, war die Sonne noch nicht über die Bäume gestiegen. Vor ihm stand ein kräftiger Kerl in Joggingkluft und brüllte in sein Handy.

Luigi blinzelte schlaftrunken, fühlte die Morgenkühle und merkte, wie ihm alle Knochen wehtaten. Da sah er neben sich das junge Mädchen liegen, das die Augen offen hatte.

»Na, auch schon wach?«, sagte Luigi und tätschelte liebevoll ihre Hand.

Da durchfuhr ihn ein Höllenschreck. Dieses Händchen war eiskalt. Luigi tastete nach seiner Brille, setzte sie mit zittrigen Fingern auf die Nase und wagte einen zweiten Blick. Nicht nur ihre Augen standen offen, auch ihr Mund. Luigi schien es, als hätte sie einen Hilfeschrei in der Kehle, der herauswollte. Das Gesicht war halb verdeckt von einer blonden Lockenmähne und schimmerte seltsam veilchenblau mit einem Grünstich. Und nun bemerkte er auch den unguten Geruch, der von ihr ausging.

Luigi sprang auf und wollte wegrennen. Aber der Jogger hielt ihn mit eisernem Griff fest. Die Chance, ihn abzuschütteln, war gleich null. Luigi gab sich geschlagen. Die vielen Euroscheine in seinen Taschen beunruhigten ihn fast noch mehr als das tote Mädchen.

»Sie bleiben hier«, befahl der Jogger. »Gleich kommt die Polizei.«

Und da hörte Luigi auch schon das Martinshorn. Töne, die ihm absolut verhasst waren. Der Streifenwagen hielt hinter der Galatea, und ein großer Dicker und ein kleiner Dünner in Polizeiuniformen kamen zielstrebig näher.

Als sie vor dem Mädchen standen, sagten sie fast gleichzeitig: »Fall für die Mordkommission.«

Luigi hörte den Dicken aufgeregt in sein Funktelefon sprechen.

»Alter Lustmolch«, sagte der Dünne.

Luigi wurde es mulmig, als Handschellen um seine Gelenke zuschnappten. Er setzte sich in größtmöglichem Abstand von der Toten auf eine andere Bank und sah den Polizisten zu, die den Platz um die Pergola mit Bändern absicherten. Gerade als sie damit fertig waren, erschien auf dem Eugensplatz ein Mann, der Luigi an Jean Gabin als Kommissar Maigret erinnerte, obwohl dieser hier weniger Haare auf dem Kopf hatte. Ihm folgte eine zierliche Frau, deren buschiger Pferdeschwanz beim Laufen wippte.

Der Mann zückte eine Dienstplakette und sagte: »Schmoll. Mordkommission.«

Luigi wurde es noch mulmiger und er ärgerte sich, weil sein herzliches »Grüß Gott« nicht erwidert wurde. Zwar hatte es in den vielen Jahren, seit er seinem Gewerbe nachging, schon Pannen gegeben, aber ein totes Mädchen hatte ihm noch nie die Tour vermasselt.

»Du liebe Zeit, Herr Kommissar«, stammelte Luigi. »Mädchen *heiß* machen, dafür habe ich gewisse Talente, aber eins *kalt*zumachen, würde ich nie übers Herz bringen.«

Doch Hauptkommissar Schmoll, der jetzt den Jogger ausfragte, beachtete Luigi nicht. Er notierte Namen und Adresse des Sportsmanns und schloss mit: »Halten Sie sich bitte zur Verfügung, falls wir noch Fragen an Sie haben.«

Der Jogger entfernte sich im Laufschritt die Eugenstaffel hinunter und Luigi sah ihm neidisch nach.

Er zuckte zusammen, als der Kommissar der jungen Frau mit dem Pferdeschwanz zurief: »Nimm mal die Personalien von dem Gentleman auf, Irma.«

Diese Irma, dachte Luigi hoffnungsvoll, ist richtig niedlich mit ihren Sommersprossen auf dem Näschen. Er erschrak, als die niedliche Sommersprossige ihn in sachlich-strengem Ton fragte, ob er sich ausweisen könne.

»Sie meinen, ob ich meinen Reisepass dabei habe?«, fragte Luigi.

Da sie nickte, versuchte er es mit einem Heinz-Rühmann-Lächeln. »Ich bin gestern erst in Stuttgart angekommen. Mein Pass liegt in meinem Koffer in einem Bahnhofschließfach.«

»Dann geben Sie mir bitte den Schlüssel zu dem Schließfach.«

»Den habe ich verloren.« Luigi gratulierte sich insgeheim, den Schlüssel und sein Geld bei Helga deponiert zu haben.

»Name?«

»Luigi Baresi.«

»Adresse?«

»Zurzeit bin ich wohnsitzlos.« Luigi wusste, dass das nicht günstig klang.

»Aha!«, sagte Schmoll gedehnt. »Und wieso findet man Sie hier auf dem Eugensplatz neben einer Leiche?«

»Ich habe dem Mädchen nichts getan«, beteuerte Luigi. »Es lag schon hier, als ich gestern Nacht die Treppe raufgekommen bin.«

»Und da legen Sie sich daneben und schlafen, obwohl die Frau mausetot ist?«

Luigi rieb die Handschellen aneinander. Es quietschte wie Besteck auf einem Blechteller.

»Ich dachte, sie schläft«, sagte Luigi im Jammerton, »und davon bin ich auch müde geworden.«

»Das werden Sie uns im Präsidium etwas genauer erklären müssen«, sagte Irma.

Luigi wurde von den Polizisten abgeführt.

»Wo nur Katz bleibt?«, sagte Hauptkommissar Schmoll. »Er sollte schon längst da sein.«

Irma zeigte hinunter zum Schlossgarten. »Katz wird noch mit dem Messerstecher beschäftigt sein.«

»Und die Spusis trödeln auch irgendwo rum, obwohl ich den Müller schon vor einer Stunde angerufen hab.«

»Vor 'ner halben Stunde«, korrigierte Irma. »Wir waren ja nur so schnell hier, weil wir eigentlich zu dem Messerstecher wollten, den Katz nun allein erledigen muss.«

»Ja, ja, ja – du hast recht, Eichhörnle. Der Arzt könnte sich auch allmählich blicken lassen.«

»Da kommt er«, sagte Irma.

Der Polizeiarzt grüßte kurz und beugte sich über die junge Frau. »Für die kann ich nichts mehr tun«, brummte er. »Ab mit ihr in die Gerichtsmedizin. Sieht nach Erstickungstod aus. Wisst ihr schon, wer sie ist?«

»Nein«, sagte Schmoll.

»Da liegt ein Täschchen auf ihrem Bauch, vielleicht ist da ein Ausweis drin«, sagte Irma.

»Also, jetzt warten wir nicht auf die Spusis, sondern du guckst nach, was in dem Täschchen ist.«

Irma zog sich Handschuhe über, kontrollierte die Tasche und meldete: »Ein Lippenstift. Ein Portemonnaie mit Kleingeld. Zwei Tampons …«

»Komm zur Sache!«, unterbrach Schmoll. »Ist ein Ausweis drinnen oder nicht?«

»Nicht!«, sagte Irma. »Aber ein Notizbuch.« Sie blätterte: »Auf der ersten Seite steht der Name Cornelia Schwarz. Sie wohnt in Fellbach.«

Irma notierte die Anschrift und räumte das Büchlein und alle Utensilien wieder in die Glitzertasche. Als sie damit fertig war und hochschaute, entdeckte sie Kommissar Steffen Katz, der die Eugenstaffel heraufgetrabt kam. Sie winkte ihm zu und zwitscherte ihm ein fröhliches »Moin, moin« entgegen.

Katz hatte sich an den Gruß, den Irma aus dem hohen Norden nach Schwaben importiert hatte, nie ganz gewöhnen können. Diesmal schien er ihm ausnahmsweise passend zu sein, da es heller Morgen war. Wenn Irma am Spätnachmittag mit »Moin, moin« ins Büro gestürmt kam, zuckten Katz und auch Schmoll zusammen und entgegneten stur »Grüß Gott«. Das war allerdings die letzte Sprachschwierigkeit zwischen Nord und Süd – Irma verstand inzwischen das Schwäbisch von Katz, zumal er sich manchmal bemühte, es dem Hochdeutschen etwas anzupassen. Sie selbst vermied in der Regel nordfriesische Vokabeln.

Jedenfalls schien Katz gut aufgelegt zu sein. Irma vermutete, er hatte die Messerstecherei im Schlossgarten so weit klären können, dass der Schuldige ermittelt und abgeführt war und das Opfer sich auf dem Weg ins Krankenhaus befand.

Katz striegelte sich mit der flachen Hand die Fransen seiner Napoleonfrisur in die Stirn, begrüßte Schmoll mit einem »Hallo, Chef!« und Irma mit »Hallöle, allerliebschtes Irmale«. Und mit einem Blick auf die Leiche: »Heilixblechle, was hemmer denn do für a nette Denge?«

»Diese Nette wird gleich in die Pathologie verschwinden«, sagte Schmoll. »Du darfst jetzt ein paar Fotos von ihr schießen, und dann warten wir, bis die Spusis kommen. Die sollen das Umfeld abklappern, vielleicht finden sie was, das uns weiterbringt. Und Irma fährt nach Fellbach, um einfühlsam die traurige Botschaft zu überbringen.«

»Immer ich«, maulte Irma und zog ihre Nase kraus. »Die Benachrichtigung der Angehörigen ist das Schlimmste an unserem Job.«

»Frauen haben mehr Einfühlungsvermögen«, behauptete Schmoll. »Und wenn du von Fellbach zurück bist, rück Doktor Bockstein in der Pathologie auf die Pelle und frag, ob er schon weiß, seit wann die Schöne tot ist.«

»Noch so 'n Scheißjob am Montagmorgen«, sagte Irma.

»Nun mecker mal nicht. Wenn's mir zeitlich reicht, komme ich mit in Bocksteins ›Heilige Hallen‹ und steh dir bei«, versprach Schmoll.

Er überließ Irma seinen alten Daimler und wollte mit Katz, der seinen Polo in der Landtagstiefgarage geparkt hatte, zurück ins Büro fahren. Dort würde er als Erstes die Datenbank nach dem schwer verdächtigen Luigi Baresi durchchecken.

Irma war klar, dass Fellbach vom Eugensplatz aus nicht gleich um die Ecke lag. Sie studierte die Straßenkarte, aber verlor die Orientierung, weil Katz ihr dauernd dazwischenquatschte: »Oifach die Hausmannstraß weiterfahre. En Gaisburg uf de Talstraß wechsle.«

Nun schaltete sich auch noch Schmoll ein: »Nicht übern Neckar, sondern die Uferstraße Richtung Wangen nehmen. Irgendwo kommst du auf die B 14, die führt an Luginsland vorbei, und die nächste Stadt ist Fellbach.« Er ergänzte: »Fellbach! Die Weinstadt unterm Kappelberg. Du musst mal zum ›Fellbacher Herbst‹ gehen. Ein Fest, das man erlebt haben muss!«

»Alles klar«, sagte Irma, obwohl ihr überhaupt nichts klar war.

Sie stieg genervt in den Daimler, der nicht gerade ihr Lieblingsgefährt war, und fuhr los. Da der Berufsverkehr auf Hochtouren lief, stand sie mit Schmolls tuckerndem Vehikel vor jeder Ampel im Dauerstau. Wie sie erwartet hatte, verfuhr sie sich mindestens drei Mal und musste sich mühsam wieder auf die richtige Route kämpfen. So kam sie erst nach über einer Stunde in Fellbach an, verirrte sich auch hier noch einmal, bevor sie endlich nervös an einem Einfamilienhaus klingelte.

Die Frau an der Tür blickte verdutzt, als Irma ihren Dienstausweis zeigte und sagte: »Ich habe eine schlimme Nachricht für Sie. Ist Cornelia Schwarz Ihre Tochter?«

Frau Schwarz blickte noch verdutzter und nickte.

»Darf ich reinkommen?«, fragte Irma und wurde bereitwillig ins Haus geführt. Sie zog das Täschchen hervor und fragte: »Gehört diese Tasche Ihrer Tochter?«

Frau Schwarz griff nach dem Glitzerding und lachte fröhlich auf. »Ja so ein Glück! Die Tasche ist Cornelia gestern Nacht auf dem Stuttgarter Sommerfest gestohlen worden.«

»Es tut mir sehr leid«, sagte Irma leise, »Ihre Tochter ist heute Morgen tot aufgefunden worden.«

Frau Schwarz schnappte nach Luft, drehte sich kopfschüttelnd um und rief die Treppe hinauf: »Conny, komm mal runter.« Danach stemmte sie die Arme in die Hüften und betrachtete Irma, als ob sie an deren Verstand zweifelte.

Zwei Minuten später kam eine junge Frau die Treppe heruntergerannt, sah das Täschchen auf dem Tisch liegen und jubelte: »Da ist es ja wieder!«

Irma stammelte ein paar Erklärungen und war froh, als sie wieder vor dem Haus stand.

»So ein Schiet!«, murmelte sie.

Sie schämte sich, weil sie sich ärgerte, denn sie hätte sich ja freuen sollen, dass Cornelia Schwarz noch am Leben war.

Irma stieg mit gemischten Gefühlen ins Auto und fuhr zum Robert-Bosch-Krankenhaus. Dort wartete Schmoll auf sie. Er war durch die Weinberge hinter dem Polizeipräsidium hinaufgekommen und schnaufte noch von der Anstrengung des Aufstiegs. Um wieder zu Atem zu kommen, schritt er langsam und bedächtig mit auf dem Rücken gefalteten Händen in der Eingangshalle umher und studierte die Fotos und Informationen über die Leistungen Robert Boschs.

Irma und Schmoll gingen gemeinsam die Treppen hinunter zur Pathologie, in der der Gerichtsmediziner Doktor Bockstein bereits mit der Leiche vom Eugensplatz beschäftigt war.

»Wie sieht's aus?«, fragte Schmoll. »Können Sie schon was sagen?«

»Na ja.« Bockstein zog sich die Gummihandschuhe höher. »Eins steht fest: Sie ist erstickt. Und nun ratet mal, woran?«

Bevor Schmoll oder Irma eine Vermutung äußern konnten, hielt Bockstein einen Ohrring mit einer schwarzschimmernden Kugel von der Größe einer dicken Erbse hoch und ließ ihn hin und her baumeln.

»Das klemmte in der Kehle der Hübschen. Das Ding hat die Luftröhre verschlossen.«

»Du meine Güte«, platzte Irma raus. »Was für ein Klunker! Ist der echt? Gibt es schwarze Perlen?«

Bockstein bleckte freundlich seine großen weißen Zähne. »Es ist eine Tahiti-Perle, Frau Kommissarin. Solche Dinger sind selten und nicht ganz billig.«

Schmoll riffelte seine Denkerstirn zu Wellpappe. »Die junge Frau sieht nicht so aus, als ob sie zur Hautevolee gehört hat und sich so was leisten konnte. Aber nehmen wir mal an, sie hat die Perle von einem Verehrer geschenkt bekommen: Warum hängt sie das Ding nicht an eins ihrer niedlichen Ohren, sondern verschluckt es?«

»Vielleicht ist das so wie beim Drogenschmuggel«, sagte Irma. »Da werden auch Tütchen oder Kapseln geschluckt, um sie an den Kontrollen vorbeizubringen und dann …«

Bockstein grinste. »Wenn ich als Nächstes den Y-Schnitt bei der Hübschen ansetze, wird sich herausstellen, ob in ihrem Bauch noch mehr kostbare Dinge lagern.«

»So lange können wir hier nicht warten«, sagte Schmoll. »Aber beeilen Sie sich trotzdem.«

Bockstein grinste. »Wenn Herr Hauptkommissar kein Blut sehen kann, habe ich vollstes Verständnis, wenn er sich entfernt.«

Irma grinste insgeheim, weil sie das Spielchen der beiden kannte. Sie kabbelten und ärgerten sich gegenseitig, wo sie konnten – doch sie waren bei ihrer Arbeit aufeinander angewiesen, und Irma wusste inzwischen, dass sie sich trotz ihrer Wortgefechte gegenseitig schätzten. Was sie aber nie zugegeben hätten.

»Weil Sie grade von Blut sprachen, verehrter Doktor, können Sie mir wenigstens das Ergebnis des Blutbildes verraten?«, fragte Schmoll.

Bockstein sortierte gelassen seine Messer und Sägen, und nachdem er noch rasch in sein Handy gegrummelt hatte, wo sein Assistent bliebe, wandte er sich wieder an Schmoll. »Blutuntersuchung steht noch aus. Noch kein Bericht vom Labor eingegangen. Ich rufe bei euch an, wenn es was Neues gibt.«

Schmoll knurrte irgendwas Unverständliches und fragte, ob der verehrte Herr Doktor wenigstens schon etwas über den Todeszeitpunkt sagen könne.

»Noch nicht genau. Zumindest ist sie früher gestorben als Sonntagnacht. Sie war schon längere Zeit tot, bevor sie jemand auf den Eugensplatz gelegt hat.«

»Demnach kann diese Bank unter der Pergola nicht der Tatort sein«, stellte Schmoll fest.

»Sie lag da, als ob sie schlafen würde«, sagte Irma. »Als hätte sie jemand malerisch hindrapiert.«

Dr. Bockstein sah zu der jungen Frau auf der Bahre und seufzte. »So ein hübsches Ding. Und so jung! Sind die Angehörigen schon benachrichtigt?«

»Da komme ich gerade her«, sagte Irma.

»War's schlimm?«

»Nö, überhaupt nicht.« Irma zuckte mit den Schultern. »Die hier ist nämlich gar nicht Cornelia Schwarz. Die Besitzerin der kleinen Tasche, in der wir die Adresse gefunden haben, ist quicklebendig.«

»Na so was!«, sagte Bockstein. »Kleiner Schabernack mit der Mordkommission.« Er entfernte das Namensschild vom großen Zeh der Toten und ließ es in einen Mülleimer zu blutiger Watte fallen.

Irma meinte verdrießlich: »Ich fürchte, es wird schwer sein, die junge Frau zu identifizieren.«

Aber sie irrte sich.

Elf

Schwestern

Als Schmoll und Irma im Polizeipräsidium ankamen, meldete Katz, eine Frau habe angerufen und ihre Schwester als vermisst gemeldet. »Die Beschreibung passt haargnau uff des Mädle vom Eugensplatz«, sagte er. »I hab die Frau gebete herzukomme. Inzwische isch se scho da und wartet vorm Verhörraum.«

Regina Holder, eine junge Frau mit semmelblondem Kurzhaarschnitt, wirkte bekümmert und müde.

Katz musterte wohlwollend ihre gefälligen Rundungen, leckte sich unbewusst die Lippen und strich sein Lippenbärtchen glatt. Er bedauerte, dass er bei der Befragung nicht dabei sein konnte, weil er an einer Zeugenvernehmung wegen des Messerstechers vom Stadtfest teilnehmen musste.

Irma fragte Frau Holder, ob sie das Gespräch auf einem Tonträger festhalten dürften. Sie nickte. Die Personalien waren schnell aufgenommen: Regina Holder, fünfundzwanzig Jahre alt, Krankenschwester, ledig, wohnte zusammen mit ihrer Schwester Tina Eisele in der Weißenburgstraße im Stuttgarter Westen.

Regina Holders Stimme wurde ängstlich, als sie zum eigentlichen Problem kam: »Da komme ich heute vom Nachtdienst aus der Baumannklinik nach Hause, und Tina ist immer noch nicht da!« Aufgeregt kramte Regina in ihrer Handtasche und legte einen Reisepass mit der aufgeschlagenen Passbildseite auf den Schreibtisch. »Das ist Tina. Das Foto ist erst ein paar Wochen alt. Seit Samstagabend hab ich sie nicht mehr gesehen und nichts von ihr gehört.«

»Bleibt Ihre Schwester sonst nie über Nacht weg?«, fragte Schmoll.

»Doch, manchmal schon«, sagte Frau Holder und rieb ihre Hände, als ob sie frieren würde. »Aber dann ruft sie mich an und sagt Bescheid. Nun ist sie schon zwei Nächte nicht nach Hause gekommen.«

Irma sah von Tinas Passfoto zu Frau Holder und wieder zurück. Irgendetwas kam ihr seltsam vor. Doch darüber konnte sie jetzt nicht nachdenken, weil sie sich über Schmoll ärgerte. Wieso sagt er der Frau nicht endlich, dass ihre Schwester tot ist, dachte Irma. Es ist doch ziemlich klar: Die blonde Wuschelmähne auf dem Passfoto gehört unverkennbar zu der toten jungen Frau.

Aber der erfahrene Hauptkommissar wollte erst etwas über die Tote erfahren, weil er hoffte, dadurch eine Spur zum Täter zu finden.

»Erzählen Sie uns von Ihrer Schwester«, sagte er zu Regina Holder.

Die schluchzte auf, wühlte aus ihrer Tasche ein Tempo und schnäuzte sich. »Hoffentlich ist Tina nichts zugestoßen. Wissen Sie, Tina ist kein Kind von Traurigkeit. Ich war so froh, als sie endlich geheiratet hatte. Ihr Mann war zwar um einiges älter, aber sehr seriös.«

»Und wieso wohnt Ihre Schwester bei Ihnen, wenn sie einen seriösen Ehemann hat?«, fragte Irma.

»Weil sie geschieden sind.«

»Und wie heißt der ehemalige Ehemann?«, hakte Schmoll nach.

»Harald Eisele. Versicherungskaufmann. Er hat Tina jeden Wunsch erfüllt. Hat sogar eine Eigentumswohnung in Möhringen gekauft. Nicht weit vom Bahnhof entfernt übrigens. Tina legte Wert darauf, guten Anschluss in die Innenstadt zu haben.«

»Was ist Ihre Schwester von Beruf?«, fragte Irma.

»Tina ist Maskenbildnerin am Theater der Altstadt. Diesen Job wollte sie nach ihrer Heirat unter gar keinen Umständen aufgeben.« Leiser fügte sie hinzu: »Weil sie dadurch einen Grund hatte, abends in die Innenstadt zu fahren. Allerdings schummelte sie immer wieder, weil sie gar nicht so oft Dienst hatte. Ich weiß, dass sie die meiste Zeit in der Stadt umherschlenderte und sich irgendwo amüsierte.«

»Und das hat ihr Mann nicht gemerkt?«

»Weil Tina immer öfter unterwegs war, spionierte Harald ihr nach und erwischte sie in einer Kneipe im Bohnenviertel, wo sie auf dem Schoß eines jungen Mannes saß.«

Regina Holder hatte den Kopf gesenkt gehalten und dabei zu ihrem Taschentuch gesprochen, das sie mit den Händen walkte.

Nun hob sie den Kopf und sagte: »Interessiert Sie das überhaupt? Das Wichtigste ist doch, dass Sie Tina suchen!«

»Es interessiert uns«, sagte Irma. »Solche Details sind wichtig für unsere Ermittlungen.«

»Verstehe«, murmelte Regina, wandte sich wieder ihrem massakrierten Taschentuch zu und sprach leise weiter: »Nachdem Harald Tina erwischt hatte, hielt er sie wie im goldenen Käfig.«

»Er hat sie im Haus eingesperrt?«, fragte Schmoll.

»Tina hat mir erzählt, er hätte sie manchmal in ihrem Zimmer eingeschlossen. Außerdem musste sie ihm für jeden ihrer Schritte Rechenschaft ablegen. Abends holte er sie am Theater ab. Doch er wartete immer öfter vergeblich vor dem Künstlerausgang. So ging das eine Zeitlang weiter, und es gab viel Streit, bis Tina das Fass zum Überlaufen gebracht hat.«

Irma bat, das genauer zu erklären.

»Harald hat Tina am helllichten Tag mit dem Bühnenbildner bei sich daheim im Ehebett erwischt. Ihre Schwiegermutter, die sonst auf sie aufpassen musste, war beim Zahnarzt, und da hat Tina wohl gedacht, sie hätte sturmfreie Bude.«

»Wissen Sie, wie Herr Eisele darauf reagiert hat?«, fragte Schmoll.

»Harald hat Tina noch am selben Tag aus der Wohnung geschmissen.« Regina Holder schluchzte wieder in ihr Taschentuch. »Vorher hat er sie verprügelt. Tina hatte noch wochenlang blaue Flecken. Ich kannte Harald nur sanftmütig, doch an diesem Abend ist er ausgerastet.«

Schmoll runzelte die Stirn. »Wie lange ist das her?«

»Etwas über ein Jahr. Inzwischen sind sie geschieden.«

Irma ließ sich Name und Adresse von Tinas Exmann geben.

Frau Holder sagte: »Die Situation war für Tina von Anfang an schwierig, weil Haralds Mutter bei ihnen wohnte.«

»Wissen Sie, wie Tina mit ihrer Schwiegermutter ausgekommen ist?«, fragte Irma.

Frau Holder seufzte. »Sie konnten sich nicht riechen.«

Irma sah von ihrem Notizblock hoch. »Und seit Ihre Schwester aus der ehelichen Wohnung geflogen ist, wohnt sie bei Ihnen?«

Regina zuckte mit den Schultern. »Wo sollte Tina denn hin? Wir hatten ja schon vor ihrer Ehe diese gemeinsame Wohnung gehabt.«

»Und Sie beide haben sich immer gut verstanden?«, fragte Irma.

»Ja, sehr gut. Aber Tina ist eigenwillig. Ich konnte sie nie bremsen. Seit sie geschieden ist, geht ihr flatterhaftes Leben weiter. Sie müssen sie suchen! Ich hab so eine Ahnung. Ich glaube, es ist etwas Schreckliches passiert.«

Schmoll legte eins der Fotos, die Katz unter der Pergola geschossen hatte, neben Tinas Ausweis und verglich die Bilder. »Ja«, sagte er, »es ist etwas passiert, Frau Holder. Ihre Schwester ist heute Morgen tot aufgefunden worden. Wahrscheinlich wurde sie ermordet.«

Irma konnte nicht verhindern, dass Frau Holder das Foto mit der toten Tina an sich riss und es anstarrte. Sie schob es von sich und stieß einen jaulenden Ton aus. Irma dachte an einen Hund, den jemand quält. Frau Holder ließ ihren Kopf auf den Tisch fallen, hob ihn, jaulte, schlug den Kopf wieder auf – und hörte damit erst auf, als Irma sie festhielt und leise auf sie einsprach. Regina Holder schraubte sich in Zeitlupe von ihrem Stuhl hoch. Sie klammerte sich an Irma fest und legte den Kopf schluchzend in ihre Halsbeuge. Irma flüsterte weiter beruhigende Worte und streichelte ihr den Rücken, bis sie sich langsam beruhigte.

Doch kaum waren ihre Tränen versiegt, löste sich Regina abrupt von Irma, sah sie verwirrt an, schüttelte den Kopf und griff nach der Handtasche. »Dann geh ich jetzt. Ich weiß nun, dass ich mich nicht täusche. Tina ist am Samstag um Mitternacht ermordet worden. Ich hab es gespürt.«

Irma hielt sie zurück. »Darf ich bitte noch Ihren Pass sehen?«, sagte sie sanft.

Sie bekam ihn über den Tisch geschoben. Irma schlug ihn auf und legte Tinas daneben. Und plötzlich wusste sie, was ihr vorhin an Frau Holder aufgefallen und so seltsam vorgekommen war. Trotz Reginas kurzem Haarschnitt und Tinas Wuschelkopf ähnelten sie sich wie ein Ei dem anderen. Irma verglich die Geburtsdaten. Nun war ihr alles klar.

Irma gab Regina Holder ihren Pass zurück und sagte mitfühlend: »Sie können gehen, Frau Holder. Ich glaube Ihnen, dass Sie den Tod Ihrer Schwester erahnt haben.«

Kaum hatte Regina die Tür von außen geschlossen, kratzte Schmoll ausgiebig seine Glatze und grummelte: »Heidenei, Eichhörnle, was war das denn eben? Versteh ich da was nicht?«

»Sie sind eineiige Zwillinge«, sagte Irma. »Hast du noch nie davon gehört, dass solche Menschen den Tod ihres Zwillings fühlen?«

»Meinst du damit, wir können dem Todeszeitpunkt, den die Frau *gespürt* haben will, trauen?«, fragte Schmoll verunsichert.

»Ja«, sagte Irma, »dafür leg ich meine Hand ins Feuer.«

Schmoll stand auf. »Um das verdauen zu können, gehen wir besser erst mal in die Kantine. Wir sind seit heute Morgen um sechs unterwegs und mir knurrt der Magen.«

»Mir auch«, sagte Katz, der gerade von seinem Termin zurückkam. »Ond 's Eichhörnle sieht scho halb verhungert aus.«

Viel Zeit nahmen sich die Ermittler nicht zum Essen.

Nach einer halben Stunde, zurück im Büro, beschied Schmoll: »Als Nächstes werde ich mir diesen Versicherungsmenschen, den Exgatten unserer Leiche, ansehen. Katz, du kommst mit. Irma, du darfst hierbleiben, schließlich warst du heute schon in Fellbach.«

»Gebongt«, sagte Irma. »Macht euren Betriebsausflug nach Möhringen alleine. Ich werde inzwischen die Protokolle an den PC verfüttern. Und wenn sonst nichts los ist, mache ich heute mal pünktlich Feierabend. Ihr wisst ja: Montags ist das Mutter-Tochter-Meeting der Eichhörner.«

Bevor die Kommissare losfuhren, kam der Anruf von der Gerichtsmedizin: Tina Eisele war zu der Zeit, als der Jogger sie und den alten Mann gefunden hatte, schon mindestens 20 Stunden oder noch länger tot gewesen.

»Demnach kann Luigi Baresi nicht der Mörder sein«, sagte Irma. »Es ist unwahrscheinlich, dass er die junge Frau schon am Samstag getötet und die Leiche erst Sonntagnacht auf den Eugensplatz geschleppt hat.«

Schmoll brummte: »Wäre ja auch zu einfach gewesen, wenn wir den Mörder schlafend neben dem Opfer gefunden hätten.«

»Genau«, sagte Katz. »Also ganga mer jetzet zu dem kloina Italiener ond brenget ihm die frohe Botschaft.«

»Selbst wenn wir den Mordverdacht aufheben, sind da noch die über 1000 Euro, die in seinen Hosentaschen gesteckt haben«, gab Irma zu bedenken. »Laufen lassen können wir ihn nicht.«

»Da werde ich unsren Raubkommissar Stöckle zu dem Besuch beim Baresi mitnehmen müssen«, sagte Schmoll.

Von den Zellen für »Durchreisende«, in denen Verdächtige in vorläufiges Gewahrsam genommen werden, war heute nur eine belegt, und darin schmorte Luigi Baresi. Er zerbrach sich den Kopf, wie er in diese Lage hatte kommen können. Am ärgerlichsten war für ihn, dass er die Scheine, die seine Hosentaschen ausfüllten, nicht in Sicherheit hatte bringen können, bevor er verhaftet worden war. Er hatte das Geld nicht gezählt, aber es waren gefühlte 1000 Euro gewesen. Vielleicht auch mehr. Die Einnahmen dieses letzten Sommerfesttages waren für ihn futsch, das war klar. Ein Jammer!

Nur gut, dass ich die Ausbeute der vorhergehenden Tage bei Helga gelassen habe, dachte Luigi. Helga ist clever, sie wird die Scheinchen gut verwahren – außerdem wird bestimmt niemand bei ihr danach suchen.

Allerdings fand er das alles nicht so schlimm wie die Tatsache, dass er neben einer Leiche eingeschlafen war. Das hätte nicht passieren dürfen! Das war ein Fauxpas, den er sich nicht verzeihen konnte. Und dann hatte er sich auch noch aufgreifen lassen. Wurde er womöglich alt? Quatsch! Mit vierundsechzig war man noch nicht alt, er fühlte sich fit wie ein Turnschuh. Fehler macht jeder. Es war Künstlerpech!

Doch nun war nicht nur sein Traum vom Rentnerdasein geplatzt, jetzt drohte ihm sogar noch eine Mordanklage!

Als Schmoll mit Kommissar Stöckle vom Raubdezernat in die Zelle trat und Schmoll zu Luigi sagte, der Mordverdacht gegen ihn sei aufgehoben worden, konnte Luigi sein Glück kaum fassen. Am liebsten wäre er Schmoll um den Hals gefallen. Aber das schickte sich nun wirklich nicht. Luigi verkniff sich auch die Frage, wie diese günstige Wende für ihn zustande gekommen war, ob der wahre Mörder gefasst sei und ob sie schon wüssten, warum dieser das junge Mädchen umgebracht habe. Doch Luigi wollte mit solchen Erörterungen seinen Aufenthalt hinter Gittern nicht unnötig verlängern. Er hatte auch Angst, die gute Nachricht könne ein Irrtum sein.

Deswegen versuchte er es mit seinem bewährten Lächeln, machte dazu eine höfliche Verbeugung und sagte: »Vielen Dank, meine Herren, für die frohe Botschaft. Da Sie einsehen, dass ich unschuldig bin, erlaube ich mir, mich jetzt zu verabschieden.«

Stöckle betrachtete ihn mit seinem gestrengen musternden Blick, den er für Verdächtige bereithielt, und machte eine Kunstpause. Luigi beobachtete irritiert den Adamsapfel, der in Stöckles sehnigem, langen Hals wie ein flotter Lift auf- und abschnellte.

»Es wäre gut«, sagte Stöckle nach dieser Einleitung, »es wäre sehr gut, Herr Baresi, wenn Sie uns verraten würden, woher Sie das Geld haben, das wir in Ihren Hosentaschen gefunden haben.«

Luigi fiel absolut nichts ein, womit er sich hätte herausreden können. Er konnte ja schlecht sagen, es sei sein Taschengeld gewesen, nur weil es in seinen Taschen gesteckt hatte. Fast 1000 Euro wären ja auch ein bisschen viel Taschengeld. Also schwieg Luigi und betrachtete abwechselnd Stöckles Adamsapfel und Schmolls Doppelkinn, um den Herren nicht in die Augen sehen zu müssen. Das Verhör nahm eine gewisse Zeit in Anspruch, ohne dass Luigi kooperativ gewesen wäre. Luigi kannte sich in Rechtsdingen aus. Er wusste, dass er ein Anrecht auf einen Pflichtverteidiger hatte. Mit dem wollte er sich beraten, bevor er irgendetwas zugeben würde.

Das Frage-ohne-Antwort-Spiel zog sich eine Weile hin, weil Luigi kein Wort zu den ihm vorgeworfenen Diebstählen sagte, sondern einen Anwalt verlangte. Schließlich verließen Schmoll und Stöckle verärgert und grußlos die Zelle.

»Okay, Kollege Stöckle«, sagte Schmoll draußen im Gang. »Diebstahl gehört nun nicht mehr in meinen Dienstbereich. Die Sache ist sonnenklar – übergeben Sie den feinen Herrn Baresi am besten gleich der Staatsanwaltschaft.«

»Der Kerl ist störrisch«, sagte Stöckle. »Mir schwant, diebstahlmäßig hat er schon einiges auf dem Kerbholz.«

»O ja«, bestätigte Schmoll. »Wir haben bereits die Datenbanken des Bundeskriminalamtes durchsucht. Baresi hat schon mal wegen Diebstahls gesessen. Das ist allerdings über vierzig Jahre her. Ein Tötungsdelikt ist unter dem Namen Luigi Baresi nicht aufgetaucht.«

Stöckle fand sich unwillig damit ab, nun allein weiterermitteln zu müssen.

Schmoll sagte: »Ich muss mich jetzt umgehend darum kümmern, den wahren Mörder zu finden.«

»Schon eine heiße Spur?«, wollte Stöckle wissen.

»Nein«, sagte Schmoll. »Wir sind dran.«

Zwölf

Harald Eisele

Inzwischen war es vier Uhr nachmittags geworden und zu erwarten, dass Harald Eisele seinen Arbeitsplatz in der Versicherungsfirma in Vaihingen bereits verlassen hatte und daheim war. Schmoll meldete sich nicht an, weil er sich von einem Überraschungsbesuch mehr erhoffte.

Katz war froh, Beifahrer spielen zu dürfen, während Schmoll seinen alten Daimler durch den Feierabendverkehr quälte. Ab Charlottenplatz ging es aus dem Talkessel hinaus in Richtung Weinsteige. Von Degerloch war es nur noch ein Katzensprung bis nach Möhringen zum Eigenheim des Exgatten der toten Tina Eisele.

Es war schwierig einen Parkplatz zu finden. Doch endlich standen Schmoll und Katz vor dem Neubau mit der von Frau Holder angegebenen Hausnummer.

»Oha«, machte Katz. »Der hot ja wirklich viel fir die Kloi übrig ghet.«

»Trotzdem konnte er sie nicht halten«, sagte Schmoll und dachte dabei an seine Karin, die ihm auch weggelaufen war, aber eben aus anderen Gründen.

Außerdem hätte sein Gehalt sowieso nicht gereicht, Karin eine noble Eigentumswohnung bieten zu können. Sie hatte ja auch kein Geld, sondern mehr Zuwendung von ihm verlangt. Diesen Wunsch hatte er ihr nicht erfüllen können, weil er nicht nur mit ihr, sondern vor allem mit seinem Beruf verheiratet war. Ich sollte Karin dennoch endlich mal anrufen, nahm er sich vor, vielleicht … In diesem Moment schlüpfte ein Kind aus der Tür und Schmoll und Katz nutzten den Moment, um ins Haus zu kommen. Im Flur vorm Aufzug stritten sie, weil Schmoll nicht in den dritten Stock laufen wollte. Da aber der Aufzug nicht gleich kam, stiegen sie doch die Treppen hoch.

Auf dem Laubengang, von dem mehrere Wohnungen abgingen, wischte eine Frau den gefliesten Fußboden. Faktisch sah man nur ihr Hinterteil, das in die Luft ragte, während sie mit dem Lappen auf dem Boden rumfummelte.

»Hallo«, sagte Katz zu dem Hinterteil. »Mir möchtet zu Herrn Eisele.«

Die Frau klappte sich in die Senkrechte und entpuppte sich als eine große, stabile Person, die nicht mehr die Allerjüngste war.

Sie stemmte die Hände in die Hüften und motzte: »Da ka jo jedr komma. Wer send Sie denn eigendlich?«

Hauptkommissar Schmoll zückte seine Dienstmarke und sagte: »Mordkommission. Wir möchten Herrn Harald Eisele sprechen.«

Schmoll merkte, wie die Frau bei dem Wort Mordkommission stutzte und ihr gerötetes Gesicht Farbe verlor.

Sie warf den Lappen in den Putzeimer und fragte gedehnt: »Ond was hot mein Sohn mit dr Mordkommissio z' schaffe?«

»Das müssen wir ihm selbst sagen. Ist er zu Hause oder nicht?«, donnerte Schmoll gereizt.

»Mei Harald isch drhoim«, sagte Frau Eisele.

Das klang wie eine Feststellung, nicht wie die Aufforderung zum Nähertreten.

Wahrscheinlich von Schmolls Donnerstimme angelockt, tauchte vor der Tür der Nebenwohnung eine junge Frau auf. Sie hielt ein Kleinkind auf dem Arm, das wie ein angestochenes Schweinchen schrie und dazu wie ein Karnickel zappelte. Die Frau rief herüber, was die Männer hier zu suchen hätten. Katz schrie zurück, sie seien keine Enkeltrickdiebe, sondern von der Polizei.

Frau Eisele fauchte die Mama an: »Verschwindet Sie ond haltet hier net Maulaffe feil. Außerdem hab i grad wieder Ihr Kehrwoch mache müsse.«

Die junge Frau zuckte mit den Schultern, machte »Bäh!« zu Frau Eisele und verschwand mit ihrem Schreihals in der Wohnung.

Nicht gerade ein freundschaftlich nachbarlicher Ton, fand Schmoll, und zu Frau Eisele sagte er: »Wenn Sie jetzt nicht augenblicklich Ihren Sohn holen, werden wir ihn und auch Sie aufs Präsidium vorladen.«

Da rief Frau Eisele endlich durch die offenstehende Wohnungstür: »Harald, do isch wer fr di!«

Harald Eisele, der alsbald an der Tür erschien, war etwa vierzig Jahre alt. Sein schütteres Haar wirkte zerzaust, als hätte er gerade ein Nickerchen auf dem Sofa gemacht. Stahlblaue Augen guckten verschlafen durch eine randlose Brille, die er nun korrekt auf seine Hakennase schob. Herr Eisele prüfte die Dienstmarke Schmolls und bat ihn und Katz herein. Frau Eisele band die Schürze ab und folgte ins Wohnzimmer. Die gute Stube war vollgestellt mit einer Mischung aus altmodischen und modernen Möbeln: ein Vertiko aus der Jahrhundertwende, eine Designercouch hinter einem Nierentisch und gegenüber zwei abgeschabte Plüschsessel. An der Wand über der Couch röhrte ein Hirsch aus einem Goldrahmen, rechts und links von Mirò-Postern flankiert, die mit Stecknadeln an der Tapete gehalten wurden. Den Parkettboden bedeckten Teppiche, die genauso wenig zueinanderpassten. Offensichtlich war das Mobiliar aus zweierlei Wohnungen gemischt worden.

Während Herr und Frau Eisele auf der bequemen Couch Platz nahmen, wurden Schmoll und Katz die Plüschsessel zugewiesen.

Schmoll kam gleich zur Sache und informierte, ohne sein Feingefühl zu bemühen, Herrn Eisele kurz und bündig über den gewaltsamen Tod seiner Exfrau.

Herr Eiseles Gesicht legte sich in verschiedene Varianten des blanken Entsetzens, wobei er immer wieder ungläubig den Kopf schüttelte.

Endlich fand er seine Stimme wieder und hauchte: »Nein. Das kann nicht sein!«

Doch Schmoll kannte solches Gebaren. Verbrecher legen sich ihr Benehmen zurecht, für den Fall, dass man ihnen auf die Spur kommt. Schmoll wusste, dass manche Mörder sogar ihre Ergriffenheit vor dem Spiegel üben und sich ihre Worte sorgsam zurechtlegen.

Herr Eisele schien seinen Schmerz in den Griff zu bekommen, als Mutti sagte: »Aber Harald!«, und ihm ein Taschentuch reichte.

Harald Eisele entledigte sich seiner Brille und zwei echter Tränen, die neben seiner Hakennase abwärts rannen. Danach verlangte er von Mutti einen Cognac. Sie fragte, ob die Herren Polizisten auch ein Gläschen wollten, und schien erleichtert zu sein, als sie dankend ablehnten. Harald hatte zwei Gläschen nötig.

Bevor er sich das dritte einschenkte, nahm ihm Mutti die Flasche weg und sagte: »Zwoi reichet! Des Lompedier hot nix anders verdient!«

Harald sagte: »Aber Mutti!«

Schmoll fragte, wo sie gewohnt hätten, bevor sie in diese Neubauwohnung gezogen waren.

»Früher wohnten Mutti und ich in Bad Cannstatt. Das Haus war so renovierungsbedürftig, dass wir die zwei Etagen, die wir nicht gebraucht haben, nicht mehr vermieten konnten. Wir haben das Haus an einen Türken verkauft und sogar einen guten Preis dafür erzielt.«

Frau Eisele blickte zu ihrem Sohn und zögerte einen Moment, danach brach die Wut aus ihr heraus: »Du hasch des Geld braucht, um für dei Flittchen die Wohnung hier kaufe zu könne. Mi hasch nur anschtandshalber mitgnomme!«

»Aber Mutti!«, unterbrach ihr Sohn. »Du hast es doch schön hier.«

»I han des net gwollt«, quengelte Mutti weiter. »I han's weiß Gott net leicht ghabt em Lebe. Gspart ond gspart, ond dann goht älles für a feudale Eigetumswohnung drauf.« Sie durchbohrte Harald mit einem Dolchblick: »Nur weil's dere Tina net guet gnug bei ons in Cannstatt gwä isch.«

»Das Geld ist gut angelegt«, sagte Harald. »Und schließlich ist ja auch mein Erspartes mit in den Kaufpreis eingeflossen.«

»Du hasch ja emmer alles spare könne, weil du bei mir gwohnt ond gesse hasch.«

Harald tätschelte ihre Hand. »Du hast es doch so gewollt, Mutti! Aber das interessiert die Herren von der Kripo nicht. Geh in dein Zimmer und guck ein bisschen fern. Gleich kommt ›Verbotene Liebe‹, deine Lieblingssendung.«

Schmoll und Katz nickten aufmunternd. Doch Mutti blieb sitzen.

Schmoll wurde ungeduldig und wollte endlich auf das Wesentliche kommen. Er drehte seinen Bass tiefer und die Lautstärke höher und fragte Herrn Eisele, wann er seine Exfrau das letzte Mal gesehen habe.

»Bei der Scheidung vor einem Monat. Vorher war sie schon ein Jahr lang aus unserer Wohnung ausgezogen. Vorgeschriebene Trennungszeit, wissen Sie.«

»Und in dem Trennungsjahr haben Sie keinen Kontakt mit ihr gehabt?«

»Noi!«, sagte Mutti. »I au net.«

»Mit Tinas Tod haben wir nichts zu tun«, beteuerte Harald. »Ich verbitte mir weitere Fragen über mein Privatleben.« Das klang, als hielte Herr Eisele die Befragung nun für abgeschlossen.

Schmoll war anderer Ansicht. Familien- und Eheprobleme fielen zwar nicht direkt in sein Ressort, aber solche Zerwürfnisse hatten schon oft zu Mord oder Totschlag geführt. Er beschloss, noch ein bisschen auf dem Mordmotiv Eifersucht herumzureiten. Sei es nun Muttis Eifersucht auf Tina oder Haralds auf Tinas Verehrer.

Schmoll legte seine Stirn in Wellblechfalten und schaltete seinen Bass auf Donnerton: »Hier geht es um Mord, Herr Eisele!«

Harald Eisele nahm die Brille ab, rieb seine Hakennase und fragte verunsichert: »Sie glauben doch nicht im Ernst, Herr Hauptkommissar, ich hätte Tina umgebracht?«

»Wir müssen allen Spuren nachgehen.«

Die Mutti fuhr wütend dazwischen: »Wollet Sie damit sage, zu ons fiehrt a Spur!?«

»Ja«, sagte Schmoll, »schließlich war Ihr Sohn bis vor kurzem mit Tina verheiratet. Wie wir wissen, ist diese Ehe nicht im gegenseitigen Einvernehmen auseinandergegangen.«

Harald setzte die Brille wieder auf und warf einen verzweifelten Blick zu seiner Mutter. »Jetzt geh bitte in dein Zimmer, Mutti. Du darfst dich nicht aufregen. Denk an dein Herz.«

Da die Mutti nicht gleich hinausging, nahm er sie am Arm und führte sie aus dem Raum. Die Ermittler hörten Mutti noch ein Weilchen zetern, dann wimmern und dann war Ruhe. Hatte sich da nicht ein Schlüssel im Schloss herumgedreht?

»Verflixt, der hot se weggschperrt«, sagte Katz leise.

»Das ist wohl seine Masche. Frau Holder hat doch erzählt, er hätte ihre Schwester eingeschlossen, wenn sie nicht gespurt hat«, entgegnete Schmoll genauso leise.

Herr Eisele kam zurück und setzte sich wieder aufs Sofa. »So«, sagte er gereizt, »jetzt mal in aller Ruhe: Woher wollen Sie wissen, dass Tina und ich uns nicht im besten Einvernehmen getrennt haben? Tina bekommt sogar freiwillig eine außergewöhnlich hohe Abfindung von mir. Eine monatliche Geldsumme, die wehtut, wenn man sein ganzes Vermögen in eine Eigentumswohnung gesteckt hat, die gar nicht nötig gewesen wäre. Denn meinen Kinderwunsch hat Tina auch nicht erfüllen wollen.«

»Aha«, sagte Katz, der wie immer den stillen Beobachter gespielt hatte und sich in die Befragungen seines Chefs nur einmischte, wenn er einen Geistesblitz zu haben glaubte. »Ond um ons des mitzuteile, habet Sie Ihre Mutter entfernt, weil se nix von dere Abfindung und dem Kinderwunsch erfahre soll?«

Eisele sagte ärgerlich: »Lassen Sie meine Mutter aus dem Spiel!«

»Diesen Gefallen kann ich Ihnen nicht tun«, sagte Schmoll. »Ihre Mutter hat durchblicken lassen, sie sei von Ihrer Heirat mit Tina nicht begeistert gewesen.«

»Wollen Sie jetzt die böse Schwiegermutter heraufbeschwören?«

»Nur wenn es sein muss. Erzählen Sie doch zuerst mal, weshalb Ihre Ehe nach so kurzer Zeit in die Brüche gegangen ist.«

Schmoll lehnte sich zurück, als warte er auf eine Märchenstunde.

Eisele beteuerte eifrig, wie sehr er Tina geliebt habe. Leiser sagte er, er sei mit ihr überfordert gewesen.

»In welcher Beziehung überfordert?«, fragte Schmoll.

»In jeder! Hauptsächlich finanziell und auch sexuell. Tina war einfach zu jung und zu temperamentvoll für mich. Ich war doch vorher nie verheiratet gewesen und hatte wenig Erfahrung mit Frauen. Ich hatte immer nur Mutti.«

»Und was waren die Probleme zwischen Ihrer Mutter und Ihrer Frau?«

»Nichts von Bedeutung.«

»Geht's auch genauer?«

»Meine Mutter ist ein ordnungsliebender Mensch. Es regte sie auf, dass es Tina mit dem Aufräumen und Putzen nicht so genau nahm. Außerdem bekam meine sparsame Mutti mit, wie leichtsinnig Tina mein Geld ausgab.«

»Gibt es dafür Beispiele?«

»Tina liebte Spontankäufe. Das waren meistens Kleider und Schuhe, es konnte aber auch mitunter eine neue Couchgarnitur oder eine Videokamera sein. Deswegen kam es oft zu Streitereien zwischen Mutti und Tina. Ich hatte gehofft, in der großzügigen Wohnung würde Platz für beide sein – aber das war ein Trugschluss. Mutti fühlte sich wie früher für alles verantwortlich, und Tina hat sich nichts gefallen lassen.«

»Wäre es nicht besser gewesen, in getrennten Wohnungen zu leben? Ihre Frau Mutter ist ja noch rüstig und könnte bestimmt noch lange allein zurechtkommen.«

»Ich wollte sie nicht allein lassen, nachdem sie mich so viele Jahre umsorgt hat.«

Nach einer Pause kam endlich Eiseles Frage, mit der Schmoll gar nicht mehr gerechnet hatte: »Wenn es wirklich stimmt, dass Tina tot ist – wie ist sie eigentlich …?«

»Das ist noch nicht völlig geklärt«, sagte Schmoll. Er hatte genug gehört, was seine grauen Zellen erst noch verarbeiten mussten, und kam nun auf den Punkt: »Jetzt sagen Sie uns bitte noch, Herr Eisele, wo Sie sich ab Samstagabend bis Sonntagnacht aufgehalten haben.«

»Ich brauche ein Alibi?«

»Es wäre gut für Sie, wenn Sie eins hätten.«

Harald Eisele lächelte selbstsicher: »Ich war ab Samstagmorgen bis gestern Mittag in Freudenstadt. Ausflug der Skatbrüder. Alles Kollegen von der Versicherung.«

»Welche Versicherung?«

Das war ein Thema, bei dem Eisele auftaute: »Meine Firma! Gelernt habe ich bei der LVA, dort habe ich auch ein paar Jährchen gearbeitet. Seit der Gesundheitsreform 2004, bei der von den Krankenkassen das Sterbegeld gestrichen wurde, habe ich mich mit drei Kollegen zusammengetan und eine Sterbeversicherung gegründet.«

»Eine Sterbeversicherung«, wiederholte Schmoll erstaunt.

Herr Eisele kam in Fahrt: »Schutz der Angehörigen vor Bestattungskosten. Tarife ohne Gesundheitsprüfung. Voller Versicherungsschutz schon nach kurzer Aufbauzeit.«

Schmoll unterbrach ihn: »Und davon können Sie leben?«

»Sehr gut, Herr Kommissar, sehr gut sogar. Es lassen sich immer mehr junge Leute versichern. Die bezahlen jahrzehntelang ein, ohne die Versicherungssumme zu benötigen. Die Leute werden doch heutzutage steinalt, dadurch fließt in ihren vielen Lebensjahren genügend Geld in den Sterbetopf. Wir nehmen aber auch Alte unter unsere Fittiche. Falls Herr Kommissar sich dieser sinnvollen Einrichtung bedienen möchte – die ausgezahlten Versicherungssummen betragen je nach Bestattungswunsch 3000 bis 10 000 Euro.«

»Danke«, sagte Schmoll.

Da es ihm die Sprache verschlagen hatte, machte Katz weiter: »Ond wie hoißt Ihre Versicherung?«

»VfB.«

»So wie dr Stuegerter Fußballverei?!«, fragte Katz irritiert.

Eisele schmunzelte. »VfB bedeutet ›Vorsorge für Bestattungen‹.«

»Die Adresse?«

Katz notierte eine Straße und Hausnummer in Stuttgart-Vaihingen.

»Freut mich, dass Sie Interesse haben«, sagte Herr Eisele zu Katz. »Möchten Sie Aufnahmeformulare mitnehmen? Wenn Sie die ausfüllen, bekommen Sie umgehend einen Termin zur individuellen Beratung.«

»So war des net gmeint«, sagte Katz. »Bevor i bei Ihne a Sterbevertrag abschließ, muss i nämlich Ihr Alibi überprüfe.«

»Sie können gern meine Mitarbeiter, die mit auf dem Skatausflug waren, befragen«, sagte Herr Eisele herablassend. Er rieb seine Hakennase und schlug vor: »Kommen Sie in der Firma vorbei, wann immer es Ihnen passt. Wir sind für Sie da.«

Schmoll war schon aufgestanden. »Halten Sie sich zur Verfügung, Herr Eisele, falls wir noch Fragen an Sie haben.« Er drückte dem Bestattungsversicherer seine Karte in die Hand. »Wenn Ihnen noch etwas einfällt, was Sie uns zu sagen hätten, rufen Sie bitte sofort an.«

Vorm Haus trafen die Ermittler die junge Nachbarin, die von Frau Eisele vom Flur vertrieben worden war. Sie saß auf einer Bank vor einem Sandkasten, in dem ihr Schreihals hockte und still und zufrieden buddelte. Schmoll und Katz blieben stehen.

Die Frau schenkte beiden ein Lächeln und fragte, ob sie wirklich von der Polizei seien.

»Genau«, sagte Katz, »älle boide.«

»Hat Sie jemand von der Hausverwaltung herbestellt?«

»Weswegen sollte uns jemand bestellt haben?«, fragte Schmoll.

»Wegen dem Radau, den Frau Eisele Samstag früh mit ihrer ehemaligen Schwiegertochter veranstaltet hat.«

Schmoll hob interessiert den Kopf. »Um welche Zeit war das denn?«

»So gegen elf habe ich Frau Eisele mit Einkaufstüten in ihre Wohnung gehen sehen, kurz darauf ist Tina gekommen, und da sind die beiden aneinandergeraten, dass es gekracht hat. Das Fenster war auf und das Geschrei über drei Etagen zu hören.«

»Interessant!«, sagte Schmoll und setzte sich neben die junge Frau auf die Bank. »Haben Sie mitgekriegt, worum es bei dem Streit ging?«

»Nicht direkt. Tina ist ja nicht das erste Mal gekommen, seit sie von dem Eisele geschieden ist. Wenn die Alte da war, hat es immer Streit gegeben. Tina möchte ihre Bücher zurückhaben. Außer Büchern hat sie anscheinend nicht viel mit in die Ehe gebracht. Ihre Bücher sind ihr heilig. Sie waren ihr wichtiger als der Schmuck, den sie von Harald geschenkt bekommen hat.«

»Herr Eisele war also Samstag früh nicht zu Hause? Wissen Sie, wo er war?«

»Keine Ahnung. Aber er kam am nächsten Tag gegen zwei Uhr zurück.« Sie grinste. »Da muss er sonntags immer zum Mittagessen da sein, sonst schimpft ihn seine Mutti. Harald ist ein Weichei, aber gutmütig. Soviel ich weiß, gibt er Tina, was ihr gehört – doch die Alte hat den Schmuck und auch ein Teil von Tinas Büchern versteckt und will nichts rausgeben.«

»Wissen Sie, ob Tina Ohrringe aus schwarzen Tahiti-Perlen besaß?«

»Nein! Da bin ich mir ganz sicher. So wertvollen Schmuck hat ihr der Harald nicht spendiert.«

»Wann hot denn die Tina am Samstag des Haus wieder verlasse?«, wollte Katz wissen.

»Das hab ich nicht mitgekriegt. Sie geht meistens rasch wieder, wenn sie das verlangte Buch bekommen hat. Manchmal schaute sie auch bei mir rein, um zu quatschen. Diesmal nicht. Sie mag mein Mäxchen, wissen Sie. Tina bringt ihm immer Gummibärchen mit und ist glücklich, wenn sie den Kleinen ein bisschen knuddeln kann. Tina ist nett. Aber die Alte hat ihr zugesetzt.«

»Danke, Frau Muck.« Schmoll gab ihr seine Karte und sagte: »Falls Ihnen noch was einfällt ...«

»Woher wissen Sie denn meinen Namen?«

»Vom Klingelschild an Ihrer Wohnungstür.«

»Ach so.« Frau Muck las Schmolls Karte. »Wow!«, sagte sie. »Kriminalhauptkommissar von der Mordkommission!«

Der kleine Max fing an zu brüllen.

»Jetzt hat er wieder Sand geschluckt!« Frau Muck sprang auf und rannte zu ihrem Kind.

Auf dem Parkplatz zupfte Katz nervös an seinem Lippenbärtchen und knurrte: »Scheißele, Herr Eisele.«

Schmoll sagte: »Stimmt! Aber im Gegensatz zu seiner Mutter wirkte er gelassen. Falls sein Alibi bestätigt wird, steht es ›Scheißele für *Frau* Eisele!‹«

Nach dieser flapsigen Feststellung startete Schmoll seinen Daimler.

Nachdenklich brummte er: »Diese Mutti ist ganz und gar nicht unschuldig daran, dass ihre Schwiegertochter aufmüpfig war und nicht gern daheim gewesen ist. Womöglich hat dieser Streit am Samstag Tina das Leben gekostet!«

Katz knurrte: »Die alt Schell lügt mit dem Maul, mit dem sie betet. Dere würd i zutraue, mit me Küchenmesser zuzusteche.«

»Tina ist erstickt!«, sagte Schmoll. »Die Alte ist mir auch nicht geheuer. Aber bevor wir sie uns noch mal vornehmen, müssen wir das Skat-Alibi des braven Sterbeversicherers überprüfen.«

Katz gähnte.

»Okay«, sagte Schmoll. »Für heute ist es zu spät. Die Skatbrüder sitzen schon alle gemütlich daheim und schaufeln sich Kässpätzle in ihre Versicherungsbäuche.«

Während sie die Weinsteige hinunterkurvten, sagte Schmoll: »Ruf mal bei Irma an, Katz. Nimm ihre Handynummer, sie ist nicht daheim, sondern bei ihrer Mutter.«

Die Damen Eichhorn wurden beim Abendbrot gestört. Irma legte Messer und Gabel neben den Teller mit Kartoffelsalat und Frikadellen und angelte ihr Handy aus der Hosentasche.

Katz erklärte ihr, dass sie am nächsten Tag als Erstes mit ihm einen Besuch bei der Versicherung namens VfB in Vaihingen machen müsste. Es ginge darum, das Alibi des Exgatten der Leiche zu prüfen. Er diktierte ihr die Adresse.

»Mir treffet ons am beschte om acht Uhr vorm Haus, wo sei Firma isch.«

»Okay, ich bin da«, sagte Irma.

Schmoll gähnte nun auch. »Wir machen jetzt Feierabend, Katz. Die drei Nächte Bereitschaftsdienst wegen dem Stadtfest sitzen mir in den Knochen … Ich hoffe nur, dieser Eisele macht sich nicht aus dem Staub. Vielleicht hätten wir uns doch die Privatadressen der drei Skatbrüder geben lassen sollen, um sie heute noch zu befragen.

»Sie hen Feierobend befohle«, sagte Katz. »Und i han mi net noi sage höre.«

»Meinetwegen«, sagte Schmoll.

* * *

Irma kam eine Stunde vor Mitternacht von dem Besuch bei ihrer Mutter nach Hause. Die Wohnung war ungewohnt still und leer, weil Leo fehlte. Er war mit seiner Klasse im Schullandheim am Ammersee.

Obwohl Irma die letzte Stunde bei Mama ein Gähnen nach dem anderen unterdrückt hatte, war sie bei der Tour mit dem Fahrrad durch die laue Sommernacht wieder putzmunter geworden. Deswegen schaute sie noch ins Internet, um sich über die ihr unbekannte Versicherungsfirma zu informieren. Nachdem sie die seitenlange Homepage mit Angeboten, Preislisten, Kundenbeurteilungen und dergleichen studiert hatte, und danach auf Dutzende Fotos von Beerdigungszubehör gestoßen war, überkam sie erneut die Müdigkeit. Sie fuhr den PC herunter und fiel nach einer Katzenwäsche todmüde ins Bett.

In ihren Träumen tauchten in Tüll und Spitzen gekleidete Leichen, protzig verzierte Särge und Blumengestecke aus Lilien und Calla auf. Ein Sargdeckel hob sich und ein bleicher Herr winkte ihr zu, sich neben ihn zu legen.

Irma schreckte auf, war froh, in ihrem Bett zu liegen, aber konnte lange nicht wieder einschlafen.

Dreizehn

Sterbeversicherung

Nach dieser unruhigen Nacht erschien Irma am Dienstagmorgen pünktlich am Treffpunkt in Vaihingen. Um acht Uhr, zu Beginn der Geschäftszeit der VfB, betraten sie und Katz das Gebäude, in dem sich das Versicherungsbüro befand.

Hinter dem barähnlichen Tresen saß ein dickes Mädchen mit trauerumflorten Kajalaugen und tiefschwarzem Outfit als Empfangsdame. Sie musterte ratlos die Polizeiausweise und rief den Chef herbei.

Herr Eisele begrüßte Irma und Katz überschwänglich und führte sie zuvorkommend in sein Büro. Während der wenigen Schritte, bis sie das Chefzimmer erreichten, stellte Irma fest, dass die großartige Aufmachung, mit der sich die Firma auf der Homepage präsentierte, geschönt war. Der Firmensitz lag im Erdgeschoss eines Altbaus und war eine Dreizimmerwohnung. Die Belegschaft bestand außer dem Empfangsmädchen nur noch aus den drei Skatbrüdern. Das Chefbüro war gleichzeitig der Raum für die Kundenberatung. Herr Eisele saß schwarzgekleidet auf dem schwarzen Bürostuhl hinter seinem schwarzen Schreibtisch, auf dem neben einer polierten goldschimmernden Messinglampe, Stiftablage und Aschenbecher auch die Aktenordner goldfarben funkelten. Durch schwarze Tüllvorhänge schimmerte spärliches Tageslicht. Der schwarze Teppichboden hatte goldene Streifen. Die silbrigen Wände und die Decke waren mit unzähligen Punktstrahlern getupft.

Herr Eisele war sichtlich stolz auf sein Gruselkabinett und er war gut aufgelegt. Wahrscheinlich war er froh, für die Alibi-Überprüfung nicht den Hauptkommissar auf dem Hals zu haben, sondern neben Katz eine junge Frau, die zudem noch sehr gut aussah. Eisele kratzte seinen Charme zusammen und bot schwarze Sesselchen und schwarzen Kaffee mit Schokoladenkeksen an. Offensichtlich sollte die Raumausstattung und die Art der Bewirtung die Kunden auf das Abschließen einer lebenswichtigen Sterbeversicherung einstimmen.

Eisele schob seine Brille höher auf die Hakennase und schlug leutselig vor, seine Mitarbeiter zu der Befragung herzubeordern. Als Irma verlangte, die Herren einzeln zu sprechen, schien Eisele einen Moment aus dem Konzept zu geraten. Da er sich aber rasch wieder fasste, interpretierte das Irma dahingehend, dass er sich bereits mit seinen Mitarbeitern abgesprochen hatte.

Das merkten Irma und Katz auch den Aussagen der drei Herren an. Denn es lief alles wie am Schnürchen. Herr Schulze, der Älteste, berichtete, er habe seinen Chef am Samstag in der Frühe daheim abgeholt und sie seien gegen zehn Uhr in Freudenstadt angekommen, wo die anderen zwei Kollegen bereits eingetroffen waren. Alle drei Herren versicherten nacheinander, der Chef habe sich am Samstagvormittag bis Sonntag gegen Mittag immer im Hotel und damit auch in ihrer Gesellschaft aufgehalten. Sie hätten, wenn auch nicht die ganze Zeit, Skat gespielt, gemeinsam Spaziergänge unternommen und alle Mahlzeiten zusammen eingenommen. Den Samstagabend hätten sie in der Hotelbar ausklingen lassen.

Auf Irmas Frage, wann und mit wem Herr Eisele die Rückfahrt nach Stuttgart angetreten habe, erklärten alle drei Herren, Eisele sei wieder mit dem Kollegen Schulze zurückgefahren und dieser versicherte, er habe den Chef Punkt zwei mittags in Möhringen abgesetzt.

Danach nahmen sich Irma und Katz noch mal Herrn Eisele vor. Auf Katz' Frage, weswegen er nicht mit seinem eigenen Wagen gefahren sei, sagte er leutselig: »Eine Mitfahrgemeinschaft, der Umwelt zuliebe.«

»Und warum sind Sie dann nicht alle gemeinsam in einem Wagen gefahren?«, hakte Irma nach.

Auch darauf kam die Antwort wie aus der Pistole geschossen: »Kollege Schulze, der mich mitgenommen hat, wohnt in Hohenheim, das ist nicht weit von Möhringen entfernt. Kollege Schmidt kommt aus Gerlingen und Maier aus Korntal – das wäre zu umständlich geworden, alle einzusammeln oder einen Treffpunkt auszumachen.«

»Ond Ihr Wagen hot des ganze Wocheend in dr Garage gstande?«

»Ja.«

»Ond jetzt steht er vor dr Firma?«

»Ich habe ihn heute früh hier in Vaihingen zur Grundreinigung in die Waschanlage gebracht und hole ihn nach Dienstschluss wieder ab.«

»So, so«, sagte Irma.

»So, so«, sagte auch Katz.

Eisele rieb seine Hakennase und lächelte Irma an: »So eine Grundreinigung ist eben hin und wieder notwendig. Das wird auch Ihr Wagen brauchen.«

»Braucht er nicht, weil ich keinen habe. Der Umwelt zuliebe, wie Sie vorhin so schön gesagt haben.«

Daraufhin sagte nun auch Herr Eisele: »So, so.«

Gegen halb elf trafen Irma und Katz wieder im Präsidium ein und berichteten Schmoll detailgetreu den Verlauf der Befragungen. Schmoll war der Meinung, dass diese Aussagen, zumal sie wahrscheinlich abgesprochen waren, nicht als handfestes Alibi zu bewerten seien. Katz und Irma gaben ihm recht.

»Am seltsamsten kommt mir die Grundreinigung seines Wagens vor«, sagte Schmoll. »Lag da womöglich vorher was drinnen, zum Beispiel eine Leiche?«

»So was schwebt mir auch vor«, sagte Irma. »Außerdem ist ein Wochenende mit Zeugen weitab vom Tatort ein ideales Alibi.«

»Tina Eisele war mehr als zwanzig Stunden tot, bevor sie gefunden wurde«, sagte Schmoll. »Sie könnte auch dem

Mutti-Drachen zum Opfer gefallen sein. Und zwar schon am Samstag.«

»Ond dr Sohn hot nach seiner Rückkehr aus Freudenstadt die Leich nachts noch uff dr Eugensplatz gschafft«, überlegte Katz laut.

»Und heute früh hat er seinen Wagen zur Generalreinigung in die Waschanlage gebracht«, rekapitulierte Schmoll. »Blut gab es ja nicht zu beseitigen – aber vielleicht bildet er sich ein, dass eine Grundreinigung ein guter Killer für Hautpartikel, Haare oder Fingerabdrücke ist.«

»Mir solltet Mutti ond Sohn aufs Präsidium bstelle ond nomol onder die Lup nehme«, sagte Katz.

Irma schüttelte den Kopf und hätte sich gern an die Stirn getippt, um ihren Kollegen zu zeigen, was sie von deren Überlegungen hielt. Sie gestand sich ein, einen Vorsprung zu haben, da sie diese Argumente schon auseinandergedröselt hatte: Sie hatte sich in Katz' Volvo zurückgelehnt und nachgedacht, während er von Vaihingen hinunter in Stuttgarts Talkessel gekurvt war. Irma sagte: »Alles schön und gut. Aber das Rätsel bleibt, wieso Tina Eisele an einem Perlenohrring gestorben ist. Nichts deutet darauf hin, dass sie jemand erdrosselt, erschlagen, erstochen oder erschossen hat. Sie ist erstickt! Bockstein hat keine andere Todesursache gefunden. Wie soll Eiseles Mutter Tina mit einem Perlenohrring umgebracht haben?«

»Die Alte hat sich verdammt verdächtig gemacht!«, knurrte Schmoll.

»Die Theorie ›Mutter mordet, Sohn schafft die Leiche weg‹ ist natürlich möglich«, sagte Irma. »Leider ist das mit nichts zu beweisen und passt nicht zur Todesursache. Wir brauchen Beweise! Ohne die können wir weder Eisele noch seine Mutter zum offiziellen Verhör bestellen. Wir sollten an anderer Stelle weitersuchen, zum Beispiel endlich im Umfeld des Leichenfundes.«

Schmoll überlegte eine gute Weile, dann nickte er. Wie schon einige Male bei festgefahrenen Situationen musste er seiner jungen Mitarbeiterin recht geben. Er hatte längst eingesehen, dass Irma über ein Talent verfügte: Sie konnte Dinge, über die stundenlang geredet wurde, mit ein paar Sätzen auf den Punkt bringen.

»Gut gebrüllt, Eichhörnle«, sagte Schmoll anerkennend. »Also bisher Fehlalarm. Ich hab wirklich gedacht, dieser gehörnte Ehemann oder die Mutti hätten zugeschlagen oder sie würden uns wenigstens auf die richtige Spur führen.«

Schmolls rechte Hand trommelte den Radetzkymarsch auf den Schreibtisch, die linke kratzte seinen Haarkranz, der die Glatze einrahmte.

Als er damit fertig war, wusste er, wie es weitergehen musste: »Es wird höchste Zeit, die Anwohner des Eugensplatzes zu befragen!«

Katz meinte: »Erscht lasse mr ons von dem italienische Taschedieb in die Irre fiehre ond drnoch schickt ons d' Schweschder von dr Leich uff d' falsch Spur zum Exgatte!«

Irma sah von ihrem Notizblock hoch, über den Strichmännchen zu einem Schild marschierten, auf dem »Regina und Tina« stand. »Ich hab noch einen Vorschlag, den wir vielleicht vorher abarbeiten sollten.«

»Der wäre?«

»Ich möchte einen Besuch bei Regina Holder machen und mir Tinas Zimmer ansehen. Um zu ergründen, weswegen sie sterben musste, sollten wir mehr von ihr wissen. Eigentlich wissen wir überhaupt nichts über sie, weil es zu ihrer Person völlig unterschiedliche Aussagen gibt: die ihrer Schwester Regina, ihres Exmannes, ihrer ehemaligen Schwiegermutter und die der Nachbarin Frau Muck. Alle kannten Tina von einer jeweils anderen Seite. Ich möchte wissen, welche Seite am ehesten auf sie zutrifft. Und außerdem muss ich mit Frau Holder noch eine andere Sache besprechen, aber das sage ich euch erst, wenn sie sich auf meinen Vorschlag einlässt.«

Schmoll knurrte, das sei eine unfaire Geheimniskrämerei. Ob das wirklich sein müsse?

Irma bändigte mit einer energischen Bewegung ihre Haare und zwängte sie in ein Gummiband, was immer bedeutete, dass sie zu irgendetwas entschlossen war.

»Also, Chef, bekomme ich die grüne Ampel, um zu Frau Holder zu fahren, oder nicht?«

Schmoll knurrte: »Okay, ruf sie an. Und wenn sie daheim ist, geh am besten gleich hin, damit wir uns danach die Anwohner rund um den Eugensplatz vornehmen können. Katz kann derweil hier die Stellung halten und die Protokolle schreiben. Ich selbst muss einen Ausflug in die Weinberge machen. Ihr wisst ja, der ›Hinterhalt im Winzerwald‹ ist mein Rückzugsgebiet, in dem ich am besten nachdenken kann.«

Schmolls Devise war: Recherche ist gut, nachdenken ist besser! Das verordnete er auch seinen Mitarbeitern. Jeder der Ermittler hatte seine spezielle Methode dafür. Schmoll behauptete, die besten Denkergebnisse zu erzielen, wenn er durch die Weinberge lief, die rund ums Polizeipräsidium lagen. Hatte er dazu keine Zeit, schwor er auf Kniebeugen, die angeblich seine kleinen grauen Zellen mobilisierten. Irma konnte am besten beim Joggen nachdenken. Aber sie stellte auch erfolgreich weitschweifige Überlegungen an, während sie auf dem Beifahrersitz eines Autos oder in der Straßenbahn saß und die Stadt oder Landschaften an sich vorüberziehen ließ. Katz dachte eigentlich nicht so gerne nach – er behauptete, entweder käme ihm ein Geistesblitz oder eben nicht. Wenn seine Geistesblitze sehr lange ausblieben, half garantiert ein langer Spaziergang mit Nutella, dem Mix-Mops seiner Großmutter. Nutella war sehr gescheit, er hatte Irma schon mal das Leben gerettet und konnte Leichen erschnuppern. Nutella hatte vollstes Verständnis für Katz' nachdenkliche Schweigemärsche und lief wie ein aufgezogenes Spielzeug bei Fuß, bis Katz endlich schrie: »Ich hab's!«, und ein Leckerli rausrückte.

Irma hatte jetzt keine Zeit zum Joggen, um nachzudenken, und Katz würde erst heute Abend mit Nutella seine

Grübelrunde machen können. Doch Schmoll stand in den Startlöchern, um sich in die Weinberge zu verdrücken.

Irma telefonierte und berichtete, dass Frau Holder daheim sei und sie erwarten würde. Sie entschied sich mit dem Rad zu fahren.

Trotz leisem Spott von Schmoll und Katz kam Irma nach wie vor mit dem Fahrrad zum Dienst. Von der Thomastraße über den Killesberg bis zum Polizeipräsidium in der Hahnemannstraße war das der reinste Spaß, weil es bis zum Pragsattel abwärts ging. Auf der Rückfahrt nach Hause kam es vor, dass sie, erschöpft von anstrengenden Ermittlungsarbeiten, ihr Rad das steilste Stück über den Killesberg hinauf schob. Aber auch das fand sie erholsamer, als ein Auto durch Stuttgarts Feierabendverkehr zu steuern. Manchmal benutzte Irma ihren Drahtesel sogar, um zum Tatort zu gelangen oder verdächtige Personen aufzusuchen. Meistens kam sie tatsächlich vor den Autofahrern Schmoll und Katz am Ziel an. In Zeiten, in denen ihre Arbeitstage sich durch schwierige Ermittlungen so ausdehnten, dass sie sich tagelang den Kopf nicht freijoggen konnte, war sie froh, sich wenigstens auf dem Fahrrad freistrampeln zu können.

Schmoll beschrieb ihr den Weg mit öffentlichen Verkehrsmitteln zu Frau Holders Adresse: »Am Hauptbahnhof umsteigen in die U 14 bis zur Haltestelle Österreichischer Platz. Von da aus geht's die Weißenburgstraße hoch ins Heusteigviertel.«

Weil es bis zum Hauptbahnhof immer abwärts ging, erledigte Irma diesen ersten Streckenabschnitt mit dem Fahrrad. Da sie sich aber im Stuttgarter Süden nicht gut auskannte, stieg sie am Bahnhof samt ihrem Fahrrad in die U 14 Richtung Heslach. Nach drei Stationen, einer Strecke, auf der sie sich wahrscheinlich mit dem Rad x-mal verfahren hätte, stieg sie aus und schob ihr Rad durch die Tiefen des Österreichischen Platzes. Nachdem sie es über mehrere Treppenläufe hinauf zu autoverstopften Straßen geschleppt hatte, musste sie sich zuerst orientieren. Die gegenüberliegende

Seite der Hauptstätter Straße war von modernen Bank- und Versicherungsgebäuden gesäumt. Dagegen nahm sich das Heusteigviertel, in das sich die Weißenburgstraße hinaufzog, wie aus einem anderen Jahrhundert aus. Vielen der Mietshäuser sah man an, dass sie nach dem Krieg wieder aufgebaut worden waren. Von den Vorgängern geblieben waren nur die alten Steine mit Barock- oder Jugendstil-Elementen an Eingangsportalen und Fenstersimsen, die nach der Zerstörung der Häuser wiederverwendet worden waren. Sie verliehen den Fassaden einen nostalgischen Nimbus.

Die Sonne stand im Zenit und es waren mindestens 30 Grad im Schatten. Irma hatte es versäumt, sich am Bahnhof eine Flasche Wasser zu kaufen, und bereute das jetzt sehr. Sie spürte inzwischen auch, wie hungrig sie war, aber die wenigen kleinen Läden in dieser Straße hatten über Mittag geschlossen. Glücklicherweise lag das Haus, in dem Regina Holder wohnte, im unteren Teil der Weißenburgstraße, sodass Irma ein weiterer Aufstieg erspart blieb.

Sie lehnte ihr Fahrrad an eins der renovierungsbedürftigen Gemäuer. Über einem Dutzend Klingeln und Briefkästen standen überwiegend ausländische Namen. In der vierten Reihe von unten entdeckte Irma den Namen Holder.

Regina Holder wartete schon. Irma war dankbar für den kalten Pfefferminztee und die Laugenbrezel, die sie von ihr angeboten bekam.

Man sah Regina zwar die Trauer um ihre Schwester an, aber sie wirkte unverkrampfter als am vorhergehenden Tag im Präsidium. Irma und Regina unterhielten sich, als ob sie sich schon lange kennen würden. Sie stellten fest, dass sie beide eine Beziehung hinter sich hatten, die nach vier Jahren in die Brüche gegangen war. Irma vermied es, von Leo zu erzählen, denn Regina hatte derzeit keinen festen Freund und nun auch noch die Schwester verloren.

Regina schien wie auch Irma nichts gegen Ikea-Möbel zu haben. Irma schaute aus dem Fenster. Es war hoch, zweiflügelig und hatte gekästelte Scheiben. Beide Flügel waren weit geöffnet. Der Blick ging in einen Hinterhof, auf dem sich ein alter Kastanienbaum behauptete. Er breitete seine Äste gnädig über allerlei Sperrmüll, Mülltonnen und Fahrräder und kaschierte den von Klinkermauern umschlossenen viereckigen Hof.

Regina trat neben sie und sagte: »Die Kastanie ist das Schönste am Haus. Es ist unglaublich, wie viele Vögel darauf rumhüpfen und zwitschern. Mein Schlafzimmer liegt leider auf der anderen Seite, da hört man die ganze Nacht die Autos auf der Hauptstätter Straße. Tinas Zimmer geht auch nach vorne raus.« Regina seufzte. »Ach Gott, Tina war so glücklich über die schöne Wohnung in Möhringen. Leider hat Haralds Mutter von Anfang an gestänkert. Harald war im Grunde kein schlechter Kerl.«

»Sie können sich also nicht vorstellen, dass er Tina umgebracht hat?«

»Ausgeschlossen. Der konnte keiner Fliege was zuleide tun.«

»Darf ich mir jetzt Tinas Zimmer ansehen?«

»Natürlich. Gehen Sie bitte allein hinein. Mir tun die Erinnerungen noch zu weh.«

Tinas Zimmer wirkte wie das eines Teenagers. Hier war alles bunter als im Wohnzimmer. Lindgrün überwog bei den Gardinen, Lampenschirmen und auch den Kissen auf der Ausziehcouch. An den Wänden hingen Fernwehposter mit südlichen Motiven: Palmen, Meer und weiße Kirchen. Auf der Couch und dem Korbsessel drängten sich unzählige Plüschtiere. Über eine Wandkonsole marschierte Familie Barbie zu zwei übereinanderliegenden dicken Fotoalben.

Irma blätterte. Das erste Album füllten Kinderbilder: Aus zwei niedlichen Babys, die man nicht unterscheiden konnte, wurden zwei sehr ähnliche hübsche Mädchen. Sie steckten immer in den gleichen Kleidern und Schuhen, trugen die gleiche blonde Pferdeschwanzfrisur und beide lachten. Manchmal waren auch Mutter und Vater mit auf den Fotos, das letzte Mal auf dem Konfirmationsbild. Irma erinnerte sich, dass Regina erzählt hatte, die Eltern seien bei einem Autounfall umgekommen. Ab der Konfirmation fehlten nicht nur die Eltern in Tinas Fotoalbum, sondern auch die Schwester. Es war offensichtlich, dass sie eine Weile getrennte Wege gegangen waren – oder gehen mussten, bei verschiedenen Pflegeeltern. Erst in dem zweiten Album gab es wieder gemeinsame Fotos der Schwestern. Jetzt etwa achtzehnjährig. Der Zwillingslook war out, Regina trug damals schon einen Kurzhaarschnitt und wirkte gegen Tina mit der Wuschelmähne und in wilden Outfits älter und solider. Die Fotos zeigten die beiden bei gemeinsamen Wanderreisen. Laut Bildunterschriften urlaubten sie immer im Schwarzwald. Einmal vor etwa drei Jahren hatten sie eine Busfahrt an den Bodensee gemacht. Auf einem der letzten Bilder war im Hintergrund Meersburg zu sehen und um Tinas Schulter lag der Arm eines Herrn mit Hakennase.

Irma schlug das Album zu und ging zum Bücherregal. Schmoll hatte ihr erzählt, was er von Frau Muck, der Nachbarin in Möhringen, gehört hatte. Irma fragte sich, wieso Tina so viel Wert darauf gelegt hatte, ausgerechnet ihre Bücher aus der gescheiterten Ehe zu retten? Irma erwartete Frauenromane im Stil und Inhalt von Rosamunde Pilcher oder Gaby Hauptmann. Was sie fand, war Weltliteratur, teils neu, teils antiquarisch, sorgsam sortiert nach Autoren. Soweit Irma die Titel kannte, waren es ausschließlich französische Liebesromane. War es möglich, dass Tina Alexandre Dumas gelesen hatte? Werke, die vor über hundertfünfzig Jahren entstanden waren und den Sittenverfall der reichen Pariser Gesellschaft zum Thema hatten? Dass die »Kameliendame« oft und genau gelesen worden war, bewiesen lockere Seiten und Anmerkungen in einer kindlichen Handschrift. Daneben stand eine Komplettausgabe der Werke Emile Zolas, zwanzig Bände der Familiensaga mit der Pariser Wäscherin Gervaise. Irma, die vor langer Zeit einige dieser Bücher gelesen hatte, erinnerte sich an Frauenschicksale zwischen Liebe und Glück, Elend und Verlassenheit.

Das am meisten zerlesene Buch aus dieser Reihe war »Nana«. Auch Guy de Maupassants Liebesnovellen und mindestens zwanzig Bände Balzac waren auf Tinas Bücherbord versammelt. Die zeitgenössische Ergänzung waren elf Romane von Philippe Djian. »Betty Blue« war ziemlich zerfleddert und offensichtlich am meisten gelesen worden. Irma hatte den Film gesehen, und soweit sie sich ein Bild von Tina machen konnte, passte diese am besten in den Charakter der ausgeflippten, aber liebenswerten Betty.

Als Irma zurück ins Wohnzimmer kam, saß Regina noch in der gleichen Haltung am Tisch wie vor einer Viertelstunde. Sie blickte auf ihre Hände, die gefaltet im Schoß lagen. Irma setzte sich ihr gegenüber. Regina hob den Kopf. Sie sagte nichts, nur ihre Augen fragten, was Irma in Tinas Zimmer gesucht hatte.

»Ich hab ihre Bücher angesehen«, sagte Irma leise.

»Sie hat gern gelesen und viel Geld für Bücher ausgegeben.«

»Es sind anspruchsvolle Bücher«, sagte Irma. »Sozusagen Literatur vom Feinsten.«

»Alles Liebesromane! Tina lebte in einer Wunschwelt. Sie suchte in den Romanen nach der Frau, die sie gern sein wollte. Aber das Leben ist nun mal kein Roman, schon gar kein französischer. Ich fand diese Romane, zumindest die paar, die ich davon gelesen habe, ziemlich altmodisch. Obwohl, wenn man es genau betrachtet, hat sich im Laufe der Jahrhunderte nichts geändert. Wer arm ist, hat das Nachsehen. Und wir waren eben arm.«

»Harald war für Tina zwar kein Märchenprinz«, sagte Irma, »aber vielleicht eine Möglichkeit, um zur Ruhe zu kommen.«

Regina schluchzte auf. »Nun ist sie ganz zur Ruhe gekommen. Und niemand weiß, wie das passieren konnte.«

»Ich werde es herausfinden«, versprach Irma.

Und danach machte sie Regina einen Vorschlag.

Als Irma ins Präsidium zurückkam, hatte Schmoll bereits seine Denkrunde durch die Weinberge beendet. Leider war ihm dabei kein Licht aufgegangen. Er maulte, es sei inzwischen zu spät geworden, um mit der Befragung am Eugensplatz zu beginnen.

»Solche Aktionen«, sagte er, »müssen innerhalb eines Tages abgewickelt werden. Wenn man es in zwei Etappen aufteilt, wird der Täter, sollte er aus diesem Umfeld kommen, gewarnt und die Chance, ihn zu überraschen, geht verloren.«

Irma erzählte in groben Zügen, wie ihr Besuch bei Regina Holder abgelaufen war, musste aber zugeben, bei ihren Nachforschungen nicht sehr weit gekommen zu sein. Schmoll und Katz waren enttäuscht. Irma plagte das schlechte Gewissen, weil wegen ihr die Befragungen am Eugensplatz verschoben werden mussten. Man einigte sich, diese Aktion am nächsten Tag zu starten.

Irma zog ihre Nase kraus, ein Zeichen, dass sie eine Spur witterte, und sagte: »Ich hab 'ne Idee!«

»Raus damit«, brummte Schmoll.

»Wir können uns die Ähnlichkeit der Schwestern zunutze machen. Wenn wir die Häuser rund um den Leichenfundort abklappern, kommt Regina Holder mit.«

»Ond was soll des bringe?«, fragte Katz spöttisch.

»Wir besorgen eine blonde Lockenperücke und machen Regina zurecht wie ihre Schwester. Wenn sie derjenige sieht, der Tina ermordet hat, wird er sich verraten.«

»Und wenn diese Regina nun selbst ...?«, sinnierte Schmoll, und Katz ergänzte: »Om des flatterhafte Schweschderle loszumwerde?«

»Ihr spinnt!«, sagte Irma. »Hat sie ihr den Ohrring in die Kehle gesteckt, damit sie daran erstickt, oder was?«

»Vielleicht war es ein Familienerbstück und es hat Streit zwischen den Schwestern gegeben, weil beide es haben wollten«, überlegte Schmoll. »Wir müssen jeden verdächtigen, auch wenn Regina Holder noch so erschüttert tut.«

»Die menschliche Seele isch unergründlich«, sagte Katz salbungsvoll.

»Philosophiert ohne mich weiter«, sagte Irma. »Ich denke, dass Regina Holder als Täterin nicht in Frage kommt.«

»Okay«, sagte Schmoll. »Hast du Frau Holder dein geplantes Experiment bereits untergejubelt?«

»Ja.«

»Wie hat sie es aufgenommen?«

»Nachdem ich ihr die Sache mit der Verkleidung erklärte hatte, heulte sie ungehemmt los. Sie schluchzte und behauptete, sie könne das nicht. Es wäre ihr unerträglich, wie ihre Schwester herumzulaufen, wo die doch noch nicht mal unter der Erde sei.«

»Ist sie bereit mitzukommen oder nicht?«, fragte Schmoll ungeduldig.

»Ich habe die verständnisvolle Polizistin gespielt und ihr gesagt, wenn es ihr so schwerfiele, würden wir es eben lassen. Aber ich könne ihr nicht ersparen, ihre Schwester zu identifizieren.«

»Ond?«, fragte Katz.

»Ich hole sie morgen früh in der Weißenburgstraße ab und fahre mit ihr zur Pathologie. Das wird ein schwerer Gang für sie werden. Wenn sie den hinter sich hat, wird sie garantiert bereit sein, alles zu tun, um Tinas Mörder zu finden.«

Vierzehn

Ermittlungen am Eugensplatz

Am Mittwochmorgen hatte sich das hochsommerliche Wetter verabschiedet. Der Himmel war grau wie mit Spinnweben überzogen. Im Stuttgarter Talkessel verkochte die Hitze der letzten Tage und die Stadt lechzte nach Regen.

Erst gegen zehn Uhr, als Schmoll und Irma mit Regina Holder vom Parkhaus zum Haupteingang des Robert-Bosch-Krankenhauses gingen, begann es zu nieseln. Ein dünner, warmer Regen, der keine Erfrischung brachte und auf dem Asphalt verdampfte.

Doktor Bockstein obduzierte heute in der Gerichtsmedizin in Tübingen, aber der Chefkonservator Rübele war anwesend. Er zog die Bahre mit Tinas Leichnam aus dem Kühlfach. Das Tuch über ihrem Körper erinnerte Irma an die lindgrünen Dekorationen in Tinas Zimmer, und dass dieses Grün offensichtlich ihre Lieblingsfarbe gewesen war.

Rübele, eine angejahrte Frohnatur, beteuerte, noch nie »so a scheens Mädle« in seiner Obhut gehabt zu haben.

Irma hielt Reginas Hand, als das Tuch zurückgezogen wurde. Reginas Atem beschleunigte sich und schien dann auszusetzen. Sie starrte auf ihre Schwester, auf das junge Gesicht, das nicht entspannt wirkte, sondern auf dem Angst lag. Angst mit ein wenig Erstaunen. Im nächsten Moment musste Schmoll Regina stützen, weil sie zu zittern begann und wankte.

»Ist das Ihre Schwester?«, fragte Irma leise.

Regina nickte wie eine hölzerne Marionette und ließ ihr Kinn auf die Brust sinken. Irma konnte nicht sehen, ob sie weiter auf die Schwester blickte oder die Augen geschlossen hielt. Regina schnaufte wie eine Asthmakranke und ihre Fingernägel gruben sich in Irmas Hand.

Als Irma mit ihr den Raum verlassen wollte, hatte sich Reginas Körper versteift und ihre Füße schienen an den Bodenfliesen festgewachsen zu sein. Schmoll und Irma hakten sie unter und führten sie mit sanfter Gewalt in den Vorraum. Dort saß sie eine Weile auf einem Stuhl, hatte den Kopf gegen die Wand gelegt und die Augen geschlossen.

Allmählich verebbte Reginas Keuchen, sie schlug die Augen auf und flüsterte: »Das war Tina. Bitte findet den, der es getan hat. Ich helfe euch dabei, so gut ich kann. Ich mache alles, was ihr wollt.«

Am frühen Nachmittag fuhren Hauptkommissar Schmoll und Irma mit Regina Holder zum Eugensplatz. Die Sonne drückte gegen die graue Wolkendecke und Stuttgarts Kessel dampfte. Regina hatte eine blonde Lockenperücke auf, ein Kleid ihrer Schwester an und sah dieser zum Verwechseln ähnlich.

Sie begannen mit den Mietshäusern oberhalb der Pergola, unter der Tina gefunden worden war. Nach vier Stunden hatten sie elf Häuser der Haussmann- und der Kernerstraße abgeklappert. An vielen Wohnungen klingelten sie vergeblich. Irma schrieb die Namen von den Klingelschildern auf eine Liste, machte nach den Befragungen Notizen oder schrieb »nicht angetroffen« dahinter.

Die Leute, die ihnen die Tür öffneten, behaupteten alle, nichts gehört und gesehen zu haben. Schmolls Sprüchlein: »Kriminalpolizei. Mordkommission. Wir hätten ein paar Fragen an Sie« wurde mit Angst, Neugier oder Wichtigtuerei aufgenommen.

Regina, die völlig verschüchtert die Befragungen verfolgte, beachtete niemand.

Um fünf sagte Schmoll: »Jetzt gehen wir erst mal einen Kaffee trinken.«

Er und Irma sahen sich verwundert an, als Regina plötzlich auf ein Haus zeigte und hervorstieß: »Hier noch!«

Schmoll war anzumerken, dass er nicht viel davon hielt, aber Regina drückte schon auf die Klingel, über der »Körner« stand.

An der Haustür empfing sie eine elegante Brünette. Mit tipptopp frisierten Bobschnitt, dreiviertellangem, geschlitztem Leinenrock und tigergemusterter Seidenbluse wirkte sie wie einem Modejournal entstiegen. Irma vermutete, dass Frau Körner gerade ausgehen wollte oder anderen Besuch erwartete als ausgerechnet die Kripo. Irma kam sie irgendwie bekannt vor, aber sie konnte sich nicht erinnern, wo sie diese Frau mit der Bobfrisur schon einmal gesehen hatte.

Nachdem Schmoll seinen Spruch aufgesagt hatte, rief die Luxusdame: »Das trifft sich gut! Ich wollte sowieso gerade die Polizei verständigen. Kommen Sie herein.«

Im Wohnzimmer bot sie ziemlich unbequeme Designer-Stühle an. Sie selbst ließ sich auf ein schwarzes Ledersofa sinken und schlug die wohlgeformten Beine übereinander.

»Wir ermitteln wegen des Mordes auf dem Eugensplatz«, fing Schmoll an. »Vielleicht sagen Sie uns zuerst, weswegen Sie die Polizei verständigen wollten.«

Frau Körners Madonnengesicht nahm einen empörten Ausdruck an. »Mir ist Schmuck gestohlen worden!«, kreischte sie. »Meine Perlenohrringe sind weg!«

Vor Irmas Augen schwebte der Ohrring, den Dr. Bockstein vor ihrer Nase hatte baumeln lassen. »Können Sie die Ohrringe beschreiben?«, fragte sie atemlos.

»Echte Tahitiperlen!«, erklärte Frau Körner wichtigtuerisch. »Schwarzschimmernde Kostbarkeiten in Filigrangold gefasst. Ich habe meine wertvollsten Schmuckstücke fotografieren und versichern lassen, und nun findet mein Mann die Mappe mit den Bildern nicht.«

»Wo waren Sie am Wochenende?«, fragte Irma.

Das Madonnengesicht verzog sich sauertöpfisch. »Was soll denn diese Frage? Wieso brauche ich ein Alibi, wenn mir der Schmuck gestohlen wird? Wenn Sie es genau wissen wollen: Ich war das letzte Wochenende in Bad Wörishofen. Ein bisschen Wellness, um mich fit zu halten. Ich bin erst am Montag zurückgekommen.«

»Und Ihr Mann?«

»Edmund hat das Haus gehütet. Sie sehen ja, wie gut er aufgepasst hat. Er hat nicht mal bemerkt, dass Einbrecher in der Wohnung waren. Mein Gott, die Ohrringe waren meine kostbarsten Stücke!«

Von der Tür kam ein leicht lispelndes »Grüß Gott«. Die Stimme gehörte zu einem stattlichen Herrn mit graumeliertem dichtem Haarschopf über einem breiten, sympathischen Gesicht. Mit dem Herrn war ein goldbrauner Labrador ins Zimmer geschlüpft, der sich dicht neben ihn setzte und Irma und Schmoll neugierig musterte.

Indessen gefror das Lächeln, mit dem der Herr eingetreten war, zu einer entsetzten Fratze, denn hinter Schmolls breitem Rücken war Regina aufgetaucht. Körner begann nervös zu zwinkern, dann starrte er wie hypnotisiert auf Regina.

Er lehnte sich an den Türrahmen und stammelte: »Mein Gott, Tina.«

»Das ist er«, keuchte Regina.

Frau Körner erschauerte wie unter einer kalten Dusche. Irma und Schmoll meinten, dies sei die Empörung darüber, dass ihr Mann diese junge Frau offensichtlich kannte. Herr Körner lehnte noch immer am Türrahmen und schien sich kaum mehr aufrecht halten zu können. Der Blick, den ihm seine Frau zuwarf, war drohend.

Sie murmelte verdrossen: »Nun kriegt er schon Schwächeanfälle. Er war sowieso, seit ich wieder hier bin, so seltsam.«

Sie ging zu ihm und zog ihn zum Sofa. Er sackte darauf, saß wie versteinert und stierte auf die Tischplatte. Der Hund setzte sich vor seine Füße, fletschte die Zähne und knurrte Frau Körner an.

Diese knurrte zurück: »Halt's Maul, Amus!«, ließ sich auf einem Sessel nieder und schlug die Beine übereinander.

Schmoll wandte sich an Körner. Sein Tonfall klang schneidend: »Was ist am Wochenende passiert, Herr Körner?«

Edmund Körner schien nichts zu verstehen. Seine Augen hingen verwirrt an Regina. Irma fürchtete, Regina würde anfangen zu schreien. Zumindest sah sie so aus, da ihr Mund geöffnet war. Ein stummer Schrei wie der ihrer toten Schwester.

Doch im nächsten Moment sagte Regina leise: »Ich halte das nicht aus. Ich warte draußen«, und stürzte aus dem Zimmer.

Nun legte Schmoll die Karten auf den Tisch: »Die junge Frau, die Sie soeben Tina genannt haben, war Tinas Zwillingsschwester Regina. Sie sind uns eine Erklärung schuldig, Herr Körner. Sie wissen, dass Tina tot ist. Und Sie wissen auch, wie sie umgekommen ist! Jetzt keine Ausflüchte mehr!«

Frau Körner lehnte sich zurück und lächelte. Körners Augen flackerten und wanderten unsicher zu ihr. Sie beachtete ihn nicht und zupfte an ihrem Rock herum, um ihre Beine zur Geltung zu bringen.

Ohne hochzusehen, sagte sie: »Los, Edmund. Was war mit dieser Tina?«

Amus knurrte.

Körner sackte noch mehr in sich zusammen und fing stockend an zu sprechen. Dabei sah er nicht zum Kommissar, sondern zu seiner Frau. Er lispelte noch stärker als anfangs.

»Du musst das verstehen, Edith, mein Täubchen. Es war eine Verkettung unglücklicher Umstände.«

»Bitte von vorn«, sagte Schmoll.

Körner legte die Hand auf Amus' Kopf und stierte vor sich hin. Er erzählte leise und zusammenhangslos, wie er Tina auf dem Stadtfest kennen gelernt und sie Samstagnacht mit nach Hause genommen hatte. Zuletzt sagte er, dass Tina die Ohrringe mutwillig verschluckt habe.

»Wie? Verschluckt?«, schrie Edith Körner.

»Sie hat sie sich auf die Zunge gelegt. Und als ich sie ihr entreißen wollte, hat sie den Mund zugemacht – da muss ihr einer im Hals steckengeblieben sein. Sie fing an zu würgen und zu husten und auf einmal ist sie umgekippt.« Körner lispelte: »Ich hab versucht, ihr den Ohrring aus dem Hals zu holen. Es war vergeblich, er saß fest.«

»Und warum haben Sie nicht sofort den Notarzt gerufen?«, fragte Irma.

Körner warf einen Blick zu seiner Frau, als ob er auf ein Stichwort wartete und sagte nichts.

Statt seiner antwortete Frau Körner. »Da kann ich nur froh sein, dass er das nicht gemacht hat. Wie stellen Sie sich das vor? Das hätte Aufsehen erregt. Hier kennt doch jeder jeden. Die Nachbarn hätten ja sonst was gedacht, was bei uns vorgeht, wenn ich mal nicht daheim bin.«

Edmund Körner schwieg und schwitzte. Der Hund hatte den Kopf auf seine Knie gelegt, winselte leise und sah ihn an. Körner streichelte Amus den Hals, und Irma sah, dass das beiden gut tat.

Edmund zog wie ertappt seine Hand von Amus' Fell, strich mit den Fingern auf der Tischplatte hin und her und starrte geistig abwesend auf ein abstraktes Gemälde an der Wand. Vor ihm lief wie ein schnell abgespulter Film diese Nacht ab, wie sie wirklich gewesen war. Er hörte wieder Tinas übermütiges Lachen. Spürte ihre Locken unter seinen Händen. Roch ihre Haut, ein verwirrendes Gemisch aus Schweiß und billigem Parfüm. Händchenhaltend waren sie die Eugenstaffel hinaufgestiegen. Er etwas keuchend, sie hüpfend. Ein paar Mal hatte sie sich auf die Stufen gesetzt, und sie hatte sich unter seinen Küssen gerekelt, die er über niedliche Ohren, den glatten Nacken, auf den Hals und den Brustansatz im Ausschnitt ihres weißen Kleides verteilt hatte.

Gegen Mitternacht waren sie in seiner Wohnung angekommen.

Edmund Körner schreckte auf, weil ihm Schmoll die nächste Frage stellte: »Es wäre an der Zeit, uns zu sagen, wie Tina auf den Eugensplatz gekommen ist.«

Körner blickte zu seiner Frau und dann zur Tür, als ob er fliehen wollte. Es vergingen ein bis zwei Minuten, bevor er wieder zu reden begann – noch stockender und weinerlich.

»Ich habe die restliche Nacht und einen Tag bei Tina ausgeharrt, keinen Schlaf gefunden, nichts essen oder trinken können. Bin verzweifelt in der Wohnung umhergelaufen und wusste nicht, was ich tun sollte. Am Sonntagabend musste ich eine Entscheidung treffen.« Er sah ängstlich zu seiner Frau. »Weil du am nächsten Tag zurückkommen wolltest, Täubchen.«

»Nicht abschweifen«, sagte Schmoll.

Irma fiel auf, dass Frau Körner ihren Mann scharf im Auge behielt.

Körner begann erneut den Hund zu streicheln. »Ich wartete, bis es dunkel war, wickelte Tina in eine Decke und trug sie den kurzen Weg bis zum Eugensplatz. Sie war schwer. Ich war froh, diese Last auf der Bank unter der Pergola absetzen zu können. Doch als ich Tina so verrenkt dort liegen sah, hat mich das Erbarmen erfasst und ich habe sie hingelegt, als ob sie schliefe.«

Aus Irma zischte ein Ton wie wütendes Katzenfauchen. »So, Sie fühlten Erbarmen? Das ist Ihnen aber äußerst spät eingefallen!«

»Ich konnte nichts dafür, dass sie erstickt ist«, sagte Körner. »Es war ein Unfall.« Er riskierte wieder einen Blick zu Edith. »Das musst du verstehen, Täubchen. Ich konnte dir das doch nicht antun und sie in der Wohnung liegen lassen. Du wärst erholt und schön von der Wellness gekommen, und dann das.«

Edith gab einen Laut von sich, der nicht die entfernteste Ähnlichkeit mit Taubengurren hatte, fuchtelte theatralisch mit den Armen und schrie: »Das reicht!« Sie rannte aus dem Zimmer und knallte die Tür hinter sich zu.

»Mir reicht's auch«, sagte Schmoll und erhob sich: »Herr Körner, ich verhafte Sie wegen unterlassener Hilfeleistung mit Todesfolge!«

Körner stand auf, fragte nicht nach dem Haftbefehl, den Schmoll gar nicht hatte, sondern hielt die Hände hin wie in Erwartung von Handschellen.

Schmoll sagte: »Nicht nötig.«

Amus drängte sich dicht neben sein Herrchen und wollte mit ihm die Wohnung verlassen. Körner traten die Tränen in die Augen und er sagte zu Schmoll, er solle den Hund bitte in das Zimmer rechts im Flur sperren. Da sich Amus energisch sträubte, übernahm das Irma. Sie hatte nach der Polizeischule einen Lehrgang zur Hundeführerin gemacht und kannte sich aus, wie man mit einem traurigen Hund umgeht. Am liebsten hätte Irma Amus mitgenommen, wollte sich aber nicht mit Frau Körner anlegen.

Edith Körner hatte sich nicht wieder blicken lassen und sich auch nicht von ihrem Mann verabschiedet.

Als der Kommissar und Irma mit Körner am Auto ankamen, steckte ein Zettel von Regina hinter der Windschutzscheibe, auf dem stand: »Ich bin heimgegangen. Danke!« Die Perücke hing am Scheibenwischer.

Aus dem gekippten Fenster hörten Schmoll und Irma den Hund jaulen.

Die Ermittler waren mit Edmund kaum aus dem Haus, da griff Edith Körner zum Handy. »Hallo, Knuddelbärchen«, flötete sie. »Ich hab eine herrliche Nachricht für dich. Edmund ist soeben abgeführt worden und wird wahrscheinlich längere Zeit wegbleiben müssen. Wir brauchen uns nicht mehr zu verstecken, Schatz. Du kannst schon heute Abend zu mir kommen. – Wie das zugegangen ist? – Das flüstere ich dir heute Nacht in deine Teddyohren.«

Fünfzehn

Knuddelbär

Olaf Bär, Frau Körners »Knuddelbärchen«, stand bereits um sieben Uhr abends vor Körners Haustür. Schließlich war es von Obertürkheim zum Eugensplatz nur eine halbe Stunde Autofahrt. Olaf war so schwungvoll gefahren, dass er auf der Wagenburgstraße fast einem Lastwagen hinten draufgeknallt wäre. Mit seinen Gedanken war er nicht auf der Straße, sondern bei der überaus glücklichen Fügung des Schicksals. Sein Hochgefühl galt weniger Edith, sondern vielmehr den Konten ihres Mannes, über die sie bald uneingeschränkt würde verfügen können. Edith würde den Kredit, den sie ihm versprochen hatte, nun ohne Probleme lockermachen. Und schon wäre er seine Spielschulden auf einen Schlag los. Bei ihrem Treffen am letzten Wochenende hatte es Streit zwischen ihnen gegeben, weil Edith nicht so viel Geld rausrücken wollte, wie er verlangt hatte. Dass sie deswegen früher abgereist war, hätte ihn gar nicht beunruhigen zu brauchen, denn nun rief sie ihn ja mit guten Nachrichten zurück zu sich. Olaf wusste, dass Edith alles für ihn tat, solange er ihr vorgaukelte, sie zu begehren. Sie hatte für ihn immer so viel Geld abgezweigt, wie sie nur konnte. In letzter Zeit war sie vorsichtig geworden, weil Edmund nach dem Verbleib der größeren Summen, die sie regelmäßig vom gemeinsamen Konto abhob, gefragt hatte. Dieses Problem ist nun vom Tisch, dachte Olaf, ich werde das gleich noch heute Nacht regeln. Er grinste in sich hinein.

Die Begrüßung war überschwenglich.

Amus war sehr viel weniger begeistert als Edith. Während Edith Olaf stürmisch umarmte, trat sie mit dem Fuß nach dem Hund, der sich, ohne einen Ton von sich zu geben, in Edmunds Zimmer verzog.

Olaf fragte Edith, was sie denn zu essen im Hause habe. Diese Frage, die immer als Erstes kam, kannte sie und hatte daran gedacht, dass bei Olaf die Liebe eben durch den Magen ging. Edith zog eine Lasagne aus dem Herd und öffnete die Flasche Stettener Pulvermächer, die im Kühlschrank stand.

Sie aßen und tranken, lachten und triumphierten und prosteten sich zu.

Dabei erzählte Edith von dem Besuch der Kriminalpolizei und Edmunds Geständnis.

»Das ist echt zum Totlachen«, sagte Olaf. »Da macht der Alte eine knackige Eroberung, die er, bevor er noch zum Zug kommt, ganz aus Versehen umbringt.«

Edith kicherte und kuschelte sich an Olaf.

Er nahm sie pflichtbewusst in die Arme und murmelte: »Eigentlich hatten wir es uns ja anders vorgestellt, deinen ehrwürdigen Gatten loszuwerden. Aber so ist's natürlich auch okay. Er frohlockte, dass er nun ungehindert Zugang zu Edith und ihren Bankkonten hatte – und das ganz ohne Aufwand. Hauptsache, der alte Bock ist uns nicht mehr im Weg.«

Sie nickte und stöhnte glücklich auf. Zärtlich drückte sie seinen Kopf an ihre Brust, zeichnete mit dem Zeigefinger sein griechisches Profil nach und streichelte seine festen kurzen Locken.

Der Wein ging zur Neige, und Olaf sagte: »Ich hol schon mal Nachschub. Du kannst inzwischen unser Bettchen machen.«

Wenn Edmund wegen seines Schlaganfalls zu Nachuntersuchungen einige Tage im Krankenhaus verbringen musste, hatte sich Olaf schon öfter in der Villa eingenistet. Deswegen wusste er, wo der Wein gelagert war. Und er wusste auch, dass es sich um hervorragenden Riesling handelte. Davon zweigte Edith die eine oder andere Flasche ab, wenn sie mit ihm Tête-à-têtes-Wochenenden feierte, die vor Edmund als Wellness-Tage getarnt wurden.

Olaf pfiff leise vor sich hin und lief beschwingt die Kellertreppe hinunter. Dass der Wein heute nicht am gewohnten Platz stand, irritierte ihn nicht lange. Er entdeckte Edmunds neu angelieferte Riesling-Sendung auf einem höher liegenden Brett des Vorratsregals. Die vorn liegende Kiste war schon geöffnet und die Flaschen lagen griffbereit mit dem Korken voraus. Weil Olaf zu klein war, um hinaufreichen zu können, zog er die Trittleiter heran und stieg hoch. Er suchte mit einer Hand Halt an dem Regalbrett und griff mit der anderen nach einer Flasche. Mit mehr Verwunderung als Schrecken merkte er, wie das Brett nach vorn kippte und sah die Flaschen aus der Kiste auf sich zurutschen. Er spürte einige auf seine Schultern prallen und sah ihnen nach, wie sie mit Knallen und Splittern auf dem Boden landeten. Bevor Olaf wieder aufsehen konnte, traf die nachrutschende volle Kiste seinen Schädel und warf ihn von der Leiter.

Der Sturz in die Scherben war das Letzte, was er in seinem Leben wahrnahm.

Edith Körner, die trällernd die Betten aufschüttelte und frisch bezog, hörte es krachen. Ein kurzes Getöse, als ob das Haus zusammenfiele.

Sie kreischte »Neieiein!!« und rannte los.

Als sie im Keller ankam, lag ihr Olaf verschüttet unter vierundzwanzig Flaschen Remstaler Riesling Kabinett. Seine toten Augen starrten sie vorwurfsvoll an. Blut mischte sich mit Wein und breitete sich zu einer roten Pfütze aus. Darüber hing der Dunst von Alkohol.

Edith musste sich übergeben. Danach fiel sie das erste Mal in ihrem Leben in Ohnmacht.

* * *

Für die Ermittler war es ein anstrengender Tag gewesen. Endlich zurück im Präsidium, stapelte Schmoll die Akten übereinander und sagte: »Geschafft. Wir haben den Mörder. Der Fall ist gelöst.«

Irma erzählte Katz von dem Besuch bei Körners.

Er nickte. »Guet, dass dr feine Herr Körner glei gständig war.«

»Am liebsten hätte ich seine Madame auch mitgenommen«, sagte Schmoll. »Irgendwie kam sie mir noch verdächtiger vor als ihr Mann.«

Irma sah die Faxe und E-Mails durch, die am Nachmittag eingegangen waren.

»He, liebe Kollegen«, sagte sie. »Tut mir leid, nix ist geschafft. Da ist was faul! Das Labor meldet, dass bei Tinas Blut- und Gewebeanalyse Spuren von Gift gefunden wurden. Ein Gift, das die Atemwege anschwellen lässt. Um welches Gift es sich handelt, ist noch nicht ganz klar.« Irma hielt inne und sprudelte dann hervor: »Vielleicht ist die Perle gar nicht die Todesursache, sondern die verengte Luftröhre! Der andere Ohrring, den Bockstein in Tinas Magen gefunden hat, ist demnach problemlos durch die Kehle gerutscht, weil da das Gift noch nicht gewirkt hatte.«

Schmoll las das Fax, klatschte auf seine Glatze und stöhnte: »Herr, schmeiß Hirn ra! – Wisst ihr, was das bedeutet?«

»Überstunden«, sagte Katz.

Schmoll zeigte Großmut: »Es reicht, wenn Irma und ich zurück in die Körner'sche Wohnung fahren, du darfst nach Hause, weil deine Oma Geburtstag hat.«

»Beschten Dank«, sagte Katz. Und weg war er.

Irma grinste. »Das Katerchen hatte Angst, dass du dir's womöglich noch anders überlegst.«

»Das schaffen wir beide locker«, sagte Schmoll. Er machte drei Kniebeugen und dachte dabei laut nach: »Da der Giftanschlag sowohl von Herrn als auch von Frau Körner eingefädelt worden sein kann, holen wir uns jetzt das ›Täubchen‹ ab und stecken es neben seinem Mann in vorläufigen Gewahrsam.«

»Dann lass uns gleich losfahren«, sagte Irma. »Nicht dass sich die Dame aus dem Staub macht. Soll ich die Spurensicherung anrufen?«

Schmoll sah auf die Uhr. »Dafür ist es wirklich zu spät, die kriegen wir nicht mehr ran. Wir schnappen uns Frau Körner und versiegeln das Haus. Ich schicke eine SMS an den Spusi-Müller, er soll morgen so früh wie möglich mit seinem Trupp in die Villa fahren, alles durchchecken und nach dem Gift fahnden.«

Fünf Minuten später waren Irma und Schmoll zum zweiten Mal an diesem Tag auf dem Weg zum Eugensplatz.

Trotz Sturmklingeln wurde nicht geöffnet.

»Mir scheint«, sagte Schmoll, »das ›Täubchen‹ ist ausgeflogen.« Er zog seinen Dietrich aus der Tasche.

Amus saß hinter der Tür und winselte leise und verzweifelt. Irma streichelte ihn, er drückte seinen Kopf gegen ihre Hand und hörte auf zu jammern.

Der Hund begleitete Irma und Schmoll durch alle Räume und strebte dann ins Treppenhaus und zum Keller. Dort jaulte er, als wolle er Schmoll und Irma hinunterrufen.

Als Schmoll durch die halboffene Kellertür sah, erlebte er eine schauerliche Überraschung.

Frau Körner hatte ihre Ohnmacht überwunden. Aber sie war bisher unfähig gewesen, ihre Absicht, aufzustehen und das Flaschenchaos, die Weinüberschwemmung und Olaf irgendwie zu entfernen, in die Tat umzusetzen. Als sie nun Schmoll in der Tür stehen sah, wünschte sie sich, ihr würden die Sinne wieder schwinden. Sie blieb in der Weinlache und ihrem Erbrochenen liegen, drückte die Augen zu und stellte sich tot.

Hauptkommissar Schmoll starrte auf die Person, die neben Edith Körner am Boden lag. Er hatte schon viele Leichen gesehen, doch nie zuvor in einer derart chaotisch-grotesken Situation.

Da er vorerst die Lage unmöglich einschätzen konnte, donnerte er in seinem besten Bass: »Was zum Teufel geht hier vor?«

Irma, die mit Amus hinter Schmoll stand, drängte sich an seinem breitem Rücken vorbei durch die Tür und starrte sprachlos auf das gespenstische Szenario.

Frau Körner hatte nach Schmolls Donnerton die Augen geöffnet und blickte ihn an, als sei er ein Gespenst.

Aber Schmoll beachtete sie nicht, sondern beugte sich zu dem wie leblos in den Scherben liegenden Mann und tastete an seinem Hals nach dem Puls. Dann schraubte er sich ächzend wieder in die Senkrechte, sagte kaum hörbar: »Tot«, und rief den Polizeiarzt an.

Auf Irmas Frage an Frau Körner, ob sie aufstehen und laufen könne, versuchte diese sich aufzurappeln. Schließlich nahmen Schmoll und Irma Frau Körner an den Armen und zogen sie vorsichtig auf die Beine. Sie schleppten sie die Treppe hinauf ins Wohnzimmer und legten sie aufs Sofa.

Von Edith Körners Eleganz war nichts mehr übrig. In ihrem Gesicht und auf dem weißseidenen Negligé klebte Erbrochenes, Blut und Wein. Sie stank bestialisch.

Frau Körner war nicht bereit, auf Irmas Fragen zu antworten. Sie wollte ihr auch nicht die Schnitte an den Handtellern und die stark blutende Wunde an der Wade zeigen. Irma beschloss, Frau Körners Verletzungen dem Polizeiarzt zu überlassen. Sie hätte die Wunden auch gar nicht mehr versorgen können, weil ihr von dem Gestank, der von Frau Körner ausging, schlecht wurde. Irma taumelte ins Bad und warf sich kaltes Wasser ins Gesicht.

Als sie in den Spiegel blickte, sah sie Frau Körner im Türrahmen auftauchen. Obwohl sie noch wackelig auf den Beinen war, hatte ihr zäher Wille bereits gesiegt und ihre Kräfte kehrten zurück.

Edith Körner wusste, dass sie sich keinen Fehler erlauben durfte, sondern so schnell wie möglich eine Erklärung liefern musste, mit der sie ihren Kopf aus der Schlinge ziehen konnte. Dazu brauchte sie ein wenig Zeit. Ihr Selbstbewusstsein und ihre Schlagfertigkeit funktionierten nur, wenn sie sich wohl und schön fühlte. So erklärte sie Irma, dass sie sich frisch machen müsse.

Nach zwanzig Minuten ließ sich Frau Körner, eingehüllt in einen weißen Bademantel, wieder blicken. Frisiert und mit frischem Make-up steuerte sie ins Schlafzimmer, wo sie sich frische Unterwäsche, silbergraue Leinenhosen und eine rote Seidenbluse anzog. Als sie derart saniert im Wohnzimmer erschien, war ihr nicht mehr anzusehen, in welch erbärmlichem Zustand sie kurz zuvor gewesen war.

Edith Körner saß still und gerade. Es schien, als wollte sie vermeiden, dass das Handtuch, das sie sich um das verletzte Bein gewickelt hatte, verrutschte. In Wirklichkeit dachte sie angestrengt nach, wie sie sich aus diesem Dilemma herausreden sollte. Als sie gerade meinte, eine Idee zu haben, traf der Notarzt ein.

Er schaute sich die Wade an und sagte: »Fleischwunde. Wahrscheinlich Vene verletzt! Muss genäht werden.« Nachdem er einen Druckverband angelegt hatte, bestellte er den Krankenwagen.

Frau Körner bestand darauf, einen Koffer mitzunehmen. Irma schaute ungeduldig zu, wie sie packte. Es war Irma ein Rätsel, wieso man im Krankenhaus derartige Mengen Kosmetikartikel, dazu Spitzenunterwäsche und seidene Nachthemden brauchte. Nachdem Frau Körner ihren Kleiderschrank durchsucht und noch ein elegantes Kleid mit passenden Schuhen in den Koffer gelegt hatte, ging nichts mehr hinein.

Zwischenzeitlich hatte Schmoll den Toten im Keller anhand des Führerscheins und Personalausweises, die er in der Gesäßtasche der Jeans gefunden hatte, identifiziert.

Während der Notarzt den Verunglückten untersuchte, flüsterte Schmoll Irma die Daten zu: »Olaf Bär, geboren am 28. Juli 1981, wohnhaft in Schorndorf.«

»Für den kann ich nichts mehr tun«, sagte der Arzt. »Schädelfraktur, Schnittverletzungen, Herzstillstand.«

Schmoll rief die zuständige Bestattungsfirma an, und beauftragte sie mit dem Abtransport der Leiche in die Pathologie.

Zu Irma sagte er: »Wenn das hier auch nach Unfall aussieht – aber zwei Leichen an einem Tag im gleichen Haus sind mir nicht geheuer.«

Auf Schmolls Frage an Frau Körner, ob Olaf Bär ein Einbrecher war oder ob es eine andere Erklärung gäbe, dass er sich in ihrem Weinkeller aufgehalten habe, behauptete sie, diesen Mann nicht zu kennen. Als sie schließlich, begleitet von einem Polizisten, im Krankenwagen abtransportiert worden war und der Bestatter die Leiche Olaf Bärs abgeholt hatte, war es zehn Uhr geworden und bereits dunkel.

Irma und Schmoll waren dabei, die Wohnung zu verlassen, da fragte Irma: »Wo ist denn der Hund abgeblieben? Den können wir doch hier nicht allein lassen!«

Sie fanden Amus in dem Raum, der offensichtlich nur von Herrn Körner bewohnt worden war. Es war eine Art Herrenzimmer mit einem PC auf dem Schreibtisch und wandhohen Bücherregalen. Amus lag auf der Bettcouch und schlief. Er blinzelte, als Schmoll und Irma nähertraten.

Schmoll klopfte ihm den Rücken und fragte: »Was machen wir mit dir? Um dich nach Botnang ins Tierheim zu bringen, ist es zu spät.«

Amus sprang vom Sofa, setzte sich vor Irma und bedachte sie mit einem herzergreifend flehenden Hundeblick.

»Ich nehme dich mit nach Hause«, sagte Irma.

Sie griff sich die Leine, die über einer Stuhllehne hing, und machte sie am Halsband fest. Amus folgte Irma, als gehöre er schon immer zu ihr.

Schmoll brachte Irma und Amus in die Thomastraße. Der Hund war gehorsam auf den Rücksitz gesprungen und hatte sich hingelegt, sobald der Wagen rollte.

Darüber, ob Leo das neue Familienmitglied akzeptieren würde, machte sich Irma keine Sorgen. Leo mochte Hunde. Und da zurzeit Ferien waren, rechnete Irma damit, dass sich Leo freiwillig und gern um Amus kümmern würde.

Sie kurvten in den Talkessel und umrundeten den Hauptbahnhof, und während es über die Türlenstraße wieder hinauf auf Stuttgarts Höhen ging, waren Irmas Gedanken schon wieder bei dem toten Olaf Bär. Sie fragte Schmoll, wann die Angehörigen benachrichtigt werden sollten.

»Morgen ist auch noch ein Tag«, sagte Schmoll. »Ich hab das Gefühl, dass für diesen Mann niemand eine Vermisstenanzeige aufgeben wird.«

Doch Irma trieb noch etwas um, was sie gern wissen wollte: »Ich hab an einer der Weinflaschenscherben das Etikett lesen können: Pulvermächer! Das klingt ja, als ob man damit schießen kann! Wenn du mich fragen würdest, ob du mir einen Schuss Pulvermächer ins Weinglas gießen sollst, bekäme ich's mit der Angst zu tun. Was ist das denn für Teufelszeug?«

Schmoll schmunzelte und schmatzte. »Davon verstehst du nichts, du norddeutsches Eichhörnle! Herr Körner ist eindeutig ein exzellenter Weinkenner!«

Er setzte Irma und Amus vor ihrer Haustür ab und fuhr weiter nach Stammheim.

Sechzehn

Verhöre

Am nächsten Morgen war Schmoll wie immer der Erste im Büro und gab Anweisung, dass Edmund Körner zum Verhör gebracht werden sollte. Als bald darauf Irma eintraf, beauftragte er sie, in der Datenbank nachzuforschen, ob Olaf Bär Vorstrafen gehabt habe und ob eine Vermisstenanzeige eingegangen sei. Kurz nach Irma tauchte Katz auf und bekam von Schmoll die Weisung, im Krankenhaus anzurufen und zu fragen, ob Frau Körner entlassen werden könne.

Irma berichtete, Olaf Bär habe keine Vorstrafen und bis jetzt habe ihn niemand als vermisst gemeldet. Katz teilte mit, er habe eine Streife ins Katharinenhospital geschickt, die Edith Körner abholen und ins Präsidium bringen würde.

»Wenn uns die Sache mit Tina Eisele nicht in dieses Haus geführt hätte«, sagte Schmoll, »würde ich Olaf Bärs Tod glattweg für einen Unfall halten.«

»Vielleicht war's ja oiner.« Katz verdrehte nachdenklich seine sanften braunen Dackelaugen und rieb seine spitze Nase.

»Darüber kann uns gewiss Frau Körner Auskunft geben«, sagte Irma. »Falls sie heute so gnädig sein sollte, mit uns zu sprechen.«

»Das will ich hoffen«, brummte Schmoll. »Wahrscheinlich stand sie gestern unter Schock. War ja nicht gerade ein erbaulicher Anblick, der sich in ihrem Keller geboten hat.«

An diesem Punkt der Unterhaltung wurde Edmund Körner ins Büro geführt. Körner sah aus, als hätte er schlecht geschlafen. Sein Gesicht unter der grauweißen Haarpracht wirkte schlaff. Er ging vornübergebeugt und seine Augen zuckten unstet im Raum umher. Edmund Körner war über Nacht um Jahre gealtert.

Er war bereit, sein Geständnis für das schriftliche Protokoll zu wiederholen. Seine Aussagen deckten sich mit den gestrigen: Stadtfestbummel. Bekanntschaft mit Tina. Sich näher kommen. Gemeinsamer Heimweg.

Die Episode mit den Perlenohrringen erzählte er wieder sehr stockend und emotional. Auch der Kurzbericht über den Abtransport der Leiche unterschied sich nicht von seiner ersten Aussage. Körner schwieg, legte sein Gesicht in beide Hände und stöhnte.

Auf die Frage Schmolls, ob es Probleme in seiner Ehe gäbe, beschwor Edmund eine glückliche Zweisamkeit. Das nun deckte sich in keiner Weise mit dem Verhalten der Körners, wie es die Ermittler am vorhergehenden Tag erlebt hatten. Die Spannung zwischen den Eheleuten hatte in der Luft geknistert. Irma war die Unterwürfigkeit Edmunds seiner Frau gegenüber aufgefallen. Sie konnte diesen stattlichen, schüchtern wirkenden Mann mit der lispelnden Aussprache bisher nicht einschätzen.

Wenn sich Körner an Tinas Tod schuldig fühlte, so tat er das im vollen Umfang, weil er von dem Gift, das ihre Luftröhre verengt hatte, nichts wusste. Wusste er tatsächlich nichts davon? Warum hatte er zugesehen, wie Tina erstickt war, statt den Notarzt zu rufen? War er zu naiv gewesen, die Tragweite seines Tuns zu verstehen? Was ging in seinem Kopf vor?

Irma fühlte instinktiv, dass Edmund Körner etwas verschwieg.

Sie musste ihr Nachdenken verschieben, weil Schmoll seine Stimme erhob, die auch Tote aufgeweckt hätte: »Herr Körner! War Olaf Bär der Liebhaber Ihrer Frau?«

Körner zuckte zusammen wie unter einem Schlag. Doch gleich wechselte sein Gesichtsausdruck in fragendes Erstaunen: hochgezogene Augenbrauen. Aufgerissene Augen. Zusammengepresste Lippen.

»Ich weiß nicht, was Sie meinen«, lispelte Körner und suchte nach Worten. »Wieso Bär? Ich kenne keinen Mann, der, äh, der so heißt. Und meine Frau kennt den auch nicht.«

»Olaf Bär lag gestern erschlagen in Ihrem Weinkeller.«

Wieder dieses Zusammenzucken! Und jetzt stotterte er. »Wie... wieso? Wann soll das denn gewesen sein? Ich war doch den ganzen Tag daheim, bevor Sie mit Ihrer Kollegin aufgetaucht sind. Es ging doch um Tina! Wieso ein toter Mann in unserem Keller?« Herr Körner zwickte sich in den Handrücken, als wenn er prüfen wollte, ob er wach sei. Er blickte verwirrt auf, als er Schmolls Stimme hörte.

»Olaf Bär wurde von Weinkisten erschlagen, die vom Regalbrett auf seinen Kopf geknallt sind!« Schmoll hatte langsam und laut gesprochen und Edmund Körner dabei scharf im Auge behalten.

Nach kurzem Nachdenken sagte Körner: »Die Weinkisten mit meinem Stettener Pulvermächer? Hoffentlich sind keine Flaschen kaputt gegangen. Das sind nämlich äußerst edle Tropfen – und teuer, kann ich Ihnen sagen!«

Es irritierte Schmoll, dass Körner die Sache mit dem erschlagenen Mann nicht ernst nahm, sondern sich nur für das Schicksal seiner Weinflaschen interessierte.

Da ihm niemand antwortete, lächelte Edmund, als sei er einem dummen Witz aufgesessen. »Vom Regal gerutscht? Kann gar nicht sein. Die Kisten standen auf dem Boden.«

»Wann?«, fragte Schmoll.

»Was?«, fragte Edmund Körner.

»Wann standen die Kisten auf dem Boden?«

»Als sie angeliefert worden sind, hab ich sie auf den Boden stellen lassen.« Plötzlich schlug Körner seine Faust gegen die Stirn und rief: »Halt! Da fällt mir ein: Am Freitagabend wollte ich mir einen Schlummertrunk leisten und bin nicht an die Kisten herangekommen, weil sie oben im Regal standen!« Etwas leiser und nachdenklich murmelte er: »Ich weiß nicht, wie die Flaschen da hinaufgekommen sind. Ich wollte mich nicht damit aufhalten, die Trittleiter aufzustellen, und hab meine zwei Reserveflaschen unterm Regal hervorgefischt. Eine hab ich am Freitagabend ausgetrunken und die andere müsste noch im Kühlschrank stehen.«

Er blickte vor sich hin, kaute, als verkoste er Wein, und erklärte, dass auch eine halb volle Flasche im Kühlschrank gestanden habe, von der er sich nicht erinnere, sie angebrochen und dort hingestellt zu haben.

»Vielleicht hat Edith mal einen Riesling probieren wollen«, murmelte er unsicher. »Seltsam zwar, weil sie sonst nur Trollinger trinkt – aber bei der Hitze in den letzten Tagen wäre es schon möglich, dass sie ausnahmsweise zu meinem spritzigen Riesling gegriffen hat.«

Das alles klang in den Ohren der Ermittler ziemlich naiv und unglaubwürdig.

Schmoll sagte: »Das reicht fürs Erste, Herr Körner. Wir sehen uns später noch mal«, und ließ ihn abführen.

Zurück im Büro sagte Schmoll zu Irma: »Ruf die Spusis an. Die müssten jetzt bereits in der Körner'schen Wohnung sein. Sie sollen alle leeren Flaschen und alles benutzte Geschirr, besonders die Gläser, die in der Wohnung rumstehen, ins Labor schicken. Wir müssen herausfinden, wo das Gift herkommt, das in Tina Eiseles Körper festgestellt worden ist.«

Müller, der Chef der Spurensicherung, informierte Irma, im Kühlschrank sei eine volle, aber keine angebrochene Weinflasche gefunden worden. Zwei leere lägen zusammen mit einer Essigflasche und zwei Marmeladengläsern in einem Korb. Er habe alles ins Labor geschickt.«

»Und gebrauchte Gläser?«, fragte Irma.

»Schmutzige Trinkgläser oder sonstiges Geschirr gibt es nicht in diesem ordentlichen Haushalt«, sagte Müller. »Alles steht sauber im Schrank, als hätte jemand jedes Teil sorgfältig abgespült.«

Schmoll, der über die Sprechanlage mithörte, nahm Irma den Hörer ab und fragte, was außer den vollen Weinflaschen noch im Kühlschrank gewesen sei.

Müller sagte, seine Leute hätten hauptsächlich abgepackte Waren gefunden: Schinken- und Käseaufschnitt, eine geschlossene Tüte H-Milch und Butter. An unverpackten Lebensmitteln seien im Kühlschrank eine Tupperdose mit

Räucherfisch und eine mit Apfelmus gewesen. Das wäre alles auf dem Weg ins Labor. Auch die leere Pralinenschachtel, die auf dem Nachttisch gestanden habe.

»Aha, Pralinen«, sagte Schmoll. »Wann seid ihr fertig?«

»Zurzeit sortieren wir im Keller die Flaschenscherben.«

»Fingerabdrücke?«

»Jede Menge«, sagte Müller. »Wir haben hier noch bis Mittag zu tun, wenn nicht noch länger.«

»Warum so lange?«, wollte Schmoll wissen.

»Hier riecht's nach Mord oder Totschlag. Es scheint, als wäre das Regalbrett, auf dem die Weinkisten standen, manipuliert worden. Offensichtlich hat jemand eine Kippwippe daraus gemacht, die die Weinkisten herunterkatapultieren sollte, wenn irgendeiner das Brett anfasst.« Müller lachte trocken auf. »Hat ja perfekt geklappt, wie ich gehört habe. Ihr solltet schon mal eure Festgenommenen nach dieser seltsamen Konstruktion fragen!«

Müller legte auf und Schmoll seine Glatze in Falten. »Kippwippe!«, sagte Schmoll. »Das ist aber mal eine ganz neue Mordwaffe.«

Irma begann laut zu denken: »Zuerst müssen wir herausfinden, wer Olaf Bär war. Ein Einbrecher oder Ediths Liebhaber? Was hat Olaf Bär an dem Weinregal zu suchen gehabt? Hat er womöglich schon gestern, während wir mit Regina Holder bei Körners waren, im Keller gelegen? Steht der Todeszeitpunkt eigentlich schon fest?«

»Deinen ersten Fragen müssen wir gemeinsam nachgehen«, sagte Schmoll. »Doch Bockstein war diesmal fixer, als die Polizei erlaubt: Exitus gegen 20 Uhr, eine halbe Stunde später waren wir vor Ort.«

Katz räusperte sich und erinnerte: »Ihr waret zufällig vor Ort! Weil sich die Sach mit dem Gift rausgschtellt hot, wolltet ihr die Madame kassiere. Mit 'ra zwoite Leich hattet ihr net grechnet.«

»Nun kommt zu dem mysteriösen Tod Tinas noch die Frage hinzu, wer diese Kippwippe böswillig installiert und den zweiten Todesfall im Hause Körner herbeigeführt hat«, sagte Schmoll und begann langsam und bedächtig mit seinen Kniebeugen, von denen er behauptete, sie würden seine kleinen grauen Zellen mobilisieren. Irma schrieb Namen und Orte auf ein Blatt und verband sie kreuz und quer mit Pfeilen. Katz beschäftigte sich mit Fliegenfangen.

Endlich entfuhr ihm ein »Ha, i han's!«. Es war aber keine Fliege, sondern eine Idee, die er hatte: »I trau dem Körner net! Meine Oma würd sage: ›Des hot koi Gockeler gern, wenn a Fremder uff seiner Mischte schärrt.‹«

»Ich halte es auch für möglich, dass Körner sich dumm stellt und das Weindebakel im Keller arrangiert hat«, sagte Schmoll. »Vielleicht wollte er seiner Frau oder ihrem Liebhaber, von dem er ahnte oder sogar wusste, dass es ihn gab, einen Denkzettel verpassen. Das Motiv Eifersucht und Rache ist nicht von der Hand zu weisen.«

Irmas Gedanken kreisten mehr um die ermordete Tina: »Das Gift könnte in der Weinflasche gewesen sein, die angeblich angebrochen im Kühlschrank gestanden hat. Selbst wenn unsre Spusis diese Flasche finden, ist sie vielleicht genauso sorgfältig gespült worden wie das Geschirr. Falls doch Giftreste in irgendeiner Flasche festgestellt werden, wissen wir noch lange nicht, wer das Gift abgefüllt hat und für wen es bestimmt gewesen ist.«

»Gift im Riesling würd eher nach ma Mordanschlag von dere Edith uff ihrn Ehemann aussehe«, sagte Katz.

»Das glaub ich auch«, sagte Irma. »Tina wird das Gift unbekümmert und freiwillig zu sich genommen haben. Es ist aber auch möglich, dass das Gift nicht im Wein, sondern in irgendeinem anderen Getränk oder in dem Apfelmus aus dem Kühlschrank gewesen ist. Vielleicht auch in einer der Pralinen aus der Schachtel, die auf dem Nachttisch gelegen hat.«

Schmoll unterbrach seine Kniebeugen und keuchte. »Waren wir uns nicht einig, dass die Zeiten mit Zyankali im Pudding oder in Pralinen vorbei sind? Die meisten Gifte, allen voran Arsen und später E 605, mit denen früher fröhlich gemordet wurde, sind heutzutage nachzuweisen, und außerdem nicht mehr so leicht verfügbar. Diese beliebten Mittelchen, um Rivalen oder lästige Ehemänner loszuwerden, sind out.«

Irma erinnerte ihre Kollegen daran, dass ihr erster Fall, an dem sie in Stuttgart mitgearbeitet hatte, ein Giftmord mit dem Pflanzenschutzmittel E 605 gewesen war. »Das ist doch der Beweis, dass immer noch Gifte, die inzwischen aus dem Verkehr gezogen worden sind, irgendwo herumliegen.«

»Verheb's«, sagte Katz, »soviel mir wisset, handelt es sich bei onserm jetzige Fall net om E 605. Ob und was in de Wein gekippt, ins Apfelmus gmischt oder mit ra heiße Stricknadel in Cognacpraline gfüllt worde isch, müsset die vom Labor erscht no rausfinde.«

»Mit vergifteten Pralinen ist vor nicht allzu langer Zeit wieder gemordet worden«, sagte Irma. »Die Opfer waren alt oder krank, und wenn sie gestorben sind, hat niemand Verdacht geschöpft.«

»Genau«, sagte Katz. »Die Sach isch erscht uffgfloge, als aus Versehe a jongs, gsonds Mädle an so ra Praline gschtorbe isch.«

»Wir sind uns also einig, dass in unserem Fall das Gift nicht für Tina bestimmt gewesen ist«, sagte Irma. »Ich wette, es war für den alten Körner. Der hat voriges Jahr einen Schlaganfall gehabt, und wenn er plötzlich gestorben wäre …«

»Hätt des jeder fir a zwoits Schlägle ghalte«, ergänzte Katz.

»Alles zu viel Theorie«, brummte Schmoll. »Alles Indizienkram! Erst wenn wir wissen, um welches Gift es sich handelt, sehen wir klarer. Jedenfalls möchte ich, bevor wir das wissen, Edmund Körner nicht der Staatsanwaltschaft übergeben.«

Irma malte weiter Striche und Kringel auf ihren Block. Sie lehnte sich zurück und kaute auf dem Bleistift herum. »Edith Körner war bisher nicht bereit, etwas zur Aufhellung des Falls beizutragen, und damit hat sie sich meines Erachtens granatenmäßig verdächtig gemacht.« Da ihre Kollegen dazu nichts sagten, stellte Irma die Ellenbogen auf ihren Zeichenblock, legte ihren Kopf in die Hände und referierte über ihre Lieblingstheorie, die sie immer parat hatte, wenn zwei Verbrechen im gleichen Umfeld und mit geringer Zeitverschiebung entdeckt wurden. »Da beide Tote, Tina Eisele und Olaf Bär, in Beziehung zu den Körners standen und in ihrer unmittelbaren Nähe aufgetaucht sind, muss es Zusammenhänge geben!«

»Vielleicht können wir einen Teil dieser Rätsel lösen«, sagte Schmoll, »wenn wir Frau Körner befragt haben. Sie wird gerade aus dem Krankenhaus abgeholt und muss in Bälde bei uns eintreffen.«

Jemand reichte ein DIN-A4-Blatt durch die Tür.

Schmoll schaute drauf und sagte: »Die Stadtverwaltung hat die persönlichen Daten von Olaf Bär aus dem Melderegister gefaxt. Wohnadresse: Schorndorf. Gelegenheitsarbeiter. Ehefrau: Eva Bär. Sechsjährige Tochter – nicht viel mehr, als wir schon wissen.«

Schmoll blickte vielsagend zu Irma, der er üblicherweise die Aufgabe aufbürdete, Witwen die Todesnachricht zu überbringen.

Aber Irma wollte keinesfalls das Verhör mit Edith Körner versäumen und maulte: »Jetzt seid ihr mal dran! Ich habe schon die letzten fünf Mal den Todesboten gespielt.«

»I will die Madame Körner au net verpasse«, sagte Katz, der sich in die Pflicht genommen fühlte. »Kann i net nachmittags nach Schorndorf fahre?«

»Ihr wisst genau, dass sich so eine Benachrichtigung nicht auf die lange Bank schieben lässt!«, wetterte Schmoll. »Jeden Augenblick kann uns die Presse auf den Pelz rücken. Soll die arme Frau aus der Zeitung erfahren, was mit ihrem Mann passiert ist?«

»Was soll i ihr denn eigentlich sage«, motzte Katz. »Mir wisset ja no net amol, ob's an Unfall oder an Mord gwä isch.«

»Vorerst reicht es, wenn Frau Bär weiß, dass ihr Mann tot ist. Frag sie unaufdringlich aus. Falls du den Eindruck gewinnst, sie könnte uns in irgendeiner Weise bei der Aufklärung helfen, bestell sie aufs Präsidium. Wir brauchen sie ja sowieso, um die Leiche zu identifizieren. – Sodele!«

Wenn der Chef »sodele« sagte, war das ein Zeichen, dass er das Thema für beendet hielt.

* * *

Kaum hatte sich Katz getrollt, da führten zwei Beamte Edith Körner ins Büro. Sie trug dezentes Make-up und eine frische Föhnfrisur, dazu ein weinrotes Jackenkleid mit farblich passenden Pumps. Sie humpelte provokativ.

Bevor sie etwas gefragt werden konnte, keifte sie mit schriller Stimme los, die schlecht zu ihrem eleganten Outfit passte: »Da verfrachten Sie mich ins Krankenhaus wie eine Schwerverletzte, und kaum geben die Ärzte mir grünes Licht, entlassen zu werden, da kommt die Polizei und führt mich ab wie eine Verbrecherin! Ich werde gerichtliche Schritte gegen Sie veranlassen, Herr Schmoll! Und dass ich wie eine Kriminelle meine Fingerabdrücke registrieren lassen musste, ist ja wohl der Gipfel der Unverschämtheit!«

»Schon gut«, brummte Schmoll. »Jetzt setzen Sie sich erst mal hin.«

»Fällt mir gar nicht ein!«, zeterte Frau Körner. »Ich will jetzt nach Hause. Schließlich muss ich aufräumen. Kann ich davon ausgehen, dass Sie den toten Mann, der in meinem Keller herumlag, inzwischen entfernt haben?«

Ohne eine Antwort abzuwarten und ungeachtet ihrer Beinverletzung drehte sich Frau Körner schwungvoll auf ihren hohen Absätzen um und strebte zur Tür. Ihr energischer Abgang wurde von einem Polizisten verhindert, der sie ins Zimmer zurückführte und auf den Besucherstuhl drückte. Frau Körner röchelte, als ginge ihr die Luft aus. Für einen Moment hatte es ihr die Sprache verschlagen.

Schmoll sagte betont ruhig: »Bevor Sie hier die wilde Frau spielen, sollten Sie mit uns reden und unsere Fragen beantworten. Mit Verweigerung machen Sie sich verdächtig.«

»Wessen verdächtigen Sie mich?«

»Des Mordes an Olaf Bär.«

Schmoll bluffte, denn er hatte dahingehend nur einen vagen Verdacht.

Frau Körner lachte spöttisch auf. »Olaf Bär? Wer soll das sein?«

»Der Mann, der tot in Ihrem Weinkeller lag.«

»Der wollte wahrscheinlich den teuren Wein meines Mannes stehlen. Dabei ist er von der Leiter gestürzt. Ich bin sofort, nachdem es gekracht hatte, in den Keller gerannt.« Ihr Madonnengesicht mutierte zu einer Leidensmiene und sie hauchte: »Was ich da sehen musste, hat mir die Sinne schwinden lassen.« Sie schloss die Augen, zog das Kinn auf die Brust und stöhnte.

»Erzählen Sie weiter!«, forderte Schmoll.

Sie sah den Kommissar an, begriff, dass er es ernst meinte, und jammerte in beleidigtem Tonfall weiter: »Ich war gerade wieder zu mir gekommen, als Sie plötzlich an der Tür standen.« Nach diesem Satz legte sie die Leidensmiene ab und schien entschlossen, den Spieß umzudrehen. Ihre Stimme wurde anklagend: »Ist das eigentlich erlaubt, einfach die Haustür aufzubrechen? Das ist doch Hausfriedensbruch! Was wollten Sie überhaupt schon wieder von mir? Sie waren doch erst vor zwei Stunden weggefahren, nachdem Sie meinen Mann verhaftet hatten!« Sie stockte und suchte nach Worten.

Schmoll ließ sie suchen und wartete ab.

Dann keifte sie weiter: »Allerdings kann ich Ihnen die Verhaftung meines Mannes nicht verübeln! In meiner Abwesenheit ein junges Mädchen mit in die Wohnung zu bringen, ist ja wohl das Letzte! Es ist gerecht, dass er seinen Fehltritt büßen muss.« Frau Körner musste Luft holen. »Und diese kleine Hure verschluckt auch noch meinen Schmuck!

Ich hoffe, ich bekomme meine Ohrringe wieder. Es ist mir egal, wie Sie die Perlen aus dem Mädchen herauskriegen! Es ist die Pflicht der Polizei, mir mein Eigentum zurückzugeben!«

Schmoll trommelte ein paar Takte des Radetzkymarschs auf die Tischplatte, bevor er sagte: »Beruhigen Sie sich, Frau Körner. Ihre Perlenohrringe sind bei der Obduktion aus Tina Eiseles Hals und aus ihrem Magen herausgeschnitten worden. Allerdings ist dabei noch etwas anderes zum Vorschein gekommen.«

Frau Körner schoss vom Stuhl hoch: »Hat das kleine Biest noch mehr Schmuck verschluckt?«

»Keinen Schmuck, aber Gift«, mischte sich Irma ins Gespräch.

Frau Körner kam aus dem Konzept und fauchte Irma an: »Wollen Sie behaupten, mein Schmuck sei vergiftet gewesen? Behalten Sie gefälligst Ihre Hirngespinste für sich!«

Edith Körner richtete sich auf, drückte ihre Frisur in Form und zog ihr Kleid über Brust und Bauch glatt. Danach lächelte sie. Nicht überheblich wie vorher, sondern sanft und einfühlsam. Mit diesem Lächeln, von dem sie wusste, dass sie damit jünger und hübscher aussah, wandte sie sich an Schmoll. Offensichtlich hoffte sie, ihn durch weibliche Anmut auf ihre Seite zu ziehen.

Auch ihr verbindlicher Tonfall war neu: »Herr Hauptkommissar, was sagen Sie zu derartigen Unterstellungen, mit denen mich Ihre naseweise Assistentin konfrontieren will?«

Schmoll verlor sichtlich die Geduld, trommelte ziemlich taktlos auf seinem Schreibtisch herum und sagte im Donnerton: »Stellen Sie sich nicht unwissend, Frau Körner. Ihre verdammten Ohrringe waren nicht vergiftet, aber in Tina Eiseles Körper wurde Gift gefunden. Ein Gift, das die Schleimhäute anschwellen lässt und die Speiseröhre verengt. Vermute ich richtig, wenn ich annehme, dass Sie, Frau Körner, wissen, was das für ein Gift ist und wo es herkommt?«

Mit empörter Miene entgegnete Frau Körner: »Das dürfen Sie nicht mich, sondern müssen Sie meinen Mann fragen. Schließlich habe ich das Mädchen, mit dem er sich amüsiert hat, nie gesehen. Er hat doch zugegeben, dabei gewesen zu sein, während sie erstickt ist!«

Plötzlich schlug sie unbeherrscht mit der Faust auf den Tisch.

Da Schmoll nicht darauf reagierte, zuckten Ediths manikürte Hände vor. Schmoll erfasste in Sekundenschnelle, dass Frau Körners Nerven blank lagen und mit ihr durchgingen. Bevor er sie daran hindern konnte, hatte sie Akten und Bücher auf den Fußboden geworfen. Mit einer Hand schlug sie auf das Diktiergerät und mit der anderen schnappte sie sich den Locher. Bevor sie ihn Irma an den Kopf werfen konnte, war Schmoll bei Frau Körner und hielt ihre Hände fest. Sie wand sich in seinem Griff wie eine Schlange.

Wenig später wurde sie von zwei Polizisten überwältigt und in eine Zelle in vorläufigen Gewahrsam gebracht.

Schmoll betrachtete den Riss, den ihre Fingernägel an seinem Handgelenk hinterlassen hatten, und sagte: »Mit einem Vulkan ist nicht zu reden.«

»Sehr treffende Bemerkung«, sagte Irma, während sie im Verbandskasten nach einem Heftpflaster suchte.

»Der Satz stammt nicht von mir«, sagte Schmoll. »Hat Ernst Jünger gesagt, in einer ähnlichen Situation, wie wir sie soeben erlebt haben.«

* * *

Katz hatte in der Zwischenzeit Eva Bär in Schorndorf gefunden. Sie war nicht daheim gewesen, aber ihre Nachbarin hatte Katz in die Kindertagesstätte geschickt, in der Eva als Erzieherin arbeitete.

Eva Bär konnte sich zwar nicht vorstellen, was die Kriminalpolizei von ihr wollte, aber sie ahnte, dass es um ihren

Mann ging. Sie war bereit, Katz' Fragen zu beantworten. Allerdings war das mit den vielen Kindern, die um sie herumwuselten, schlicht unmöglich. Katz konnte seine eigenen Worte nicht verstehen und schon gar nicht das, was Frau Bär sagte. Er schlug vor, die Leiterin zu fragen, ob man sich zu einem Gespräch in ihr Büro setzen dürfe.

Davon wollte Frau Bär jedoch nichts wissen. »Was soll die Chefin denken, wenn mich die Kriminalpolizei verhört!? Die denkt, ich hab weiß Gott was ausgefressen – und ich bin so froh, diesen Job zu haben, weil ich Laura mitbringen kann!«

Erst als Katz versicherte, der Chefin zu sagen, dass ihre Mitarbeiterin eine wichtige Zeugin sei, mit der er sprechen müsse, gab Frau Bär nach.

Die Chefin, eine Dame mit ausladendem Busen und energischem Gang, der die Neugier aus den Augen sprang, willigte ein.

Dann saß Katz der zierlichen Frau Bär gegenüber und blickte in ihre braunen Rehaugen, die jetzt ängstlich blickten. Katz bemühte sich um Hochdeutsch, da Frau Bär aus Hannover stammte und eine sehr gepflegte Aussprache hatte.

Er leitete die Todesbotschaft mit ernstem Gesicht und den üblichen Floskeln ein: »I muss Ihne eine traurige Nachricht überbringe. Ihr Mann wurde geschtern Abend tot aufgfunde. Mein Beileid.«

Zu Katz' Erleichterung nahm Frau Bär die Botschaft gelassen auf. Sie fragte nicht mal, wo man ihren Mann gefunden hatte und woran er gestorben war.

Sie schwieg ein Weilchen, danach sagte sie mit fester Stimme: »So hat es ja kommen müssen!«

»Wie meinet Sie des?«

»Bei seinem Lebenswandel wäre es kein Wunder, wenn ihn ein eifersüchtiger Ehemann umgebracht hat. Olaf hat sein Geld für Liebesdienste bei verheirateten Damen abgesahnt.«

»Aha«, sagte Katz ein wenig verblüfft über so viel Offenheit. »Erzählet Sie mir, was fr en Mensch Ihr Mann war.«

»Ein Unmensch.«

»Geht's au genauer?«

Frau Bär überlegte. Katz hielt sich zurück.

Nach ein paar Minuten begann sie zu sprechen, zuerst langsam, schon bald sprudelnd, als ob sie sich ihre Probleme von der Seele reden wollte: »Als ich Olaf kennengelernt habe, hat er mich mit seinem Charme eingewickelt. Nie zuvor hatte sich ein derart gutaussehender Mann für mich interessiert. Olaf ist – war – ein Sonnyboy mit tadellosen Manieren. Dass er unverheiratet war und angeblich Arbeit hatte, nahm mich natürlich noch mehr für ihn ein.«

»Wie han Sie sich eigendlich kenneglernt?«

»Olaf hatte damals einen Job als Fahrer bei einer Großküche. Wir sahen uns jeden Tag, wenn er das Essen in die Kita lieferte. Bei mir war es Liebe auf den ersten Blick, und wir kamen uns rasch näher. Vielleicht bin ich ihm so rasch verfallen, weil Laura ihn mochte und er sich anfangs viel mit ihr beschäftigt hat. Mein Traum, einen Vater für meine Tochter zu haben, ging in Erfüllung. Olaf erschien mir wie ein Märchenprinz. Ich war blind.«

»Ond dann habet Sie gheiratet«, ergänzte Katz.

»Ja, aber gleich danach lernte ich Olafs wahren Charakter kennen.«

»Ond wie?«

»Er war selbstherrlich und geldgierig. Wahrscheinlich hatte er schon lange von älteren Frauen gelebt und wollte sich mit der Ehe ein Alibi verschaffen. Ich habe zu spät begriffen, dass er ein Nest brauchte, in das er sich verkriechen konnte, wenn ihm diese Weiber zu anstrengend wurden oder er nicht so viel Geld von ihnen bekam, wie er sich vorstellte. Aber das habe ich erst mit der Zeit herausgefunden. Nur, wenn eine seiner Beziehungen in die Brüche ging, war er öfter daheim. Aber ein glückliches Familienleben war es nicht mehr. Olaf trank zu viel und wurde mitunter sogar gewalttätig.«

Katz blieb sachlich. »Hat er koi Arbeit mehr ghet?«

»Nein, und er suchte auch nicht danach. Bis er wieder ein Opfer fand, dem er das Geld aus der Tasche ziehen konnte, lebte er auf meine Kosten.« Eva Bär sah wehmütig vor sich hin und flüsterte kaum hörbar: »Ich glaube, er hat mich gar nie geliebt.«

»Wisset Sie, ob er eine Affäre mit Edith Körner ghabt hat?«, fragte Katz behutsam.

»O ja«, seufzte Frau Bär. »Das Schlimmste war ja, dass er irgendwann angefangen hat, mir seine Weibergeschichten zu erzählen. Da habe ich die Scheidung eingereicht, aber das vorgeschriebene Trennungsjahr ist noch nicht um. Edith ließ Olaf nicht mehr aus ihren Krallen. Sie hat ihn nicht nur großzügig mit Geld versorgt, sondern auch ein Appartement für ihn gemietet, in dem sie sich ungestört treffen konnten. Im letzten Jahr hab ich ihn fast nie gesehen. Ich vermute, er hat noch andere Frauen außer Edith gehabt. Vielleicht hat Edith davon erfahren und ihn umgebracht.«

»Wie kommet Sie drauf, dass er umbrocht worde isch?«, fragte Katz.

»Olaf war doch kerngesund – wie soll er da so plötzlich gestorben sein?«

Katz gab sich große Mühe, nicht zu sehr zu schwäbeln, dadurch sprach er noch langsamer als sonst. »Sie habet recht, Frau Bär. Er ischt möglicherweise ermordet worde. Durch des, was Sie mir über en erzählt habet, könnte es en eifersüchtiger Ehemann oder sogar eine dieser Frauen gwese sei. Zum Beispiel Frau Körner. Was meinet Sie?«

»Ich weiß es nicht und will es auch nicht wissen. Aber ich hoffe, Sie können verstehen, warum ich nicht die trauernde Witwe spiele. Ich bin froh, ihn los zu sein. Er hat ja nie etwas zum Haushalt beigetragen, und deswegen komme ich besser ohne ihn zurecht.«

Obwohl Katz das Schicksal der jungen Frau zu Herzen ging, war er lange genug Kriminalkommissar, um darüber nachzudenken, was es bedeuten konnte, dass diese Frau so unbeeindruckt, ja sogar froh über den Tod eines einstmals geliebten Menschen war. Möglich war immer alles, also fragte sich Katz, ob Frau Bär etwas mit der Sache zu tun haben konnte. Vielleicht war sie eine Komplizin von Frau oder Herrn Körner, um diesen Weinkistenmord für Olaf zu arrangieren?

Katz bestellte Eva Bär für den nächsten Morgen ins Präsidium, um ihre Aussage zu Protokoll nehmen zu können.

Das passte ihr gar nicht. »Ich kann nicht so kurzfristig frei nehmen! Wie soll ich das meiner Chefin erklären?«

Vor Eifer verfiel Katz wieder in breiteres Schwäbisch. »Hier goht's mit gröschter Wahrscheinlichkeit um Mord, Frau Bär. Sie senn verpflichtet auszumsage. I lass Sie abhole und wieder zrückbringe. Sie müsse sowieso nach Stuttgart komme, um Ihrn Mann zu identifiziere.«

Das nun ließ Frau Bär nervös werden. »Ich? Ihn identifizieren? Kann das nicht Edith Körner machen? Die kennt ihn mittlerweile besser als ich.«

»Sie waret seine Ehefrau. 's Gesetz schreibt vor, dass en Toter von einem nahen Angehörigen identifiziert werde muss.«

Wieder im Präsidium gab Katz seinen Kollegen das Gespräch mit Olaf Bärs Witwe so gut wie möglich wieder.

Schmoll zog die Augenbrauen hoch und die Mundwinkel herunter. »Bisschen komisch klingt das alles. Du hast recht daran getan, Katz, die Frau herzubestellen. Aber wir können sie nicht mit einem Polizeiwagen abholen lassen, da wir keinerlei Beweise für eine Schuld haben. Ruf sie an, sie soll ein Taxi nehmen. Die Kosten bekommt sie von uns erstattet.«

Nachdem Katz das erledigt hatte, hörte er die Aufzeichnung des Verhörs mit Edith Körner vom Tonträger ab. Danach fragte er, wieso Irma nicht mehr im Büro sei.

»Die ist schon heimgeradelt«, sagte Schmoll. »Sie wollte noch einen Spaziergang mit Amus machen.«

»Amus?« Katz verdrehte ungläubig die Augen. »Des Eichhörnle hot an neue Lover?«

»Der Lover ist ein Hund«, sagte Schmoll. »Davon kannst du nichts wissen, weil wir das in den Protokollen nicht erwähnt haben.«

Schmoll erzählte von Körners goldbraunem Labrador und wie Irma ihn kurzerhand mit nach Hause genommen hatte.

»Des sieht ihr ähnlich«, meinte Katz. »So a großes Viech! Da isch mr dr Mixmops von meiner Oma lieber. I glaub, i gang jetzt, der will au no ausgfiehrt werde.«

Einen Hund sollte man haben, sinnierte Schmoll, da wartet wenigstens jemand, wenn man heimkommt.

Bevor er an diesem Abend in seine Wohnung ging, kehrte er in der Kneipe an der Ecke ein, trank mehrere Viertele und verschlang zwei Portionen Zwiebelrostbraten mit Kartoffelsalat.

Als er endlich daheim ankam, war die erste Stunde des nächsten Tages bereits angebrochen.

Siebzehn

Tollkirschen

Die wichtigste Neuigkeit des nächsten Vormittags war der Bescheid vom kriminaltechnischen Labor, dass es sich bei dem Gift um die Alkaloide Atropin und Scopolamin handelte. Dazu war vermerkt, dieses Gift wäre hochkonzentriert in der Schwarzen Tollkirsche enthalten. Für Erwachsene könnten zehn bis zwölf Beeren tödlich sein. Die in Tina Eiseles Körper gefundene Konzentration ließe auf zwanzig Kirschen schließen.

Von diesem Gift hatten Schmoll und sein Team natürlich schon gehört. In den Gift-Notzentralen kamen diese Beeren unter allen Pflanzenvergiftungen am häufigsten vor. Aber weder Schmoll noch Irma und Katz hatten je bei einem Mordfall damit zu tun gehabt.

»Meine Güte, Tollkirschen!«, sagte Irma. »Wo wachsen die denn?«

»Im Wald und auf der Heide«, sagte Schmoll.

Irma wollte es jetzt genau wissen. Sie befragte das Internet und gab nach gut zehn Minuten ihre neuerworbenen Weisheiten in einer Kurzfassung an ihre Kollegen weiter: »Die Tollkirschen hören botanisch auf den poetischen Namen *Atropa belladonna*. Sie sind Nachtschattengewächse und durchaus nicht so selten, wie man meinen könnte. Die Sträucher wachsen bevorzugt an warmen Waldrändern, in Laub- und Nadelwäldern, auf Kahlschlägen und Lichtungen.«

»Und wann sind die Kirschen reif?«, fragte Schmoll.

»August, September.«

Katz sagte: »Die reife Frücht sind de Süßkirsche ähnlich: schwarz ond glänzend. Nur sitzet se net an Stiele, sondern uff me Kranz aus Kelchblätter wie Tomate.«

Irma grinste. »Hast du schon eine probiert?«

»Noi, nur gsehe. Früher bei Waldspaziergänge mit meiner Oma. Die hot sich auskennt ond gsagt: ›Des isch Deifelszeig, mei Büble, die Beere derfsch ja net esse.‹«

Schmoll sagte trocken: »Wie mir scheint, warst du folgsam, sonst hätten wir ja nicht das Vergnügen, dich unter uns zu sehen. Allerdings wüsste ich gern, wie die Dinger schmecken.«

»Das hab ich auch gegoogelt«, sagte Irma und sah auf ihre Notizen. »Die Früchte von *Atropa belladonna* sind saftig wie Süßkirschen. Sie schmecken süßlich und zusätzlich ein kleines bisschen bitter. Ihr Saft zieht die Schleimhäute im Mund und in der Speiseröhre zusammen und lässt sie anschwellen.«

Im nächsten Moment wurde Frau Bär angekündigt und bald darauf erschien sie im Büro.

Die Befragung gestaltete sich ähnlich wie die durch Katz am Tag zuvor. Es ergab sich nichts Neues. Doch als Irma sie am Schluss fragte, ob sie wisse, was Tollkirschen sind, wurde es interessant.

Frau Bär berichtete, Olaf habe damit geprahlt, als Halbwüchsiger mit seinen Freunden die Drogenwirkung solcher Kirschen ausprobiert zu haben. Schmoll wurde ganz Ohr und verlangte, Frau Bär solle genauer erläutern, was Olaf damals getrieben habe.

Sie erzählte bereitwillig. In einer Waldlichtung nahe dem Dorf, in dem Olaf aufgewachsen war, hatten er und seine Clique Sträucher mit schwarzglänzenden Beeren gefunden. Der älteste der Jungs kannte die Pflanzen und die Wirkung ihrer Früchte. Er machte die anderen neugierig, indem er ihnen von einer Droge, die die Beeren enthielten, vorschwärmte. Einfach welche essen, sei zu gefährlich, aber aus ihrem Saft ließe sich die richtige Dosis für sexuelle Halluzinationen herstellen.

»Hat Ihr Mann diesen Saft ausprobiert?«, fragte Schmoll.

»Als Jugendlicher wohl viele Male. Zusammen mit seinen Kumpels. Bei diesen Gelagen in einer alten Scheune musste immer einer clean bleiben und Schmiere stehen. Olaf erzählte mir darüber schaurige Geschichten: Die Gesichter der Jungs, die den Sud getrunken hatten, wären rot wie Tomaten angelaufen und ihre Pupillen hätten wie Scheinwerfer geleuchtet.«

»Wissen Sie, wann das war, als die Jungs solche Drogenorgien gefeiert haben?«

»Olaf war sechzehn, jetzt ist – war – er einunddreißig … also muss es etwa fünfzehn Jahre zurückliegen. Olaf sagte, diese Tollkirschen-Experimente hätten sie nur einen Sommer lang getrieben. Sie hätten damit aufgehört, weil ein Junge eine Überdosis erwischt hatte.«

»Isch er gschtorbe?«, fragte Katz.

»Ja«, seufzte Eva Bär. »Olaf hat das wie eine Horrorgeschichte erzählt: Der Junge ist umhergetorkelt, hat gestottert und geschielt. Später hat er geschrien und geheult oder unentwegt Dinge gesagt, die er sonst bestimmt lieber verschwiegen hätte. Er ist schließlich ins Koma gefallen und an Atemlähmung gestorben.«

Irma konnte Schmoll ansehen, wie seine Gedanken zurücksprangen.

»Ich weiß«, sagte er. »1997 wurde in der Scheune eines nicht mehr bewirtschafteten Bauernhofes die Leiche eines Vierzehnjährigen gefunden. Diagnose: Vergiftung durch Tollkirschen. Wie das passieren konnte, war nicht in Erfahrung zu bringen. Der Todesfall wurde schließlich zum Selbstmord erklärt und abgelegt.«

Irma ließ die vor Spannung aufgestaute Luft aus sich herauszischen und stellte klar: »Nach dem, was wir gerade von Frau Bär gehört haben, war es also doch kein Selbstmord! Wenn die Kameraden aus der Clique keine Hilfe geholt haben, war das Mord beziehungsweise unterlassene Hilfeleistung mit Todesfolge.«

»Ich hab überhaupt nichts damit zu tun«, sagte Eva Bär ängstlich. »Damals habe ich Olaf doch noch gar nicht gekannt!«

Schmoll stand auf. »Danke, Frau Bär, Sie haben uns sehr geholfen. Kommissarin Eichhorn begleitet Sie jetzt in die Pathologie.«

Die beiden Frauen stiegen schweigend die Weinbergstaffel hoch, die zum hinteren Eingang des Robert-Bosch-Krankenhauses führt.

Doktor Bockstein war trotz der unappetitlichen Arbeit, die er hier verrichtete, wie immer bestens gelaunt.

Breit lächelnd zeigte er seine Pferdezähne, die aus seinem solargebräunten Gesicht glänzten, und führte Eva Bär und Irma an die Bahre, auf der Olaf lag.

Bevor Bockstein das Tuch wegzog, wurde er ernst und warnte die Witwe: »Atmen Sie tief durch – es ist kein erhebender Anblick.«

Olafs Gesicht hatte durch die Flaschenscherben, in die er gestürzt war, seine ehemalige Schönheit gründlich eingebüßt. Eva Bär wurde zwar blass, zeigte aber weder Mitleid noch Hass, sondern sagte kurz angebunden: »Ja, es ist Olaf«, und wandte sich zum Ausgang.

Irma setzte sie in eines der Taxis, die vor dem Haupteingang des Robert-Bosch-Krankenhauses warteten, und lief über den Treppenweg durch die Weinberge zurück ins Präsidium.

Schmoll und Katz hatten auf Irma gewartet, um gemeinsam die Lage zu besprechen.

»Hat Frau Bär denn durchgehalten?«, erkundigte sich Schmoll.

»Ich hab noch nie eine Witwe erlebt, die derart zufrieden mit den Tatsachen gewesen wäre«, sagte Irma. »Mir scheint, außer die Ehefrau des Mordopfers zu sein, hat sie nichts mit unserem Fall zu tun.«

»Immerhin hat sie uns eine heiße Spur geliefert«, sagte Schmoll.

»Du meinst die Aussage, dass Olaf Bär in seiner Jugend mit Tollkirschen-Gift experimentiert hat«, sagte Irma.

»Ja«, sagte Schmoll. »Das meine ich. Und ich bin mir nicht sicher, ob der Fall, bei dem vor fünfzehn Jahren der Junge umgekommen ist, neu aufgerollt werden muss oder verjährt ist. Informiere bitte die Kollegen über die neuen Erkenntnisse. Ich bin heilfroh, dass die Sache nicht in meinem Ermittlungsbereich liegt.«

Katz hüstelte wie immer, wenn er einen Geistesblitz loswerden wollte, und stellte fest, was alle wussten, dass nämlich Olaf Bär durch die Aussage seiner Frau in dringendem Tatverdacht stünde, das Gift, an dem Tina gestorben war, hergestellt zu haben.

Irma entgegnete ungeduldig: »Leider lebt unser dringend Tatverdächtiger nicht mehr, und er kann nicht zur Verantwortung gezogen werden.«

Schmolls Finger trommelten den Radetzkymarsch auf den Tisch. Dabei sinnierte er: »Die Preisfrage ist auch hierbei: Wenn Olaf Bär der Giftmischer war – für wen war das Gift bestimmt?«

»Mit Sicherheit nicht für Tina Eisele«, sagte Irma. »Dass sie den leckeren Tollkirschen-Cocktail, wie immer der auch ausgesehen haben mag, erwischt hat, ist ein teuflischer Zufall gewesen.«

»So seh i des au«, sagte Katz. »I denk eher, dass dr scheene Olaf die schee Frau Körner loswerde wollt.«

»Warum sollte er?«, fragte Irma. »Die Frau war seine Einnahmequelle. Doch wenn ihr Ehemann ins Jenseits befördert worden wäre, hätte das Edith und auch Olaf gut in den Kram gepasst.«

»Ja, da hasch recht, Eichhörnle. Der Edmund hot doch scho a Schlägle ghet. A Obduktion wär net zu befürchte gwä.«

»So wie bei den Giftpralinen-Morden«, sagte Irma.

»Genau!«, sagte Katz.

Schmoll machte sein Bulldoggengesicht und bellte: »So kommen wir keinen Schritt weiter! Wir müssen uns die liebenswürdige Frau Körner nochmals vornehmen, aber vorher … ab in die Kantine! Ich brauche etwas Anständiges im Magen, wenn ich mich mit diesem feuerspeienden Vulkan auseinandersetzen muss.«

* * *

Nach dem Mittagessen schlug Schmoll vor, zuerst Edmund Körner noch einmal zu vernehmen. »Körner ist dabei gewesen, als Tina starb. Es wäre interessant zu wissen, was er in der langen Zeit, die er mit der Leiche in der Wohnung verbrachte, getan hat.«

Schmoll veranlasste, Körner in den Verhörraum zu bringen.

Edmund Körner machte wie am Tag zuvor einen deprimierten Eindruck. Er zwinkerte und wühlte ständig in den inzwischen fettigen Strähnen seines Haupthaares herum. Schmoll forderte ihn auf, minutiös zu berichten, was geschehen war, nachdem er Samstagnacht mit Tina in seiner Wohnung angekommen war.

»Ich führe mir den Verlauf dieser unbegreiflichen Sache unablässig vor Augen«, lispelte Edmund. »Stundenlang denke ich darüber nach.«

»Was haben Sie und Tina gemacht, bevor die Tragödie im Schlafzimmer losging?«

»Tina hat gleich, nachdem wir die Wohnungstür hinter uns geschlossen hatten, gefragt, wo die Küche sei und ob was Gutes im Kühlschrank läge. Ich habe gesagt, sie hätte doch im Festzelt eine Grillplatte weggeputzt. Sie hat gelacht und gesagt, das wäre schon zwei Stunden her und nun habe sie eben wieder Hunger. Das hat mich daran erinnert, wie jung sie ist, und es hat mich gerührt.«

»Ja, und? Was hat Tina bei Ihnen gegessen?«

»Das weiß ich nicht, weil ich ihr nur gezeigt habe, wo der Kühlschrank steht, der bei uns immer reichlich gefüllt ist.«

»Ond was habet Sie derweil getriebe, da Sie net wisset, was die Tina gesse hot?«, mischte sich Katz ein.

»Amus war doch so lange allein gewesen. Ich musste ihn noch ausführen. Tina war ganz entzückt von dem Tier und wollte mitgehen, aber da hätte uns ja jemand sehen können. Ich hab zu Tina gesagt: ›Hol dir was zu essen aus dem Kühlschrank und mach es dir inzwischen gemütlich.‹ Ich bin kurz mit Amus raus, und als ich zurück war, noch rasch ins Bad gegangen, um mich frisch zu machen. Der Aufstieg über die Staffeln der Eugenstraße hatte mich etwas ins Schwitzen gebracht.«

»Und als Sie aus dem Bad gekommen sind, haben Sie gesehen, was Tina gegessen hat?«

»Ich war nicht mehr in der Küche, weil ich Tina im Schlafzimmer singen hörte. Es hat mich ergriffen, dass sie ein so altes Volkslied kannte.« Edmund verfiel in Rührseligkeit und begann leise zu singen:

»Gold und Silber lieb ich sehr,
könnt es gut gebrauchen,
hätt ich doch ein ganzes Meer,
mich hinein zu tauchen.«

Schmoll versuchte, Körners sentimentalen Ausbruch mit einem barschen »Kommen Sie jetzt wieder zur Sache, bitte!« zu beenden.

Doch Körner ließ sich nicht bremsen und erzählte, dass ihm die dritte Strophe in den Sinn gekommen sei, die von goldenem Wein handle, und er dadurch an seinen Riesling gedacht habe.

»Ich bin zum Kühlschrank gegangen und hab gesehen, dass die angebrochene Weinflasche nicht mehr da war. Aha, dachte ich, die hat sich die Kleine mit ins Schlafzimmer genommen.« Edmund Körner schwieg und starrte vor sich hin.

Schmoll verlor die Geduld und half weiter: »Sie sind also ins Schlafzimmer gegangen – und dann?«

Edmunds Gesicht verklärte sich. Er schluckte und sagte: »Tina kniete nackt und mit dem Schmuck meiner Frau behangen auf dem Ehebett. Erst habe ich gelacht, aber als

Tina die Perlenohrringe hochgehalten und gesagt hat: ›Die Klunker behalte ich, sie sind ein angemessenes Honorar für eine Liebesnacht‹, bin ich stocknüchtern und wütend geworden.«

Edmund konnte nicht weitersprechen. Er sah Tina wieder vor sich, wie sie mit zurückgeworfenem Kopf den ersten Ohrring über ihrem Mund baumeln ließ und die dicke schwarze Perle zwischen ihre Lippen fiel.

»Sie hat sich die Weinflasche, in der nur noch ein Rest war, vom Nachttisch geschnappt und gesagt: ›Besonders schmeckt das Zeug nicht, aber es erfrischt.‹ Mit einem großen Schluck direkt aus der Flasche hat sie die Perle runtergespült.«

»Und dann?«, fragte Schmoll.

»Tina hat gelacht und gesagt: ›Auf Nummer sicher! Nun muss ich nur warten, bis ich das Ding verdaut hab!‹«

Körner schwieg und blinzelte. Dann gab er sich einen Ruck und sagte: »Als sie sich die zweite Perle auf die Zunge gelegt hat, hab ich versucht, sie ihr wegzunehmen. Es kam zu einer kleinen Rangelei. Es gelang mir, ihr allen Schmuck abzunehmen und wieder im Kasten zu verwahren. Nur den zweiten Ohrring hat sie hinter fest zusammengebissenen Lippen verteidigt.« Edmund Körners Lispeln wurde sehr leise: »Letztendlich hat sie ihn runtergeschluckt – und dann hat sie zu japsen begonnen.«

Wie nun die Szene vor Edmund auftauchte, in der Tina auf dem Bett lag, nach Luft rang und sich krümmte, wie sie mit den Armen um sich schlug und ihre Beine zuckten, da überfiel ihn wieder das Grauen, das ihn geschüttelt hatte. Das Grauen, das auch nicht weichen wollte, als Tina endlich stillgelegen hatte.

Edmund Körner sackte zusammen und ließ den Kopf tief auf die Brust sinken. Irma fühlte instinktiv, dass er etwas verschwieg. Etwas Wichtiges! Als sie noch darüber nachgrübelte, hob Edmund endlich den Kopf, und Schmoll fragte ihn, wie viel Zeit vergangen sei, nachdem Tina den

Wein getrunken hat, bis sich bei ihr Erstickungssymptome gezeigt hätten.

»Ich weiß nicht«, sagte Körner fast tonlos.

»Wissen Sie wenigstens noch, wie lange es gedauert hat, bis Tina gestorben ist?«, fragte Irma.

Edmund war am Ende, er stieß mühsam die nächsten Sätze hervor: »Vielleicht eine Viertelstunde, oder eine halbe. Es war nicht nur die Luftnot, ihr Gesicht wurde knallrot und ihre Augen – mein Gott, ihre Augen! –, sie leuchteten wie Glut!«

Mehr gab es nicht zu sagen. Edmund Körner wurde wieder in seine Zelle gebracht.

Schmoll rieb seine Glatze und sagte: »Eins steht fest: Der Ohrring wäre ohne Probleme durch Tinas Hals gerutscht, wenn die Schleimhäute nicht angeschwollen wären und gleichzeitig die Atemlähmung eingesetzt hätte.«

Katz räusperte sich und fasste zusammen, was eigentlich alle bereits wussten: »Die Tina ond dr Olaf send, wenn au mit onderschiedliche Methode, durch Riesling ermordet worde!«

Irma sagte: »Stimmt! Aber die Frage, wer hier gemordet hat, ist weiterhin offen.«

Katz sagte: »Genau!«

Schmoll sagte: »Jetzetle!«

Die Ermittler tranken rasch jeder einen Kaffee, danach ließ Schmoll Frau Körner hereinführen.

Irma registrierte, dass sie nicht ganz so frisch wirkte wie am Tag zuvor. Sie hatte Ränder unter den Augen, die sich offensichtlich nicht wegschminken ließen. Besser gelaunt war die Dame auch nicht. Sie drohte wieder mit gerichtlichen Schritten ihrerseits, wenn man sie nicht augenblicklich auf freien Fuß setzen würde.

Schmoll blieb gleichmütig. »Wir wollen ja nur versuchen, Ihre Unschuld zu beweisen. Wenn wir beide das jetzt bei diesem Verhör schaffen, dürfen Sie sofort gehen.«

Ihr blieb nichts weiter übrig, als sich auf den Stuhl zu setzen, den ihr Schmoll hinschob. Sie schlug die Beine übereinander und hielt sich sehr gerade.

»Machen Sie es kurz, Herr Hauptkommissar, was wollen Sie noch von mir wissen?«

Schmoll hatte seine Taktik geändert. Er saß heute Frau Körner allein gegenüber, während Irma und Katz von außen zuhörten. Er wollte probieren, ein Vertrauensverhältnis zu Frau Körner aufzubauen. Ihm war klar, dass das nicht einfach sein würde, aber einen Versuch war es wert.

Also entschuldigte er sich zuerst bei ihr für die Unannehmlichkeiten, mit denen er sie berufsbedingt belästigen musste. Er verlor ein paar Worte über die Untreue ihres Mannes, die er unverantwortlich und unverzeihlich nannte. Und dann fragte er unvermittelt und sehr freundlich, ob sie sich vorstellen könnte, warum ihr Mann dieser Tina Eisele Gift in den Wein getan hatte.

Frau Körner hatte sich gut im Griff, aber Schmoll sah, wie sie unter der Schminke blass wurde.

Sie wechselte das übergeschlagene Bein und sagte langgezogen: »Im Wein? Wie soll denn Gift in den Wein gekommen sein?«

Schmoll beantwortete diese Frage nicht. Seine Augen ruhten auf ihren langen Beinen, deren angenehmer Form der kleine Verband um ihre Wade keinen Abbruch tat. Schmolls wohlgefälliger Blick stärkte Ediths Selbstvertrauen, und sie fragte verbindlich, woher er denn wisse, dass Gift im Wein war.

»Ob das Gift im Wein gewesen ist, können wir nur vermuten.« Und nach einer Kunstpause ergänzte Schmoll: »Wir wissen, dass es Tollkirschengift war!«

»Na so etwas!«, sagte Frau Körner.

»Wissen Sie zufällig, was der Genuss von Tollkirschen bewirkt?«, fragte Schmoll.

Frau Körner wechselte wieder die Beinstellung. Dann sagte sie fest: »Keine Ahnung!«

Schmoll spürte, dass sie log. War sie eigentlich so blauäugig zu denken, dass die Kripo nicht längst herausgefunden hatte, dass Olaf Bär ihr Liebhaber gewesen war? Olaf Bär, der sich mit Tollkirschen bestens ausgekannt hatte. Deswegen ging Schmoll auf Frau Körners vorgegebene Ahnungslosigkeit nicht ein. Er wusste, dass diese von Verdächtigen oft angewandte Taktik erfahrungsgemäß das genaue Gegenteil besagte.

Er behielt seine mitfühlende Miene bei und fragte: »Wer könnte denn das Gift in den Wein getan haben?«

»Mein Mann natürlich!«

»Das haben wir auch sofort angenommen, aber die Ermittlungen haben ergeben, dass er es nicht gewesen ist.«

Schmoll sah, wie sich über Edith Körners Augenbrauen winzige Schweißperlen bildeten. Sie rang offensichtlich mit sich, ob sie den nächsten Satz aussprechen sollte.

Endlich hauchte sie: »Wenn es mein Mann nicht war, war es Olaf Bär.«

»Ach«, sagte Schmoll mit geheucheltem Erstaunen. »Der Mann, der tot in Ihrem Weinkeller lag?«

»Genau der.«

»Entschuldigen Sie, Frau Körner, jetzt kann ich nicht mehr folgen. Hatten Sie nicht gestern gesagt, Sie kennen diesen Mann nicht und wüssten nicht, wie er in Ihre Wohnung gekommen ist?« Schmoll lächelte nachsichtig. »War das vielleicht eine Notlüge von Ihnen? Es war ja doch ein bisschen viel auf einmal – nicht wahr?«

Frau Körner ergriff Schmolls Vorschlag wie einen Rettungsanker. »Ja«, sagte sie und versuchte, verschämt zu lächeln. »Sie haben recht, Herr Hauptkommissar: Es war eine Notlüge.«

Irma, die draußen neben Katz vor dem Fenster stand, sagte: »Donnerwetter, unser Boss läuft zur Hochform auf. Das hätte ich nicht so hingekriegt.«

»So isch er halt. Der ka flucha wie an Hurasack, aber au Süßholz raschpla wie an Schmalzdackel. Der treibt dere daube Nuss de Fissimadenda aus ond lupft ihr die Zong.«

Irma lachte. Ihr gefiel, dass sich im Schwäbischen viele Dinge treffender und knackiger ausdrücken ließen als im Hochdeutschen. Irma bedauerte es, dass sie den Dialekt überhaupt nicht hinbekam, und da sie bei Versuchen gnadenlos ausgelacht worden war, hatte sie es aufgegeben.

Jedenfalls lächelte Schmoll immer noch Frau Körner an, als wollte er ihr gleich einen Heiratsantrag machen. Das verfehlte nicht seine Wirkung bei Frau Körner.

Katz sagte: »A jeds Tierle lasst sich schtreichla, mr muss nur wissa, wo. Onser Schmoll woiß des!«

Derweil fragte Schmoll Frau Körner, ob sie Olaf Bär erhört habe, weil ihr Ehemann ja offensichtlich junge Mädchen verführt habe. Da gab Edith nicht ohne Stolz zu, eine Liaison mit dem schönen Olaf gehabt zu haben. Sie habe in ihm einen treuen Freund gefunden, der ihr alles gegeben habe, was man von einem alternden Ehemann nicht bekommen könne. Olafs Bitte, Edmund zu verlassen und mit ihm ein neues Leben zu beginnen, habe sie abgeschlagen, da sie dadurch auf die Pensionsansprüche und die Villa hätte verzichten müssen.

»Man muss doch an seine soziale Sicherheit denken! Deswegen habe ich Edmund ja schließlich geheiratet.«

Nach dem letzten Satz biss sie sich auf die Zunge – offensichtlich war ihr aufgegangen, etwas preisgegeben zu haben, was nicht gerade für ihren Edelmut sprach.

Um von diesem Thema abzulenken, sprach sie nun hektisch weiter: »Da Sie, Herr Hauptkommissar, wie Sie vorhin sagten, herausgefunden haben, dass Edmund es nicht war, der den Wein vergiftet hat, wird es wohl – ich sage das nicht gern – Olaf gewesen sein. Sicherlich hat er gehofft, Edmund damit aus dem Weg räumen zu können. Dass es das Mädchen erwischt hat, ist zwar irgendwie tragisch, doch auch gerecht, da sich das kleine Biest an meinen Mann rangemacht hatte.«

»Damit hätten wir ja nun diese Sache geklärt«, sagte Schmoll lächelnd. »Olaf Bär hat das Gift besorgt und gemischt. Und Sie hatten keine Ahnung davon.«

»Keine Ahnung«, sagte Edith Körner. »Ich hab mit der ganzen Sache nichts zu tun. Kann ich jetzt gehen?«

»Nun lassen Sie uns doch noch ein Weilchen plaudern, Frau Körner. Zum Beispiel darüber, wie Olaf Bär umgekommen ist.«

»Ein furchtbarer Unglücksfall«, stöhnte Frau Körner.

Da donnerte Schmoll plötzlich los: »Dann, Frau Körner, will ich Ihnen erzählen, wie dieses Unglück passieren konnte!« Mit finsterem Gesicht fuhr er fort: »Olaf Bär, der sich von Jugend an mit der Wirkung des Tollkirschengifts auskannte, heckte den Plan aus, mit dem Sie, Frau Körner, einverstanden waren. Da Sie aber doch Zweifel hatten, ob das auch klappt, und Sie Olaf nicht enttäuschen wollten, haben Sie eine zweite Falle gestellt.«

Frau Körners Stirn bedeckte sich mit Schweißperlen. Sie versuchte, sie unauffällig wegzuwischen, indem sie ihre schön gewölbten Augenbrauen in Form strich.

Dann sagte sie gedehnt: »Wie – Falle gestellt?«

»Geben Sie zu, das Weinregal präpariert zu haben, damit die Kisten ins Rutschen geraten würden, wenn jemand eine Flasche herausziehen wollte? Die Kisten sollten Ihren Mann treffen und nicht Olaf Bär! Auch hier hat es wieder den Falschen erwischt! Nicht wahr, Frau Körner?«

Sie erstarrte und schwieg.

Schmoll fragte bohrend: »Wie haben Sie eigentlich die schweren Kisten auf das Bord geschafft? Wenn Olaf dabei geholfen hätte, wäre er ja nicht in diese Falle gelaufen!«

Frau Körner schluchzte auf. »Quälen Sie mich nicht! Ich trauere um den Jungen wie eine Witwe.«

Schmoll brüllte: »Das interessiert mich nicht! Erklären Sie mir, wie Sie die Kisten auf das Regal gekriegt haben!«

»Ich habe damit nichts zu tun«, sagte Frau Körner.

Danach stellte sie auf Sendepause und Schmoll bekam kein Sterbenswörtchen mehr aus ihr heraus. Trotzdem übergab er den Fall der Staatsanwaltschaft und hoffte, dass Frau Körner dem Haftrichter vorgeführt werden würde.

Doch auch bei den Fragen des Staatsanwaltes wusste sich Frau Körner geschickt herauszureden. Es war ihr nichts nachzuweisen. Sie hatte sich wieder im Griff und dachte gar nicht daran, irgendetwas zu gestehen oder zuzugeben. Die Indizien und Vermutungen allein reichten nicht aus, um Anklage gegen sie zu erheben. Letztendlich entschied die Tatsache, dass die Spurensicherung weder an dem Regal noch an einer der Weinflaschen Fingerabdrücke von ihr gefunden hatte. Man musste Edith Körner wieder auf freien Fuß setzen.

Schmoll war geschlagen.

Zu seinen Mitarbeitern sagte er: »Edith Körner ist nicht nur ein Vulkan, mit dem nicht zu reden ist, sondern auch eine harte Nuss, die man schwer knacken kann.«

»Zumindest jetzt noch nicht«, sagte Irma. »Das Schlimmste ist, dass ich nun Amus wieder hergeben muss. Ich glaube, diese Frau ist nicht gut zu dem Hund.«

»Du weinsch ja, Eichhörnle!«, sagte Katz ganz fassungslos.

»Quatsch«, sagte Irma.

Achtzehn

Helga und Luigi

Der Prozess gegen Luigi Baresi war für Ende November festgesetzt worden.

Luigi wusste, dass Diebstahl in besonders schweren Fällen mit Freiheitsstrafen von drei Monaten bis zu zehn Jahren bestraft werden konnte. Ganz gegen seine optimistische Wesensart erwartete er die Gerichtsverhandlung mit Bangen. Zwar hielt er sich nach wie vor für einen Robin Hood, der darauf achtete, nur solche Menschen zu bestehlen, die seiner Meinung nach zu viel Geld hatten, aber ob das die Richter auch so sehen würden, war fraglich. Die Haftzeit selbst empfand Luigi nicht als Strafe. Die Untersuchungshaft, in der so mancher Häftling seelisch zerbrach, weil man nichts tun konnte außer zu warten und über seine Schuld, in seltenen Fällen auch über seine Unschuld, zu grübeln, nahm Luigi nicht weiter tragisch. Zwar grübelte er auch hin und wieder, aber es gefiel ihm, nichts zu arbeiten und sich keine Gedanken machen zu müssen, wo er sein nächstes Nachtlager finden würde. Das Essen wurde ins Zimmer geliefert, war reichlich und schmeckte gut. Und Unterhaltung hatte er durch seinen Zellengenossen.

Der junge Kerl mit Bodybuilding-Figur und Boxernase überragte Luigi zwar um Haupteslänge, sah aber trotzdem bewundernd zu ihm auf. Sie spielten zusammen »Mensch ärgere dich nicht«, weil Andy, trotz Luigis geduldigen Erklärungen, Schach nicht kapierte. Ihre Würfel-Turniere dauerten oft bis in die Nacht hinein. Doch in manchen Nächten erzählten sie sich gegenseitig aus ihrem Gaunerleben. Und natürlich vertrauten sie einander auch an, weswegen sie im Gefängnis waren. Andy saß ebenfalls wegen Diebstahls ein und das nicht zum ersten Mal. Sein letzter Beutezug war zu einem Raubüberfall auf eine Tankstelle ausgeartet, und diese

Sache würde ihn ein paar Jährchen seiner Jugend kosten. Trotzdem war er ein eifriger Schüler Luigis, der ihn einwies, wie man ohne Gewalt und mit angenehmen Umgangsformen zu Geld kommen konnte. Andy war zwar nicht der Hellste, aber bei solchen Dingen wissbegierig und gelehrig. Riesenspaß machte es ihm, wenn Luigi mit ihm Tricks übte. Allerdings hatten diese Spielchen Grenzen, weil Luigi wie ein Zauberer Berufsgeheimnisse zu hüten wusste.

Als Gegenleistung erzählte der Junge mit der Boxernase Luigi unter anderem eine Story, die dieser bereits kannte. Er war Teil davon gewesen und hatte über den späteren Fortgang der Ereignisse in der Zeitung gelesen. Es ging dabei um einen älteren Herrn, mit dem Andy sich drei Wochen lang die Zelle geteilt hatte. Der Herr hieß Edmund Körner.

Obwohl in der Presse, die lang und breit über den Fall berichtet hatte, für Körner nur ein K. gestanden hatte, wusste Luigi sofort, um wen es sich handelte. Luigi sah für einen Moment die junge Tina auf der Bank unter der Pergola liegen und seufzte.

Andy erzählte noch dies und das über Eddi, wie er Körner nannte. Zum Beispiel, dass ständig dessen CD-Player gelaufen sei, den er sich über die Gefängnisleitung besorgt hatte.

Andy verdrehte überheblich die Augen: »Mozart – und das mir! Solche Musik bin ich wirklich nicht gewohnt. Das Fiedeln und Klimpern ging mir auf den Geist. Gott sei Dank war Eddi ein verständnisvoller Mensch. Als ich mich bei ihm beschwert hab, hat er sich Kopfhörer besorgt. Aber Eddi ist immer trübsinniger und schweigsamer geworden. Er hat eine Einzelzelle beantragt und sie schließlich auch bekommen, weil der Knast nicht voll belegt war. Ich selbst habe gern Gesellschaft im Knast. Es muss ja keine Viererzelle sein – da kann es ganz schön hart hergehen. Deswegen bin ich froh, dass ich zu dir verlegt worden bin, Luigi. Mit dir kann man plaudern und du hörst keine Musik, die mir auf den Keks geht.«

Luigi sagte, dass es doch nichts Schöneres als Mozart gäbe, außer Verdi vielleicht. Und Andy erwiderte, er habe gar nicht gewusst, dass die Gewerkschaft eine Musikband habe.

Ein- oder zweimal zeigte Andy während des Hofganges Luigi einen Herrn mit weißem Haarschopf, der an der Mauer lehnte und vor sich hinstarrte.

Er sieht wirklich nicht wie ein Mörder aus, dachte Luigi. Doch wem sieht man das schon an? Das ist also der Mann, der das hübsche junge Mädchen auf dem Gewissen hat, neben dem ich unter so misslichen Umständen aufgewacht bin!

Das Mädchen, so hatte Luigi in der Zeitung gelesen, hieß Tina. Ihr Schicksal war zwei Tage lang eng mit dem seinen verknüpft gewesen – so lange, bis Edmund Körner gefunden worden war. Luigi wusste auch, dass die Kripo noch eine weitere Leiche in Körners Wohnung entdeckt hatte. Der Tote war Frau Körners Lover gewesen. Du meine Güte, dachte Luigi, was sind meine kleinen Diebereien harmlos gegen so viel Mord und Totschlag!

Mit solchen Verbrechern wollte Luigi nichts zu tun haben. Er hätte nie im Leben jemanden töten können. Nur eins ging ihm nicht aus dem Sinn: Wieso hatte Edmund Körner vor Andy behauptet, ihn habe jemand daran gehindert, für Tina Hilfe zu holen? Und wer hatte ihm geholfen, die Leiche zum Eugensplatz zu bringen? Wer zum Teufel war dieser Komplize? Davon hatte nichts in den Zeitungen gestanden, aber Andy behauptete steif und fest, dass Edmund ihm das erzählt habe.

Eine Woche später sprach sich beim Hofgang herum, dass Edmund Körner einen Schlaganfall erlitten habe und im Justizvollzugskrankenhaus Hohenasperg läge.

Endlich war der Tag der Gerichtsverhandlung für Luigi gekommen.

Da er seine Diebereien auf dem Stuttgarter Sommerfest zugab und mit seinem unnachahmlichen Charme Reue zeigte, hatte ein einziger Verhandlungstag gereicht, um zu einem Urteil zu gelangen. Der Verteidiger plädierte darauf, dass Luigi Baresis Straftat nicht als Raub galt, da er nirgends eingebrochen war und auch niemanden verletzt hatte. Luigi gehörte keiner Bande an und hatte keine betrügerischen Tricks angewendet. Auch war ihm nicht nachzuweisen, seinen Diebeszug auf dem Sommerfest gewerbsmäßig ausgeübt zu haben. Der einzige Anklagepunkt, der vom Staatsanwalt geltend gemacht werden konnte, war, dass Luigi Baresi die Unachtsamkeit der Leute ausgenutzt und sich an deren Barschaft bereichert hatte.

Luigi wusste, dass die Aufklärungsquote von Taschendiebstählen niedrig war. Die meisten Opfer wollten sich Unannehmlichkeiten ersparen und erstatteten keine Anzeige. Zu Luigis Diebereien auf dem Sommerfest war bei der Polizei keine einzige Meldung eingegangen, sodass es keine Kläger gab.

Obwohl der Staatsanwalt nachdrücklich auf die Tatsache hinwies, dass der Angeklagte schon einmal wegen Diebstahls im Gefängnis gesessen hatte, galt Luigi nicht als Wiederholungstäter, da das schon vierundvierzig Jahre her war und ihm seitdem keine Straftat nachgewiesen wurde. Luigi kam mit vier Monaten Gefängnis davon. Weil Luigi seit dem 6. August in Untersuchungshaft gewesen war und diese Zeit angerechnet wurde, musste er nach der Urteilsverkündung nur noch ein paar Tage absitzen.

Am Nikolaustag früh um elf Uhr trat Luigi Baresi als freier Mann durch die Ausgangsschleuse an der Torwache der Stuttgarter Justizvollzugsanstalt Stammheim. Luigis Stimmung war weniger trüb als die allgemeine Wetterlage. Die Luft, die nach Schnee roch, und die kalten Böen, die ihm entgegenstoben, konnten seiner guten Laune nichts anhaben. Er freute sich darauf, bald nach Sizilien aufzubrechen, wo ein wesentlich behaglicheres Klima herrschte als im Stuttgarter Winter.

Um abreisen zu können, musste er jedoch erst einmal zu Geld kommen. Deswegen setzte sein glücklicher Gemütszustand zu einem Höhenflug an, als er Helga entdeckte. Sie stand ein wenig abseits. So war es ausgemacht in den Briefchen, die sie sich während der Haftzeit geschrieben hatten. Es waren meist verschlüsselte Botschaften gewesen, weil alle Briefe von der zuständigen Staatsanwaltschaft gelesen wurden.

Helga hätte sich gewünscht, Luigi während seiner Gefängniszeit zu besuchen, aber sie hatte nicht gewagt, einen Antrag auf Besuchserlaubnis zu stellen. Denn der wäre unweigerlich beim Raubdezernat gelandet, im Polizeipräsidium, in dem auch Irma arbeitete. Bisher hatte Helga ihre Bekanntschaft mit Luigi vor ihrer Tochter verheimlichen können. Das sollte auch so bleiben. Helga wusste, Irma mit ihrem Scharfsinn würde schnell herausfinden, dass sie und Luigi das ältere Ehepaar gewesen waren, das mit dem Rollstuhlunglück auf dem Cannstatter Wasen in Verbindung gebracht worden war. Außerdem fürchtete Helga, dass Irma versuchen würde, sie von einem diebischen Italiener fernzuhalten. Wenn Helga ihren Luigi nicht verlieren wollte, musste ihre Bekanntschaft streng geheim bleiben.

In ihrer Tageszeitung hatte Helga das mörderische Verwirrspiel mit dem Mädchen, neben dem Luigi eingeschlafen war, verfolgt. Zu Helgas Erleichterung war ein paar Tage später Edmund K. verhaftet worden. Gegen ihn war Anklage erhoben, einen Mord oder zumindest Totschlag begangen zu haben.

Seit Helga sich mit dieser Mordgeschichte beschäftigte, grübelte sie über den Schubs nach, den sie dem Rollstuhl gegeben hatte. Sie legte sich Ausreden zurecht, als ob sie sich bereits vor Gericht verteidigen müsste. Helga war zwar nach wie vor der Meinung, dass der Mann, den sie ins Jenseits befördert hatte, nichts anderes verdient hatte, aber sie glaubte, wenn herauskäme, was genau auf dem Frühlingsfest passiert war, würde sie auch als Mörderin oder mindestens Totschlägerin beschuldigt werden. Und Helga war sich nicht sicher, ob Irma zu ihr halten würde oder ob ihr das Pflichtbewusstsein einer Kommissarin wichtiger wäre.

Darüber hatte Helga nachgedacht, während sie in einigem Abstand vom Gefängnistor gestanden und gewartet hatte. Sie sehnte sich danach Luigi wiederzusehen und hatte deswegen nicht zu Hause auf ihn warten wollen. Nun schwenkte sie ihren Schirm, und nach diesem brieflich vereinbarten Begrüßungszeremoniell marschierte sie die Asperger Straße hinunter, ohne sich ein einziges Mal umzusehen. An der Straßenbahn-Endhaltestelle stieg sie in den vorderen Wagen. Luigi, der ihr in sicherem Abstand nachgeschlendert war, kletterte in den hinteren Wagen.

Die U 15 fuhr durch Stammheim, tauchte in den nagelneuen Tunnel und kam in Zuffenhausen am Rathaus wieder zum Vorschein. Hier hieß es für beide, unauffällig das Ärztehaus zu umrunden und in die Linie 7 Richtung Mönchfeld zu steigen.

Helga verließ die Bahn an der Suttnerstraße und spazierte durch das sogenannte Kleine Ladenzentrum auf ihre Wohnung zu.

Im 12. Stock angekommen, wurde sie vor dem Aufzug von Frau Brüstle aufgehalten, die ihr übliches Schwätzle halten wollte.

Helga verzog das Gesicht und legte ihre Hand auf die Wange. »Ich war beim Zahnarzt«, stöhnte sie. »Wurzelbehandlung, wissen Sie.«

»Na so ebbes«, sagte Frau Brüstle und erzählte noch rasch, dass die Familie im 9. Stock einen neuen Fernseher geliefert bekommen hatte, obwohl sie doch Hartz- IV-Empfänger sei.

Helga entschuldigte sich mit wahnsinnigen Schmerzen und floh in ihre Wohnung. Dort postierte sie sich ans Schlafzimmerfenster, von dem aus sie überblicken konnte, wer sich von der Rückseite dem Haus näherte. Leider konnte sie Luigi nicht entdecken. Entweder war er schon zu dicht am Haus oder noch zu weit weg.

Sie erschrak, weil sie von hinten umarmt wurde. Ihre Glückshormone stiegen in himmlische Höhen, als sie Luigis

Lachen hörte. Er war durch die angelehnte Wohnungstür hereingeschlichen.

»Zwölf Stockwerke sind kein Spaß, wenn man sie übers Treppenhaus bezwingen muss«, keuchte er. »Die Hauptsache, es hat mich niemand gesehen.«

Helga konnte sich vor Freude kaum fassen und umarmte und küsste ihn.

Der Tisch war schon gedeckt. Helga servierte das Mittagessen, das sie in der Backröhre warm gehalten hatte. Feierlich sagte sie: *»Pasta al tonno con capperi. Buon appetito!«*

»Mamma mia«, sagte Luigi. *»Molto bene! Grazie.«*

»Für dich tu ich alles, *mio caro* Luigi!«, versicherte Helga.

Beide machten sich heißhungrig über den lecker duftenden Pasta-Auflauf her.

Während Helga noch einen Tomatensalat mit Mozzarella und Rucola auftischte, sagte Luigi: *»Mia cara* Helga – seit wann kannst du italienisch kochen?«

Sie schmunzelte. »Ich kann nicht nur italienisch kochen, sondern auch sprechen.« Mit der Gabel wies sie zur Schrankwand, in der ein CD-Player stand, auf dem zwei Bücher lagen. Luigi holte die Bücher an den Tisch. Auf einem stand unter dem Foto vom Petersdom: »Italienisch ohne Mühe.« Das zweite Buch mit dem gleichen Cover ließ sich wie eine Schachtel öffnen, darin lagen vier CDs. Helga sagte: *»Ho frequentato un corso all'università popolare.«*

»An der Volkshochschule?«

»Si, si. Sono già arrivata alla lezione 34!«

»Du verblüffst mich immer wieder«, sagte Luigi. »Das hast du schnell gelernt!«

»Es macht mir Freude. Die meisten Wörter klingen in meinen Ohren wie Sonne, Wind und Meer: *sole, vento e mare.* Ich wollte deine Muttersprache kennenlernen. *Capito?«*

»Ich bin gerührt«, sagte Luigi und gab ihr einen langen Kuss.

Sie schnurrte unter seinen Händen, die nicht nur fürs Klauen begabt waren, und wartete darauf, dass er sagte: »Ich möchte dich mitnehmen nach Sizilien.«

Leider fragte Luigi erst einmal nach dem Schlüssel, den er ihr in Verwahrung gegeben hatte. Ob sie das Schließfach geleert habe und wie viel darin gewesen sei?

Helga seufzte. »Hast du es nicht in meinem Brief verstanden? Ich hab geschrieben: ›*Dieci mille baci* sendet dir deine Lucia.‹«

»Wenn ich von dir was von Küssen höre«, sagte Luigi, »kann ich nicht mehr logisch denken.«

Helga lächelte. »Die Küsse waren 10 000 Euro und die hab ich, so wie du es wolltest, in Raten von je 500 Euro an deine italienische Verwandtschaft überwiesen.«

Helga ging wieder zur Schrankwand, fischte hinter den gesammelten Werken von Adalbert Stifter einen mit Gummiband zusammengehaltenen Packen aus zwanzig Überweisungsscheinen hervor und überreichte ihn Luigi.

»Mille grazie«, sagte Luigi. »Doch diese Zettel lassen wir jetzt verschwinden, wenn du nichts dagegen hast.«

»Aber wohin?«

Er begann, die Überweisungsscheine in winzige Fetzen zu zerreißen. »Durch den Müllschlucker«, sagte er und zerknitterte die Schnipsel.

Und während er sie zu Papierkügelchen rollte, fragte er, wo die anderen 2000 »Küsse« waren, die Einnahmen der ersten zwei Tage des Sommerfestes.

Helga sagte verschmitzt: »Sie liegen in der ›Perle des Mittelmeeres‹.«

Luigi guckte verdattert, und sie zog unter einem Stapel großformatiger Bücher einen Bildband hervor, blätterte und sammelte zwischen verschiedenen Seiten Geldscheine ein.

Luigi las mit Pathos den Titel des Bildbandes: »Taormina, Perle des Mittelmeeres.« Er schob das Geld achtlos beiseite, zog Helga neben sich aufs Sofa und sagte: »Jetzt schauen wir das Buch zusammen an.«

Neunzehn

Wo ist Mama Eichhorn?

Die Schneefront aus dem Norden, die schon für die Nacht zum Freitag angesagt gewesen war, erreichte Stuttgart mit Verspätung. Am Samstagmorgen begann ein wilder Flockentanz. Nach einer Stunde konnten Helga und Luigi von ihrem Belvedere im zwölften Stock eine mit Puderzucker überzogene Landschaft bewundern. Im Radio hörten sie Meldungen von vereisten und schneeverwehten Straßen und konnten die Unfälle, von denen die Rede war, bald nicht mehr zählen. Wie immer war Stuttgart einem Wintereinbruch nicht gewachsen.

Die beiden, die in der gut geheizten Wohnung saßen und einen hanebüchenen Plan ausheckten, störte das Wetter nicht. Sie schrieben Listen und Notizzettel, fügten dazu oder strichen weg, damit nichts unbedacht blieb.

Als an diesem frostigen Samstag die Sonne herauskam, fiel es ihnen schwer, auf einen Spaziergang durch die Weinberge verzichten zu müssen. Sie hatten noch viel zu tun und wollten auch nicht zusammen gesehen werden. Helga ging mit dem Einkaufsrolli ins »Kleine Ladenzentrum« und kaufte Lebensmittel und Getränke für die nächsten Tage.

Am Sonntag rief sie bei Irma an und sagte den Mutter-Tochter-Montagabend ab.

»Mich hat eine Nachbarin überredet, mit ihr in die Stadt ins Kino zu gehen«, log Helga. »Danach wollen wir noch im Ochsenwirt was essen.«

»Schön«, sagte Irma. »Welchen Film seht ihr euch denn an?«

»Helga hatte die Filmkritiken in der Zeitung gelesen und sagte spontan: »›Ziemlich beste Freunde‹.«

»Den Film möchte ich mir auch ansehen«, sagte Irma, »aber zurzeit hält mich Schmoll auf Trab.«

»Ich brauche mir also keine Gedanken zu machen, dich auszuladen, min Lütte?«

»Ach nein, Mam. Macht euch einen schönen Abend. Und nächsten Montag erzählst du mir, wie dir der Film gefallen hat.«

Irma kam es nicht ungelegen, an diesem Montag ihre Mutter nicht besuchen zu müssen. Schmoll hatte am Samstag eine nächtliche Razzia im Rotlichtviertel angesetzt und die lag ihr noch in den Knochen und im Gemüt. Die Nacht war aufregend und anstrengend gewesen. Irma fühlte sich müde und ausgepowert. Zudem war es frustrierend, dass bei dieser Nachtschicht der Mörder der blutjungen Prostituierten nicht gefasst werden konnte.

Am Montag schneite es zwar noch ab und zu, aber Stuttgarts Hauptverkehrsstraßen waren geräumt und wieder gut befahrbar.

Im Killesberg-Park, in dem Irma und Leo an diesem Abend ihre Runden joggten, knirschte der festgetretene Schnee unter den Turnschuhen.

* * *

Der nächste Besuchsmontag war der 17. Dezember. Obwohl die Kälte- und Schneewelle seit zwei Tagen endlich abgeklungen war, ließ Irma ihr Fahrrad daheim und fuhr mit der Straßenbahn.

Sie dachte sich nichts dabei, als Mam nicht an die Sprechanlage ging. Irma schloss mit ihrem Zweitschlüssel die Haustür auf. Wenig später klingelte sie oben an der Wohnung. Mehrmals. Immer heftiger. Schließlich Sturm. Nach drei Minuten verließ Irma die Geduld und sie öffnete. Auf ihr Rufen »Hallo Mam, bist du da?« blieb alles still.

Irma lief mit dem beklemmenden Gefühl, das sie von Hausdurchsuchungen kannte, bei denen nicht selten eine Leiche gefunden wurde, rufend von einem Zimmer ins andere. Als klar war, dass sich niemand in der Wohnung befand, fühlte sich Irma zwar unendlich erleichtert, ihre Mutter weder gestürzt, krank oder tot aufzufinden, aber ihr war klar, dass etwas nicht stimmte.

An der Garderobe hingen weder Jacke noch Mantel. Im Schuhschrank fehlten Schuhe. Irma inspizierte den Kleiderschrank, in dem kaum noch Kleidung war. Die Fächer für Unterwäsche und Strümpfe waren komplett leer. Und dann vermisste Irma im Abstellraum Mams zwei große Koffer. Es gab keinen Zweifel: Mam war verreist – und zwar nicht nur für ein paar Tage.

Irma suchte die Schreibtischschubladen nach irgendeiner Nachricht durch. Vergeblich. Ganz offensichtlich war Mam abgehauen, ohne ihr Bescheid zu sagen!

Nachdem sich Irma eine Weile geärgert hatte, begann sie sich zu sorgen. Sie wusste ja nicht einmal, wann ihre Mutter die Wohnung verlassen hatte. Irma fiel ein, dass Mam in den vergangenen Tagen nicht angerufen hatte, was sie sonst nach Irmas Ansicht viel zu oft tat.

Sollte sie die Krankenhäuser abtelefonieren? Blödsinn, dafür hätte Mam nicht so viele Klamotten mitnehmen müssen.

Irma hatte in ihrem Beruf schon so schreckliche Verbrechen in Zusammenhang mit verschwundenen Personen erlebt, dass sie erwog, eine Vermisstenanzeige aufzugeben. Sie verwarf diese Idee wieder, weil es ihr doch unwahrscheinlich vorkam, dass Mam entführt worden war. Weshalb auch? Doch nun fiel Irma ein, wie oft Eltern entführter Kinder unter Druck gesetzt wurden. Konnte nicht auch eine Mutter entführt und die Tochter erpresst werden? Aber wofür? Und womit?

Irma überlegte, ob sie sich in letzter Zeit durch ihre Arbeit Feinde gemacht hatte. Natürlich waren ihr Leute, die sie hinter Schloss und Riegel gebracht hatte, nicht unbedingt gut gesinnt. Aber wer sollte sie erpressen, indem er ihre Mutter entführte? Falls diese ziemlich unwahrscheinliche Möglichkeit wahr sein sollte, musste der Täter das Ganze als Reise getarnt und die fehlenden Sachen entsorgt haben.

Irma ging noch einmal durch die Zimmer und stellte fest, dass in Mams Wohnung nichts auf eine Entführung hinwies. Es war einfach alles zu ordentlich. Außer den fehlenden Kleidungsstücken und Koffern stand jeder Gegenstand auf seinem angestammten Platz. Doch auch das beruhigte Irma nicht, weil sie wusste, wie gutgläubig und naiv ihre Mam sein konnte. War sie womöglich freiwillig mit irgendjemandem mitgegangen?

Vielleicht konnte sie mir, aus welchem Grund auch immer, nicht Bescheid sagen, mutmaßte Irma. Soll ich Schmoll um Rat fragen? Nein, lieber abwarten. Zuerst müsste ich ja einen Erpresserbrief oder so etwas in der Art bekommen. Bis jetzt ist das noch meine persönliche Angelegenheit.

Irma war ruhelos in der Wohnung umhergegangen, immer in der Hoffnung, auf einen Hinweis zu stoßen, der ans Licht brachte, was passiert sein könnte. Sie fand nichts. Allerdings entdeckte sie nach und nach, dass Mams Schmuckkassette mit dem Modefummel, einige Porzellanfigürchen und zwei kleine Aquarellbilder mit Motiven aus ihrer Heimatstadt Itzehoe fehlten.

Mittlerweile stand Irma auf dem Balkon. Es regnete nicht mehr. Sie sah zu, wie die Lichter hinter den Fenstern der Hochhäuser angingen. Die beleuchteten Vierecke in den Fassaden erinnerten sie an Adventskalender und daran, dass gestern der dritte Advent gewesen war.

Irma fragte sich, warum in aller Welt nun wieder etwas dazwischenkommen musste – da sie und Leo doch nächsten Freitag nach Mallorca fliegen wollten. Wer zum Teufel gönnte ihnen diesen wohlverdienten Urlaub nicht!?

Sie hätte ihre Mutter zu Weihnachten und Silvester nicht allein gelassen, aber Mam wollte lieber zu einer Freundin nach Itzehoe fahren. Erst als das geklärt war, hatte Leo die Mallorca-Reise gebucht.

Vielleicht ist sie ja schon in Itzehoe, überlegte Irma. Warum hat sie es mir nicht gesagt, wenn sie ein paar Tage früher als geplant losfahren wollte? Irma beschloss, bei Mams

Freundin anzurufen, aber das private Telefonbüchlein, das sonst neben dem Apparat lag, fehlte.

Wie soll ich Leo beibringen, dass Mam verschwunden ist?, dachte Irma verzweifelt. Wird er verstehen, dass ich nicht in Urlaub fahren kann, bevor ich sie gefunden hab?

Irma brauchte jetzt unbedingt jemand, der sie trösten würde. Sie rief Leo von Mams Festnetz-Telefon an. Leo versprach, sofort zu kommen, und klingelte schon nach einer knappen halben Stunde an der Haustür. Er ließ sich von Irma alles ausführlich erzählen: Ihre Entdeckung, dass nicht nur Mam, sondern auch Kleidung, Schmuck und Koffer fehlten. Irmas Sorgen und ihre Vermutungen.

Nachdem Leo die Wohnung inspiziert hatte, sagte er: »Ich wette, dass sich deine Mutter auf Reisen begeben hat. Und ich ahne auch, wohin.« Bevor Irma etwas fragen konnte, zeigte er ihr einen Bildband von Taormina und die Bücher mit einem Italienisch-Kurs. »Das habe ich im Küchenschrank zwischen Kochbüchern mit italienischen Rezepten gefunden. Wenn Frau Kommissarin mir den Verdacht erlaubt, ist deine Mama nach Sizilien geflogen.«

Irma holte tief Luft: »Diesen Bildband habe ich früher nie hier rumliegen sehen, und Mam hat mir auch nicht erzählt, dass sie Italienisch lernt.«

»Hast du schon bei den Fluggesellschaften nachgefragt, ob sie irgendwo eingecheckt hat?«

»Nee«, sagte Irma. »Wie sollte ich denn? Ich hab mein Handy nicht dabei und hier ist ja nicht mal ein Computer, an dem ich die Telefonnummern oder E-Mail-Adressen finden könnte – außerdem hat Mam Flugangst. Sie würde nie in einen Flieger steigen!«

»Flugangst!?« Leo lachte. »So, wie ich deine Mutter kenne, ändert sie ja hin und wieder ihre Ansichten.«

Er machte es sich in Mama Eichhorns Ohrensessel gemütlich und rief über sein Handy alle möglichen Fluggesellschaften an. Als er endgültig auflegte, war mehr als eine Stunde vergangen. Eine Stunde ohne Erfolg.

»Lass uns heimfahren«, sagte Irma. »Hier kommen wir nicht weiter.«

Während sie auf den Aufzug warteten, kam Frau Brüstle aus ihrer Wohnung geschossen. »Ja grüß Gott! Waret Se bei Ihrer Mutter? Zu mir kommt ja nie oiner. Na ja, i han ja koi Tochter ond auch koin Verehrer.«

Irma bremste den Redefluss der Nachbarin und fragte: »Haben Sie meine Mutter in letzter Zeit gesehen?«

»Geschtern erscht!«

»Wissen Sie, ob Frau Eichhorn verreist ist?«, fragte Leo.

»Des woiß i net genau! Aber sie hot Bsuch ghet in de letschde Däg. Der isch geschdern abgreist.« Frau Brüstles Stimme ging in Empörung über: »Wege ihrm Bsuch hot se net amal meh Zeit gfunde für a Schwätzle mit mir.«

»Haben Sie den Besuch gesehen?«, fragte Irma aufgeregt.

Irma erfuhr, wie das verhindert wurde, weil der Besucher immer über die Treppe gehuscht sei. »I han en trotzdem gsehe!«, triumphierte Frau Brüstle. »Mit zwei Riesekoffer hot er ja omeglich die zwelf Stockwerk ieber die Trepp nonder könne. Onde isch a Taxi gschtanda, da hot er des Gepäck neiglade. On drnoch hot er noch drei große Kartons weggschleppt.«

»Wie sah der Mann aus?«

»Kloi. So kloi wie Ihre Mama. Tipptopp azoge.«

»War es ein Italiener?«, fragte Leo.

»Koi Ahnung. Der hot eher ausgsehe wie dr Heinz Rühmann!«

Jetzt klingelten bei Irma alle Alarmglocken. Sie sagte leise: »Luigi Baresi! Ich hätte es wissen müssen!«

Frau Brüstle sagte: »Aha!«

Und Leo fragte: »Ist der denn schon wieder draußen?«

»Wie du siehst, ja«, sagte Irma gereizt.

Sie verabschiedeten sich von Frau Brüstle und gingen zu Leos Auto.

»Hättest du auf mich gehört!«, sagte Leo schulmeisterhaft. »Wenn jetzt irgendwie rauskommt, dass die beiden zusammen verreist sind, wird auch die Sache mit dem Rollstuhl wieder spruchreif. Deine Mutter wird Fragen beantworten müssen – und du auch!«

»Ich bin viel zu froh«, sagte Irma, »dass meine Entführungstheorie nicht zutrifft. Nun kann ich nur noch hoffen, dass Mam freiwillig mit diesem Baresi mitgefahren ist und es ihr gut geht.«

»Du machst es dir einfach, Frau Kommissarin«, sagte Leo spitz.

»Ja«, sagte Irma. »Ich mache es mir diesmal einfach mal einfach. Und ich denke nicht daran, in diesem Zusammenhang irgendeinen zu den Akten gelegten Fall aufklären zu wollen.«

Auf der Fahrt in die Thomastraße schwiegen sie sich an wie bockige Kinder.

In ihrer Wohnung angekommen, war Irma den Tränen nahe.

Sie warf ihre Stiefel unter die Garderobe und den Anorak über den Kleiderhaken und jammerte: »Ich muss wissen, wo meine Mutter ist! Schmeißt sie sich einem italienischen Taschendieb an den Hals! Ich wollte es verdrängen, verdammt! Aber ich hab die ganze Zeit gewusst, dass sie und dieser vermaledeite Baresi das ältere Ehepaar waren, die bei dem tödlichen Unfall des Exhibitionisten auf dem Frühlingsfest gesehen worden sind. Es war der Rollstuhl meiner Mutter, in dem dieser Kerl gesessen hat, und ich traue Mam zu, bei dem Unfall nachgeholfen zu haben.«

»Du hättest sie fragen müssen. In Befragungen bist du doch gut!«, sagte Leo etwas spöttisch.

»Ich hab sie bis ins Tezett ausgefragt, sie hat nichts zugegeben!«

Leo grinste: »Es gibt ihn also – den perfekten Mord.«

Irma zischte ihn empört an: »Da Mam dem Mann ja nicht selbst den Schädel eingeschlagen hat – schließlich hat das die Hauswand getan –, handelt es sich höchstens um fahrlässige Tötung.«

»Tot ist tot, finde ich«, sagte Leo. »Und wenn jemand verschwindet, sieht das immer nach Flucht aus.«

»Spotte nicht, Leo! Hilf mir lieber! Ich muss meine Mutter vor dem Kerl warnen. Ich muss wissen, wo sie ist!«

»Untergetaucht mit einem Komplizen«, sagte Leo. »Das klingt wie aus einem Krimi, oder?«

Irma warf wütend ihren Pferdeschwanz in den Nacken. »Wie ich sie kenne, ist er inzwischen ihr Liebhaber!«

Leo grinste: »Auch nicht schlecht. Deine Mama lässt halt nix anbrennen.«

»Selbst wenn es so wäre«, jammerte Irma. »Wie lange soll das gutgehen? Wann steht sie wieder vor meiner Tür, wie schon so oft, wenn sie Mist gebaut hat?«

Leo konnte Irma nicht traurig sehen. Er nahm sie in die Arme und tröstete sie. Dadurch wurde Irma ruhig und konnte langsam auch wieder logisch denken.

»Wenn sie tatsächlich mit diesem Baresi auf und davon ist, sind sie wahrscheinlich wirklich auf Sizilien.«

»Ja«, sagte Leo, »aber Sizilien ist keine Hallig. Es ist die größte Insel im Mittelmeer. Die Küstengebiete sind dicht besiedelt.«

»Das Buch!«, sagte Irma. »Taormina – Perle des Mittelmeers!«

»Was soll mit dem Buch sein?«

»Ich wette, sie sind in Taormina!«

»Möglich wäre es schon«, sagte Leo. »Aber ruf doch mal bei Helene an. Du hast gesagt, Helene hat sich ganz gut mit deiner Mutter angefreundet. Vielleicht hat sie ihr mehr erzählt als dir.«

Helene freute sich, als Irma anrief. Ohne Umschweife fragte Irma, wann Helene Mam zuletzt gesehen habe.

»Eigentlich lange nicht«, sagte Helene. »Weil sie in den letzten Tagen auch nie das Telefon abgenommen hat, hab ich am Mittwoch, nein, es war am Donnerstag, einen Ausflug zum Freiberg gemacht und wollte sie mit einer Stippvisite überraschen.«

»Und?«, fragte Irma ungeduldig.

»Sie war nicht daheim. Ich hab mindestens zehn Mal geklingelt, ohne dass sich was gerührt hat.«

Daraufhin erzählte Irma, dass ihre Mutter verschwunden sei. Sie fügte hinzu, was die Nachbarin Frau Brüstle erzählt hatte.

Mit bebender Stimme fragte Helene, ob sich Irma sicher sei, dass es sich bei dem Mann, den Frau Brüstle beschrieben habe, um den Taschendieb handle, der nach dem Sommerfest neben einer Leiche eingeschlafen war.

»Ja doch«, sagte Irma. »Wenn er wie Heinz Rühmann ausgesehen hat, muss er es gewesen sein. Er ist vorige Woche aus Stammheim entlassen worden.«

Helene erging sich sofort in Mutmaßungen, was Helga passiert sein könne. »O Gott!«, stöhnte sie. »Ein diebischer Sizilianer! Helga ist ja so naiv – sie wird ihn in ihre Wohnung gelassen haben. Man hört doch ständig von Gaunern, die sich Einlass erschleichen und die alten Leute ausrauben.«

»Mam ist nicht ausgeraubt worden«, sagte Irma. »Mam ist verschwunden!«

»Er hat sie ermordet, weil sie sich gewehrt hat!«, keuchte Helene. »Dann hat er sie verschwinden lassen. Aber wohin? Hast du im Keller in der Tiefkühltruhe nachgesehen?«

»Hör auf, Helene!«, sagte Irma genervt. »Du brauchst nicht gleich in die Rolle von Miss Marple zu schlüpfen!«

Helene verteidigte sich: »Schließlich hab ich ja auch Frau Zuckerle aus Cannstatt gefunden, als die verschwunden war.«

»Das war was anderes«, sagte Irma.

Helene ließ nicht locker und wollte nun wissen, ob in Helgas Wohnung etwas fehle.

»Ihre Koffer sind weg«, sagte Irma.

»Darin hat er sie weggeschafft«, rief Helene und Irma meinte zu spüren, wie Helenes Hand, in der sie den Hörer hielt, zitterte.

»Miss Marple!«, sagte Irma verärgert. »Frau Brüstle hat gesehen, wie der Mann mehrere Koffer vor dem Haus in ein Taxi gepackt hat.

»Sie ist mit ihm abgehauen!«, schrie Helene empört.

»Eben«, sagte Irma, »das glaube ich auch. Ich hatte nur gehofft, dass sie dir etwas erzählt hat.«

»Keinen Pieps«, versicherte Helene.

»Ich muss jetzt Schluss machen, Helene. Gute Nacht.«

»Halte mich auf dem Laufenden!«, schrie Helene in den Hörer, der auf der anderen Seite schon aufgelegt war.

»Helene weiß auch nicht, wo Mam sein könnte«, sagte Irma entmutigt zu Leo.

»Dann lass uns nach Taormina fliegen, damit du deinen Seelenfrieden zurückbekommst«, schlug Leo vor.

»Wir fliegen nächste Woche nach Mallorca«, erinnerte Irma kleinlaut.

»Buchen wir um – nach Catania«, sagte Leo.

»Und wenn wir Mam auf der Insel nicht finden?«

»Wir suchen zuerst die ›Perle des Mittelmeeres‹ ab – es ist doch ziemlich logisch, dass deine Mama in Taormina steckt. Sie hat sich das Buch gekauft, um sich einzustimmen. Wenn du sie unbedingt aufstöbern willst, machen wir eben Urlaub auf Sizilien. Im Süden am Meer, wie wir es vorhatten.«

Irma setzte sich vor ihren Laptop, rief im Internet Informationen über das neue Urlaubsziel auf und berichtete: »Das Klima ist so ähnlich wie auf den Balearen. Manchmal ist der Winter auf Sizilien besser als ein schlechter Sommer in Deutschland. Und wenn's doch schneien sollte, können wir auf dem Ätna Ski fahren.«

»Ich wollte schon immer mal nach Sizilien!«, sagte Leo. »Am liebsten mit dir!«

»Du bist lieb«, sagte Irma und seufzte erleichtert.

»Ich kann noch viel lieber sein«, sagte Leo und trug Irma ins Schlafzimmer.

Zwanzig

Sizilianische Weihnacht

Der Wintereinbruch wurde von regnerischem Schmuddelwetter abgelöst, das unvermittelt in Frühlingserwachen umgeschlagen war. Die Mühsal des Schneeschippens war vergessen, und das allgemeine Wehklagen, dass es keine weiße Weihnacht geben würde, hatte bereits eingesetzt.

Am Freitag vor Weihnachten begannen die Schulferien. Irma holte Leo nach seiner letzten Unterrichtsstunde von der Bismarckschule ab. Da sie den schönen Tag ausnutzen wollten, gingen sie zu Fuß nach Hause. Sie bummelten durch Feuerbach und setzten sich am Gehringplatz vor der Kelter auf eine Bank, wo sie sich die Sonne auf den Pelz scheinen ließen. Danach schlenderten sie über die Mühlwasen zur Alten Steige. Statt für den Feuerbacher Weg, der sich zwischen Weinbergen und Kleingärten bergauf schlängelt, entschieden sie sich für den wildromantischen Stäffelespfad, der zum Talkrabbenweg gehört. Diese steile, schmale Stiege windet sich eng an den Hang geschmiegt, entlang von Abgründen hinauf zum Killesberg und ist nur für sportliche Leute geeignet. Aber Irma war durchs Radfahren und Joggen gut in Form und Leo, der Sportlehrer, sowieso. Indes waren die mindestens 500 Stufen auch für Irma und Leo eine Herausforderung. Der Treppenweg war so schmal und zudem mit verrottendem Laub bedeckt, dass sie im Gänsemarsch hochkraxeln mussten.

Oben am Fleckenweinberg angekommen, waren sie froh, ihre Wohnung in der Thomastraße ohne weitere nennenswerte Steigungen erreichen zu können. Nun konnten sie wieder nebeneinander gehen. Sie sprachen über ihre Reisepläne.

Den Flug nach Palma de Mallorca, der eigentlich am heutigen Freitag starten sollte, hatten sie ohne Probleme und große Geldeinbußen zurückbuchen können. Es hatte sich jedoch als unmöglich herausgestellt, vor Weihnachten noch zwei Plätze in einem Flugzeug nach Sizilien zu bekommen. Zu viele Italiener strebten in die Heimat, um das Fest mit Kind und Kegel im Schoße der Großfamilien zu verbringen. Flüge nach Catania oder Palermo konnte man erst wieder für den zweiten Weihnachtsfeiertag buchen.

»Bis zum nächsten Mittwoch halte ich das nicht aus«, sagte Irma zu Leo. »Ich muss endlich wissen, wo meine Mutter ist! Wenn wir sie auf Sizilien nicht finden, muss ich sofort zurück nach Stuttgart und in anderen Richtungen ermitteln. Dann eilt es wirklich! Bisher ist ja nicht mal bewiesen, dass sie nach Sizilien geflogen ist. Ich hab nochmals alle Fluggesellschaften abgefragt. Nichts! Wie soll sie denn nach Taormina gekommen sein?«

»Hat dieser Signore Baresi ein Auto?«

Irma lachte. »Bestimmt nicht. Es sei denn, er hat sich inzwischen eins geklaut.«

»Vielleicht sind sie mit dem Zug gefahren«, sagte Leo. »Falls es heutzutage keine Sonderzüge mehr für Gastarbeiter gibt, fahren doch trotzdem Züge in den Süden.«

»Das kann ich mir nicht vorstellen«, sagte Irma. »2000 Kilometer am Stück, das hält Mam nicht aus! Die Fahrt dauert doch mindestens vierundzwanzig Stunden.«

»Aber wir können diese Möglichkeit nicht ausschließen!«, beharrte Leo. »Angenommen, deine Mutter hat so eine weite Zugfahrt in Kauf genommen, dann können wir das auch. Lass uns am Bahnhof fragen. Wenn es schon keine Flugtickets mehr gibt, dann vielleicht welche für die gute alte Eisenbahn!«

»Du bist verrückt«, sagte Irma.

Aber sobald sie daheim waren, wählte sie die Nummer der Bundesbahn. Nachdem die Warteschleife überwunden und anschließend ein längeres Hin und Her gefolgt war, legte Irma auf und verkündete strahlend: »Ich habe für übermorgen, Sonntag, den 23. Dezember, Platzkarten bis Rom reservieren lassen. Umsteigen in München und Verona.«

»Und ab da Stehplatz bis Sizilien?«, fragte Leo.

»Keine Panik bitte! Ab Rom geht's im Liegewagen weiter. Ich fahre jetzt zum Bahnhof und hole die Karten.«

»Da fällt mir gerade ein«, sagte Leo, »heute ist der 21. Dezember 2012. Da geht die Welt unter! Sollen wir überhaupt noch Pläne machen? Vielleicht wär's besser, wir legen uns ins Bett und warten ab.«

»Du glaubst doch nicht wirklich an diesen Schwachsinn mit dem Maya-Kalender?«

Leo zuckte mit den Schultern und grinste. »Da glaubt doch kein Mensch dran!«

»Oh doch«, sagte Irma. »Frau Brüstle, die ich mir nochmals zur Brust genommen hab, ob ihr nicht doch was einfällt, wohin Mam verschwunden sein könnte, meinte: Da ja die Welt untergeht, wäre dieser Kerl, der Mam entführt hat, ein Vorbote des Unglücks gewesen.«

»Und sonst ist Frau Brüstle nichts eingefallen?«, erkundigte sich Leo.

»Leider nicht, wo Mam sein könnte. Stattdessen hat mir Frau Brüstle haargenau erklärt, was sie tun will, wenn der Weltuntergang losgeht.«

»Was hat sie vor?«

»Wenn das Hochhaus anfängt zu wackeln – und davon geht sie aus –, will sie aus dem Fenster springen, damit sie den nachfolgenden Gräuel nicht erleben muss. Sie sagte, sie ließe sich von dem beschaulichen Frühlingswetter nicht täuschen, schließlich würde Russland bereits von einer Kältewelle heimgesucht, in der jede Menge Leute erfrieren. Die Engländer ersaufen gerade massenweise in Überflutungen und in Norwegen wüten Schneestürme, die Land und Leute unter sich begraben. Frau Brüstle hörte gar nicht mehr auf, die weltweiten Horrorszenarios aufzuzählen.«

»Na ja«, sagte Leo, »wir fahren weder nach Russland noch nach Großbritannien oder Norwegen. Guck mal im Internet, wie das Wetter auf Sizilien ist.«

Irma googelte. »Für die nächsten Tage sind bis zu 17 Grad, Sonne und ein paar Regenschauer vorausgesagt.«

»Na also«, sagte Leo höchstzufrieden. »Wir holen jetzt die Fahrkarten am Bahnhof, packen die Badehosen ein und tuckern übermorgen gemütlich mit dem Zug den Stiefel hinunter.«

Da die Welt nicht unterging, stiegen Irma und Leo am 23. Dezember kurz vor neun Uhr in den Intercity nach München. Ihr Gepäck waren Tramp-Rucksäcke und zwei geräumige Umhängetaschen, in Leos waren Papiere und Bücher, in Irmas der Proviant. Sobald die Räder rollten, packte Irma das Frühstück aus. Käselaugenbrötchen, Äpfel und eine Thermoskanne Kaffee.

Danach widmete sich Leo dem Reiseführer von Sizilien und Irma vertiefte sich in »Der Leopard« von Tomasi di Lampedusa. Sie hatte das Buch früher schon gelesen und auch den Film mit Burt Lancaster in der Hauptrolle gesehen. Aber jetzt auf der Reise zu der Insel, auf der die Geschichte spielte, zog diese historische Story sie vollkommen in ihren Bann. Irma versank in eine Zeit, in der das uralte sizilianische Feudalsystem auf den Untergang zusteuerte. Sie litt mit Don Fabrizio, dem stolzen Fürst Salina, der diesem Verfall zusah und sein Schicksal gottergeben und mit Würde erduldete.

Noch bevor Irma zum tragischen Ende gelangt war, wo der berühmt-berüchtigte Guerillakämpfer Garibaldi auftaucht und dem sizilianischen Adel den Todesstoß verpasst, hatte sie sich in die Stadt verliebt, in der Don Fabrizio gelebt, geliebt und gelitten hatte.

Irma teilte Leo mit, unbedingt Palermo besuchen zu wollen.

»Das passt«, sagte er und klemmte den Daumen zwischen die Seiten des Reiseführers. »Ich lese gerade das Kapitel über Palermos Katakomben. Eine Kripokommissarin aus dem Dezernat für Todesdelikte könnte sich darin wie zu Hause fühlen. 2063 vertrocknete Damen und Herren, nach Berufen und Adelsstand geordnet und dementsprechend nett gekleidet, hängen an den Wänden langer Gänge. Die älteste Leiche stammt aus dem Jahr 1599. Wenn die gnädige Frau Kommissarin mir versprechen, nicht zu versuchen, die wahren Todesursachen der Schrumpfleichen herauszufinden, machen wir einen Ausflug zum Kapuzinerkloster, in dem man diese morbide Gesellschaft besichtigen kann. Etwaige unaufgeklärte Straftaten, die zum Tod der dort Anwesenden geführt haben, dürften verjährt sein.«

Irma sagte streng: »Mord verjährt nicht!«

Leo sagte: »Ganz recht, Frau Kommissarin«, und schnappte sich den »Leopard«, den Irma auf dem Schoß hielt. »Der Dichter der berühmten Geschichte, die du seit zwei Stunden verschlingst, wird auch in diesem unterirdischen Gruselkabinett aufbewahrt.«

»Echt?«, fragte Irma. »Seit wann?«

Leo schlug die erste Seite auf: »Giuseppe Tomasi, Herzog von Palma und Fürst von Lampedusa, ist am 23. Dezember 1896 in Palermo geboren.«

»Er hat heute Geburtstag«, sagte Irma und rechnete. »Er wird 116 Jahre alt.«

Leo klappte das Buch zu und legte es Irma auf den Schoß. »Der aristokratische Herr wird sich im Sarg umdrehen, wenn du ihm von den zigtausend afrikanischen Flüchtlingen erzählst, die tot oder lebendig auf seiner Insel landen.«

Sie kamen verspätet kurz vor halb zwölf Uhr mittags in München an. Obwohl der Bahnhof mit Adventsschmuck überladen war, fiel es bei dem frühlingshaften Sonnenschein schwer, in Weihnachtsstimmung zu geraten.

Irma und Leo blieben nur fünf Minuten zum Umsteigen und schon ging es weiter. Kufstein. Innsbruck. Brenner. Auf der Höhe von Brixen behauptete Irma, nun bereits im Süden angekommen zu sein. Seit Innsbruck hatten beide ihre Bücher beiseite gelegt und in die Landschaft geschaut.

Im Brennertunnel waren sie mit den Italienern, die seit München mit im Abteil saßen, ins Gespräch gekommen. Die Familie gehörte zur zweiten und dritten Gastarbeiter-Generation. Die elf- und vierzehnjährigen Töchter beteiligten sich nicht an der Unterhaltung, weil sie völlig gefesselt Harry Potter lasen. Umso gesprächiger war ihr Vater. Sein Zungenschlag war etwa so schnell wie der Name, mit dem er sich vorstellte: Ferrari. Er sprach knackiges Bayrisch in ungewohnt flottem Tempo.

Die Ferraris wollten auch nach Sizilien. Zu Signora Ferraris Eltern, zur *nonna* und dem *nonno*, die in Aidone lebten.

»Mein Vater ist unerwartet krank geworden«, flötete die gepflegte, rundliche Mamma. »Deswegen sind wir kurz entschlossen losgefahren. Mit dem Flugzeug wäre es jetzt in der Weihnachtssaison viel zu teuer für vier Personen.«

»Wir schauen nach *nonno* und feiern gleich Weihnachten in der alten Heimat«, ergänzte der Papà.

»Da ist es wenigstens wärmer«, sagte Irma. »Und sicher auch ruhiger als in Deutschland.«

»Zu ruhig«, sagte Herr Ferrari. »In Aidone gibt es keine Arbeit mehr. Das bisschen Landwirtschaft ernährt die großen Familien nicht. Fast alle Männer verdienen ihr Geld im Ausland.«

»Das Dorf liegt auf einem vulkanischen Hügel mit Rundblick über die Insel«, schwärmte Signora Ferrari.

»Kommen Sie uns besuchen!«, sagte ihr Mann. »Sie sind herzlich eingeladen, sich diese Gegend Siziliens, um die die Touristen einen Bogen schlagen, anzusehen.«

»Danke«, sagte Leo. »Vielleicht kommen wir wirklich, wenn wir Zeit dazu haben.«

»Was werden Sie sich anschauen?«, erkundigte sich Signora Ferrari, und ohne eine Antwort abzuwarten, schlug sie vor, einmal rund um die Insel zu fahren.

Sie spulte die antiken Tempelstädte, die ihr auf die Schnelle einfielen, herunter und schloss: »Vor allem müssen Sie nach Taormina!«

»Das haben wir vor«, sagte Irma.

Nach der Informationsflut, die Frau Ferrari umgehend über sie ausschüttete, kannten Irma und Leo Taormina bald in- und auswendig.

Gegen fünf Uhr nachmittags mussten sie in Verona am Bahnhof Porta Nuova umsteigen. Zu diesem Zeitpunkt waren Irma und Leo und die italienische Familie bereits gute Freunde geworden. Leider hatten die Ferraris ab hier Plätze in einem anderen Wagen.

Obwohl die Italiener sie gut auf Sizilien eingestimmt hatten, waren Irma und Leo froh, nun wieder drei Stunden Ruhe zu haben. Ruhe im Sinne von Stille herrschte allerdings auch in diesem Zugabteil nicht. Die Unterhaltung der mitreisenden Italiener war lautstark und lebhaft.

Da es inzwischen dunkel geworden war und es durchs Zugfenster nichts zu schauen gab, widmete sich Leo wieder dem Reiseführer und Irma dem »Leopard«. Hin und wieder tauschten sie die Lektüre und ihre Eindrücke darüber aus.

Pünktlich um zwanzig vor neun erreichte der Zug Rom, wo sie wieder umsteigen mussten. Ein Schaffner wies den Reisenden ihre Plätze im Nachtzug nach Messina Centrale zu.

Irma und Leo teilten das Abteil mit einem Ehepaar aus Rom, das sich mit »Papà« und »Mamma« anredete. Die Unterhaltung klappte nicht so gut wie mit den Ferraris, aber Irma und Leo kamen in den Genuss der italienischen Gastfreundschaft. Das Ehepaar teilte mit ihnen großzügig ihren Reiseproviant. Auf Irmas Vokabelschatz aus Leos Reiseführer folgten begeisterte italienische Worttiraden.

Nach dem gemeinsamen Abendbrot ging der italienische Papà nach draußen, um zu rauchen. Irma und Leo warteten mit ihm auf dem Gang, bis die Mamma das vliesartige Papier, aus dem die Bettwäsche bestand, auf die unteren Pritschen gespannt und die Kopfkissen bezogen hatte. Als Irma und Leo ihre Pritschen hergerichtet hatten und sich hinlegten, taten das ihre Mitreisenden zwar auch, leider nicht zum Schlafen. Irma, die bisher gedacht hatte, die italienische Sprache klänge wie Opernmusik, lernte, dass eine Unterhaltung unter Italienern akustisch kein Spaß ist.

Kein Ohropax im deutschen, keine Müdigkeit im italienischen Lager! Erst als der Zug Neapel verließ, kehrte unerwartet Ruhe ein.

Irma dachte daran, dass sie am nächsten Tag den Ätna sehen würde. Sie hatte sich mit Leos Reiseführer schlau gemacht: Europas höchster und aktivster Vulkan! Letzter spektakulärer Ausbruch am 5. Januar dieses Jahres. Die Fotos, die dies zeigten, waren atemberaubend. Aus dem Schneefeld, das den Gipfel bedeckte, spuckte der Berg Feuer und Lava. Darüber stand eine Aschesäule, die angeblich 5000 Meter hoch war. Bilder, die zu glühen schienen!

Als Irma in dem heißen Zugabteil endlich Schlaf gefunden hatte, träumte sie vom Ätna: Sie war, wie es die Ferraris geraten hatten, mit Leo unterwegs zum Gipfel. Erst mit der Seilbahn, anschließend zu Fuß. Höher und höher. Leo wollte partout 3323 Meter überm Meeresspiegel in den Krater spucken.

Irma setzte Fuß vor Fuß über zerklüftetes schwarzes Gestein und Lavaasche. Sie schwitzte und schnaufte. Leo war schon weit voraus und sang »Im Frühtau zu Berge«. Das sang er meistens, wenn sie unterwegs waren, um irgendeinen Berg zu besteigen, sei es über die Stäffele auf einen der Stuttgarter Hügel oder im Urlaub beim Wandern. Wieso singt er hier, wo man kaum Luft bekommt?, dachte Irma.

Die Schwefeldämpfe, von denen Herr Ferrari erzählt hatte, stiegen aus Bodenritzen und stanken nach faulen Eiern. Die vom Wind aufgewirbelte Lavaasche brannte in den Augen und ließ Irma nach Luft japsen. Sie fühlte die Glut, bevor sie sie sah. Feuriges Rot wälzte sich vom Gipfel. In der Mitte des Feuerballs stand Edith Körner. Die Frau, die Schmoll einen Vulkan, mit dem man nicht reden kann, genannt hatte. Edith stieß ein triumphierendes Gelächter aus, und der Feuerball rollte direkt auf Leo zu. Unter Irma wankte der Boden. Der Berg polterte und krachte.

Irma schrie wie am Spieß. Ein Schrei steckte ihr noch in der Kehle, als sie die Augen öffnete und Leos Hand an ihrer Wange spürte. Sie sah nur seinen Kopf, weil er neben dem Stockbett stand. Er fragte besorgt, ob sie schlecht geträumt habe.

»Es hat so gekracht«, flüsterte sie. »Hör nur, es rumpelt immer noch.«

»Sei beruhigt«, tröstete er. »Wir sind an der Stiefelspitze angekommen. Am Hafen von Reggio de Calabrio. Der Zug wird auseinandergenommen und auf die Fähre rangiert.«

»Und die Glut?«, fragte Irma. »Die Hitze!«

Leo lachte. »Ich hab mich gewundert, wie du in dem heißen Mief schlafen konntest.«

»Wo sind die Italiener, die in den anderen Kojen gelegen haben?«

»Sie sind ausgestiegen und aufs Deck gegangen. Du warst die Einzige, die noch fest geschlafen hat – ich wollte dich nicht wecken.«

»Hättest du das lieber getan«, sagte Irma, »dann hätte ich diesen Albtraum nicht gehabt!«

»Erzähl ihn mir, wenn wir oben an der frischen Luft sind«, sagte Leo.

»Vielleicht«, sagte Irma. Sie war inzwischen vom Bett geklettert, trank einen Schluck Wasser, bändigte ihre Haarmähne, strich ihre zerknitterten Kleider glatt und sagte: »Gehn wir!«

Auf dem Deck der Fähre war es kühl und es duftete nach Meer und Tang. Irmas Lebensgeister kehrten zurück.

Während im ersten Morgenlicht Messina auftauchte und auf sie zukam, dachten weder Irma noch Leo mehr an schlimme Träume.

Eine Stunde später saßen sie im Lokalzug, eingepfercht zwischen Italienern. Manche waren auf dem Weg zur Arbeit nach Catania, andere wollten zu ihren Verwandten, um Weihnachten zu feiern.

Die Frauen packten das Frühstück aus und boten Irma und Leo Orangen und belegte Brote an. *»Prego, buon appetito!«*

In der Ferne tauchte der Ätna auf. Über seinem Gipfel hing eine schwarze Wolke wie ein Regenschirm. Alle im Abteil schauten hinüber zum Berg.

»*Grandioso disastro*«, sagte ein Alter und ließ seine Goldzähne blitzen. Es klang fröhlich und stolz.

Nach einer Stunde und vielen *Arrivedercis* stiegen Irma und Leo in Giardino-Taormina aus.

»Dieser hübsche Jugendstil-Bahnhof«, erklärte Leo und klopfte auf seinen Reiseführer, »ist vor 150 Jahren anlässlich der Ankunft der österreichischen Kaiserin Sissi gebaut worden. Sie hat in Taormina gekurt.«

Vor der Schalterhalle legten sie die Köpfe in den Nacken und sahen 200 Meter über sich Taormina auf einem Felsplateau des Monte-Tauro-Gebirges sitzen.

Sie warteten nicht auf den Bus, der sie bis zur Seilbahn oder über Serpentinenstraßen in die Stadt bringen würde, sondern machten sich zu Fuß auf den Weg. Ein Stückchen staubige Landstraße, dann ging es links den Berg hinauf. Obwohl Irma und Leo trainierte Stäffelesläufer waren, mussten sie sich ins Geschirr legen, um den bröckeligen Treppenweg zu bezwingen. Ihr Gepäck, das sie bisher für leicht gehalten hatten, wurde bei jedem Treppenabsatz schwerer. Mehrmals setzten sie sich auf die Stufen und schauten über Palmen und Opuntien, zwischen denen Zypressen wie schwarze Speere emporragten, hinunter zu den kleinen Ortschaften und auf die malerischen Meeresbuchten.

»Die schönste Landschaft der Welt«, sagte Leo.

»Du sagst es«, bekräftigte Irma.

»Das hat Goethe gesagt. Vor genau 233 Jahren und 152 Tagen. Hier auf dieser Stufe, auf der du jetzt gerade sitzt, hat er gestanden, die Arme ausgebreitet und es gerufen.«

»Ja«, sagte Irma. »Goethe irrte selten.«

Sie zückte ihre Kamera und machte Erinnerungsfotos von der schönsten Landschaft der Welt.

Endlich oben in Taormina angekommen, fanden sie nach einem Gang durch verwinkelte Gassen und über Treppen und Treppchen ihr Quartier, das Leo übers Internet gebucht hatte. Die *Villa Gaia* war eine Pension mit nur fünf Zimmern, von denen zurzeit nur eins, nämlich ihres, belegt war.

Die kleine, flinke Pensionswirtin sprach Deutsch. Sie hieß sie willkommen, bot frischgepressten Orangensaft an, setzte sich zu ihnen, fragte nach dem Woher und Wohin und lobte enthusiastisch den Plan, sich Sizilien anzuschauen. Am Ende dieses Begrüßungsgeplauders lud sie Irma und Leo zum Heiligabend-Festmahl ein.

Eine Stunde später hatten Irma und Leo ihr Zimmer bezogen und die Dusche ausprobiert. Sie setzten sich auf den schmalen Balkon vor ein kippeliges Tischchen und saßen sozusagen in Orangenbäumen, die ihre Zweige durch das Schmiedeeisen-Geländer streckten. Vor ihnen lag Taormina und träumte unter der weißlichen Nachmittagssonne. Die am Hang klebenden Häuser waren abenteuerlich verbunden durch Gassen, Treppen und Plätze. Aus Gärten und Höfen ragten Palmen, Pinien und Zypressen. Aus efeubewachsenen Feldsteinmauern wuchsen Terracotta-Amphoren, auf Dachgärten Fernsehantennen. Am Horizont leuchtete der schneebedeckte Gipfel des Ätna. Alles war von südlich-friedlicher Harmonie, an der sich Irma und Leo nicht sattsehen konnten.

Doch durch die unruhig verbrachte Nacht meldete sich die Müdigkeit. Sie legten sich auf die Betten und schliefen ein.

Rechtzeitig zum Festessen mit Familienanschluss wachten sie auf und mischten sich munter und vergnügt unter die italienischen Gäste. Trotz des Geräuschpegels fühlten sie sich inmitten von sechs Erwachsenen und dreizehn Kindern pudelwohl. Es gab Fisch, Truthahn, vielerlei Gemüse und Salate und zum Schluss Zitroneneis mit Sahnehäubchen.

Der Christbaum war klein, künstlich und mit viel Rauschgold behangen. Daneben gab es als weihnachtlichen Schmuck nur ein paar grüne Buchsbaumzweige und zahllose Kerzen.

Die wichtigste Requisite war die Krippe mit dem *Bambinello*, wie die Sizilianer das Jesuskind nennen. Drei Weihnachtskrippen waren im Haus verteilt und zusätzlich gab es eine mit fast lebensgroßen Figuren im Garten.

Irma erzählte jedem, der einigermaßen Deutsch verstand, ihre Fahndungs-Story: Ihre Mama mache mit ihrem Freund, einem Sizilianer, hier in Taormina Winterferien. Leider habe sie Mamas Urlaubsadresse verloren und wisse nicht, wo sie wohne. Irma beschrieb ihre rothaarige, adrette Mama und auch Luigi ausführlich und anschaulich. Aber niemand wollte sie gesehen haben oder gar kennen.

Leo schüttelte missbilligend den Kopf: »Hör endlich auf mit der Fragerei. Lass uns jetzt Weihnachten feiern!«

»Da ich gerade einige Einwohner Taorminas um mich habe, ist das doch einen Versuch wert«, rechtfertigte sich Irma. »Morgen frage ich beim Meldeamt.«

»Morgen ist Feiertag«, sagte Leo. »Und übermorgen auch.«

»Ach ja«, sagte Irma entmutigt, setzte sich die dreijährigen Zwillinge auf die Knie und spielte Hoppereiter.

Gegen halb zwölf machte man sich fertig, um zur Mitternachtsmesse zu gehen.

Als Taorminas gläubige Katholiken nach langer Predigt, vielen Gesängen und Gebeten gewürzt mit Weihrauchwolken, um ein Uhr nachts aus dem Dom strömten, sagte Irma zu Leo: »Wir haben uns jetzt nicht nur nachträglich das Festmahl verdient, sondern auch den lieben Gott auf unserer Seite, der mir morgen hilft, meine Mam zu finden.«

Die beiden Weihnachtsfeiertage, von denen der zweite bei den Sizilianern Stephanstag heißt, verbrachten Irma und Leo nicht untätig – zumindest in ihrer Mission, Irmas Mutter aufzuspüren. Im Telefonbuch gab es unzählige Baresis und unzählige Luigis, aber keinen Luigi Baresi. So vergnügten sich Irma und Leo damit, morgens auszuschlafen, die sizilianische Küche zu genießen und zwischendurch auf dem Corso Umberto zu flanieren, auf dem man am ehesten jemanden begegnen konnte. Aber Taorminas touristische Fußgängerzone gehörte im Winter den Sizilianern. Touristen waren Mangelware.

Jedes Mal, wenn Irma und Leo das Ende des Corso erreicht und die Souvenirläden und historischen Paläste genügend bestaunt hatten, nörgelte Irma, weil Taorminas Hauptattraktion, das *Teatro Greco*, nicht besichtigt werden konnte, da es über Weihnachten geschlossen war.

Sie verlegten ihre Spaziergänge in den Stadtpark und konnten auch dort Mama Eichhorn und Luigi Baresi nicht entdecken. Hier genossen es die Einheimischen mit Kind und Kegel, ihren Park endlich einmal für sich zu haben. Durch den Regen der letzten Tage grünte es bereits. Zwischen mediterranen Gewächsen standen fantasievolle Tempelchen, Skulpturen und Vogelgehege. Diese ideenreiche Gestaltung, die vor hundert Jahren ein Engländer ausgetüftelt hatte, begeisterte Irma indes weit weniger als der Blick über die steinerne Balustrade hinunter auf die Buchten und das Meer.

Vom Ende des Parks liefen sie ein Stück die Straße entlang und erreichten einen Aussichtsplatz, von dem sich wieder eine andere Traumsicht bot. Versilberte Gischt warf Fontänen zwischen felsige Riesenfinger, die aus dem Meer ragten. »Die *Faraglioni*«, sagte ein Italiener, der ebenfalls die Aussicht bewunderte. Er setzte stolz und in einwandfreiem Deutsch hinzu: »Auf ihnen haben die Sirenen des Odysseus gesungen.«

Vor dem schmalen Strand hockte ein Inselchen. Auf seinem Gipfel duckte sich ein verwunschenes Haus unter Pinien.

»Die *Isola Bella*«, sagte der Italiener.

Und Leo sagte zu Irma: »Wenn du mich heiratest, schenke ich dir die *Isola Bella* zur Hochzeit.«

Irma lachte und gab ihm einen Kuss. »Lass mir noch ein wenig Zeit. Aber wenn ich heirate, dann dich! Auch ohne Insel.«

Am Stephanstag spielte die Sonne Versteck hinter rauchfarbenen Wölkchen und umhäkelte sie mit weißen Spitzen. Später folgten dunkle Wolkenberge, aus denen es zunehmend zu tröpfeln begann. Die Einheimischen flohen in ihre Häuser, und irgendwann gaben auch Irma und Leo auf und verbrachten die meiste Zeit dieses Tages im Hotel.

Da die Meldestelle nach den Feiertagen geschlossen blieb, es aber weniger regnete, ließ sich Irma von Leo überreden, die Suche in Taormina aufzugeben und einen Ausflug hinauf nach Castelmola, einem Bergdorf am Gipfel des Monte Tauro, zu machen.

Der fünf Kilometer lange Aufstieg wurde von Schauern begleitet. Irma und Leo, schlechtwettererprobte Mitteleuropäer, trotzten dem Regen in wasserfesten Jacken. Oben bestaunten sie die schönste Landschaft der Welt aus neuer Perspektive. Sie war in leichten Dunst gehüllt, was dem königlichen Panorama keinen Abbruch tat.

Wie es schien, waren alle Bewohner Castelmolas im einzigen geöffneten Gasthaus des Dorfes versammelt. Sie rückten zusammen, nahmen Irma und Leo in ihre Mitte und empfahlen ihnen *Vino alla mandorla,* den Mandelwein, für den das Dorf berühmt ist.

Die Sprachprobleme überbrückte man durch Zuprosten und fröhliche *Salute*-Rufe.

Bevor es dunkel wurde, und es wurde früh und sehr abrupt stockfinster, verabschiedeten sie sich. Leo hatte zwei Flaschen Mandelwein gekauft, und es galt, diese heil talwärts zu transportieren.

In diesem bernsteinfarbenen, bittersüßen Wundergetränk ersäufte Irma am Abend ihr Pflichtbewusstsein und beschloss, die Suche nach Mama aufzugeben und nach Palermo zu fahren.

Einundzwanzig

Palermo

Leo besorgte einen Leihwagen, einen weißen Opel Corsa, den Irma »Praline« taufte.

Sie nahmen die Küstenstraße Richtung Süden. Bis Catania ging es am Meer entlang. Von der anderen Seite grüßte der Ätna und Irma und Leo kamen endgültig in Urlaubsstimmung.

Leo wunderte sich, dass Irma nicht auf den Ätna steigen wollte. Schließlich erzählte sie von dem Traum, in dem sie beide auf dem Berg gewesen waren. Bei der Beschreibung, wie Frau Körner in der Feuerkugel auf Leo zugerollt war, bekam Irma eine Gänsehaut.

»Verstehst du nun, Leo, weshalb ich keine Sympathie für dieses feuerspeiende Ungetüm empfinden kann?«

Leo lachte. »Ich lebe ja noch, wie du siehst – und zurzeit raucht das Ungetüm nur seine Pfeife und scheint vorläufig nicht vorzuhaben, Lava zu spucken.«

»Egal«, sagte Irma. »Er hat sich's mit mir verdorben. Ich möchte lieber griechische Ruinen sehen.«

Sie fuhren weiter nach Agrigent. Als sie von der Küste emporstiegen, tauchte wie eine Vision Siziliens berühmte Reihe griechischer Tempelruinen vor ihnen auf. Die Sonne brach durch ein Wolkenloch und vergoldete Säulen und Giebel.

Irma sagte: »Die Steine haben die gleiche Farbe wie Amus' Fell.«

»Stimmt«, sagte Leo. »Er fehlt mir auch.«

Sie übernachteten in Agrigent und fuhren erst am nächsten Tag weiter nach Palermo. Obwohl Leo behauptete, die Stadtkarte im Kopf zu haben, war es schwierig, sich zurechtzufinden. Sie kurvten über Plätze und Straßen, vorbei an Palästen und Kirchen, steckten in engen Gassen fest und fanden endlich ihr Hotel.

Abends saßen sie auf der Dachterrasse, die neben ihrem Zimmer im obersten Stockwerk lag. Sie tranken eine Flasche »Nero d'Avola«, der nach immerwährendem Sonnenschein schmeckte und den Nieselregen vergessen ließ. Der Verkehrslärm war abgeebbt, der Smog verflogen, die Luft roch nach Meer und Algen. Es war schön hier oben über den Dächern. Als es Mitternacht schlug, meinte Leo, sie sollten jetzt das Bett ausprobieren.

Den nächsten Tag ließen sie sich von Leos Baedeker von einer Sehenswürdigkeit zur anderen treiben. Ein paar Schritte vom Stadtzentrum entfernt, das hauptsächlich aus Palästen und Kirchen besteht, gerieten sie in enge Gassen. Hier gab es außer bitterer Armut, über der die Wäsche flatterte, nichts Erfreuliches zu entdecken.

Irma sagte: »Kein Wunder, wenn die Leute zu Dieben werden – aber dieser Luigi Baresi hat das nicht nötig, er ist doch in Deutschland aufgewachsen!«

Sie wechselten aus den Abgründen der Metropole zurück in ihren Glanz und besichtigten Kirchen und danach mehrere Palazzi, in deren Gärten und Innenhöfen bombastische Barockbrunnen plätscherten. Flussgötter bewachten nackte Nymphen, die Irma an die Galatea auf dem Stuttgarter Eugensplatz erinnerten. Obwohl der Tod der jungen Tina inzwischen aufgeklärt war, ging Irma dieser Fall nicht aus dem Kopf. Nur gut, dass es in Palermo auf Schritt und Tritt Neues zu bestaunen gab, wodurch sie nie lange in dienstliche Grübeleien verfallen konnte. Allerdings dachte sie auch selten an ihre Mam, die sie ja eigentlich suchen wollte.

Der zweite Tag in Palermo war gründlich verregnet und Irma schlug vor, nun endlich die Mumien im Kapuzinerkloster anzusehen.

»Im Ernst«, fragte Leo, »willst du dir das antun?«

Irma wollte es sich antun. Aber sie verschwieg Leo, dass sie die Katakomben hauptsächlich deswegen interessierten, weil sie Schmoll und Katz und auch Doktor Bockstein von den 2063 Leichen erzählen wollte.

Im *Ingresso Catacombe* waren sie die einzigen Besucher. Während sie durch die spärlich beleuchteten Gänge irrten, hielten sie sich vor lauter Gruseln wie Hänsel und Gretel an den Händen. Die meisten Leichen standen in Reih und Glied in schmalen Nischen und wurden von Drähten oder Stricken, die um ihre Hälse geschlungen waren, aufrecht gehalten. Andere lagen in offenen sargähnlichen Holz- oder Steinkästen. Die Totenköpfe grinsten, heulten und johlten. Sie hatten Löcher statt Augen, aber Zähne und Haare. Die vertrockneten Körper waren einst in Festgewänder gehüllt gewesen, die inzwischen als verblichene Stoffreste an den verstaubten Skeletten hingen.

Um sich nicht übergeben zu müssen, legte Irma den Kopf ins Genick. Davon wurde ihr noch elender, und sie wisperte: »Schau nur, Leo, die breiten Risse in dem Gewölbe! Die Steine bröckeln.«

»Wäre kein Wunder«, knurrte er, »wenn hier die Decken einstürzen würden!«

»In Italien kommt alles unerwartet und plötzlich«, flüsterte Irma. »Vulkanausbrüche und Erdbeben! Wenn das jetzt losgeht, werden wir mit diesen Mumien verschüttet.«

Leo legte den Arm um Irmas Schultern und zog sic aus dem unterirdischen Labyrinth. Draußen spuckte sie ihr Frühstück in ein Oleandergebüsch. Sie schämte sich dafür, dass das einer Kripokommissarin passierte, die sich für hartgesotten hielt. Hauptsächlich aber schämte sie sich, diese Toten angestarrt zu haben. Sie warf Leo vor, sie in diese Horrorgruft geschleppt zu haben.

Das machte ihn wütend. »He, Frau Kommissarin, es war deine Idee, hierherzukommen. Du wolltest deinen verehrten Tomasi di Lampedusa begrüßen.«

»Ich hab ihn nicht gesehen und bin froh darüber.«

»Dann hol ich jetzt unsere Taschen aus dem Schließfach«, sagte Leo.

Irma setzte sich auf eine Bank vor dem Kapuzinerkloster und sah dem Regen zu, der stärker wurde, da der Wind vom Meer blies.

Als Leo kurze Zeit später zurückkam, hatte sie ihre Übelkeit überwunden.

Der Tag war für beide sehr anstrengend gewesen, und deswegen fielen Irma und Leo schon gegen zehn Uhr abends ins Bett.

Irma murmelte noch: »Wo sind eigentlich Palermos Mafiosi? So eine unkriminelle Stadt ist mir noch nie untergekommen.«

Irma erwachte gegen vier Uhr morgens. Sie drehte sich auf die andere Seite und dachte: Der letzte Tag des Jahres ist angebrochen, hoffentlich finde ich Mam bald. Sie schloss das Fenster und hielt dabei Ausschau nach der Praline.

Der Corsa stand nicht mehr in der Parklücke neben der Straße. Er wurde gerade von einem Hebekran auf einen Tieflader bugsiert!

Irma blinzelte ungläubig, dann schrie sie »Halt!« und »Aufhören!«.

Unten hörte sie niemand, nur Leo murmelte schlaftrunken, ob sie wieder schlecht geträumt hätte.

»Komm schnell her«, keuchte Irma. »Oder besser renn runter auf die Straße und halt unsere Praline fest!«

Leo sprang aus dem Bett, rannte ans Fenster und sah gerade noch, wie sich der Tieflader entfernte und flotte Fahrt aufnahm.

»Standen wir womöglich im Parkverbot?«, stammelte Irma.

»Nee, bestimmt nicht!«, knurrte Leo und tippte 112 ins Handy.

Nach langer Zeit wurde in der Dienststelle der Carabinieri abgehoben. Leo, der eigentlich ganz gut Italienisch konnte, verhaspelte sich ein ums andere Mal, bis er den Tatbestand geschildert hatte.

Danach erklärte er Irma: »Frau Kommissarin und meine Wenigkeit dürfen um zehn Uhr aufs Kommissariat kommen, um den Diebstahl hochoffiziell anzuzeigen.«

»Sind wir versichert?«, fragte Irma kleinlaut.

»O ja«, sagte Leo. »Vollkasko und Kfz-Diebstahlschutz. Die Autoverleiher drücken einem das auf, weil sie wahrscheinlich mit solchen Attacken rechnen.«

»Hast du gestern Abend alle Unterlagen und unsere Papiere aus dem Auto mitgenommen?«

»Ja, klar. Ich hab auch die Alarmanlage aktiviert und sogar diese blöde Kette, die mir der Autoverleiher angedreht hat, zwischen Lenkrad und Gaspedal montiert. Aber das schützt nicht vor einem Tieflader mit Hebekran.«

Beim Frühstück saßen sie mit einem Schweizer Ehepaar am Tisch. Die wussten Bescheid: »Wenn ein Auto erst mal aufgeladen ist, verschwindet der Tieflader nach ein paar Kilometern in irgendeiner Toreinfahrt. Dort werden in aller Ruhe die Nummernschilder ausgewechselt – und schon ist der Wagen fertig zum Weiterverkauf.«

Auf der Polizeidienststelle mussten sie eine Stunde warten, bevor sie ihre Anzeige aufgeben konnten. Danach füllten sie ein Dutzend Fragebögen für die Versicherung und die Firma des Mietwagenverleihs aus. Die nächsten Touristen, zwei, denen ihr Auto, und einer, dem sein Motorrad geklaut worden war, warteten schon.

Irma hatte Palermo satt. Es war, als ob ihr durch den Autodiebstahl plötzlich wieder eingefallen wäre, dass sie nach Sizilien gekommen war, um ihre Mutter zu suchen. Ihre Mutter, die einem diebischen Sizilianer auf den Leim gegangen war! Irma wollte sofort nach Taormina zurück.

Doch Leo, der nicht nur Sport-, sondern auch Geschichtslehrer war, wollte vorher noch ins Archäologische Museum.

An dieser Stelle der Reise geschah, was lange nicht vorgekommen war: Sie stritten sich.

»Gut, dass wir nicht verheiratet sind«, sagte Irma. »Du hängst hier den Macho raus und ich darf keine eigenen Entscheidungen treffen! Ich will zurück nach Taormina und basta! Du warst doch einverstanden, dass wir meine Mutter suchen. Ihr kann ja sonst was passiert sein!«

»Das fällt dir jetzt plötzlich ein?! Aber angesichts der griechischen Säulen und einer Stadt wie Palermo hattest du dein Mütterchen ganz vergessen.«

»Hör mir mit Palermo auf. Diese Stadt ist eine kriminelle Mafiahöhle. Mach dir lieber mal Gedanken, wie wir ohne Auto nach Taormina kommen!«

»Die mache ich mir, während wir im Museum sind. Allerdings weiß ich aus meinem schlauen Reiseführer, dass es eine Busverbindung quer über die Insel gibt. Über eine Autobahn! Der Bus braucht nicht viel länger als zwei Stunden bis Taormina.

Da sich herausstellte, dass das Museum heute, am Silvestertag, geschlossen hatte, holten sie ihr Gepäck aus dem Hotel und machten sich auf den Weg zum Busbahnhof.

Die Fahrt durch eine friedliche, bräunliche Berglandschaft beruhigte die Gemüter der beiden. Die letzten Kilometer fuhr der Bus parallel zu der kurvigen Küstenstraße, auf der sie losgefahren waren. Über dem Gipfel des Ätna hatte der Rauch heute die Form eines Fabeltiers. »Sieh nur, Leo«, sagte Irma. »Die Wolke sieht aus wie ein rennender Hund. Wie Amus!«

»Trauerst du ihm immer noch nach?«

»Ja. Nun ist er wieder bei dieser fiesen Edith. Die mag ihn nicht und ist gemein zu ihm. Ich habe gesehen, wie sie nach ihm getreten hat. Die hat ihn nur zurückhaben wollen, um mich zu ärgern.«

Zweiundzwanzig

Silvesternacht und Neujahrstag

Irma und Leo ließen sich in Mazzarò auf dem Parkplatz der Seilbahn, die nach Taormina führte, absetzen. Der Bus rollte weiter nach Messina.

Da es von hier aus nicht weit zum Strand war, wollte Irma ans Wasser. »Wenn ich nun schon hier bin, möchte ich wenigstens ein Mal die Zehen ins Ionische Meer tauchen.«

Sie verschoben die Seilbahnfahrt hinauf nach Taormina und besichtigten den Lido in der Bucht.

Mit Wonne und Gelächter platschten sie durch die Wellen, die mit weißer Gischt gegen den Strand schlugen. Weiter draußen schimmerte das Meer grünblau und verschmolz am Horizont silbrig verschleiert mit dem Abendhimmel.

Am Nordende des Strandes lag ein Fischerdorf, dessen Häuser zum größten Teil zu Ferienhäusern und Pensionen umgebaut waren.

Dort angekommen, war es dunkel geworden und die beiden Strandbummler hatten längst wieder trockene Füße. Aus einem der Häuser erklang Klaviermusik. Irma blieb stehen und lauschte. »Das ist Beethovens *Elise,* sagte sie. »Als meine Mam noch ihr Klavier hatte, war das ihr Lieblingsstück. Sie konnte es auswendig spielen.«

»Da scheint eine Bar zu sein«, sagte Leo. »Auf der Terrasse sitzen Leute. Mann, hab ich Durst – und Hunger.«

»Ich auch«, sagte Irma und sie steuerten auf das Haus zu, aus dem die Musik kam. Bis sie dort waren, verklang der Schlussakkord der Elise leise und eindringlich.

»Genau so hat meine Mam das Stück auch beendet«, sagte Irma. »Mam hat gesagt: Ein Mollakkord muss wie eine Träne klingen.«

Ganz plötzlich fühlte Irma Sehnsucht nach ihrer Mam. Das war ihr seit ihrer Kindheit nicht mehr passiert. Das

Pflichtbewusstsein, das sie angetrieben hatte, ihre Mutter zu finden, war ganz unerwartet in Zuneigung umgeschlagen.

Und als nun die ersten Takte der Mondscheinsonate erklangen, seufzte Irma und sagte: »Das konnte Mam auch auswendig.«

Die überdeckte Terrasse war gut besetzt. Eine freundliche junge Frau führte sie zu dem letzten freien Tisch. Irma setzte sich jedoch nicht, sondern steuerte zielstrebig den angrenzenden Raum an.

Leo vermutete, sie suche die Toilette, und bestellte schon mal einen Krug *Vino dell'Etna*.

Da schrak er plötzlich zusammen – wie auch alle anderen Leute auf der Terrasse: Aus dem Klavierzimmer erklangen Misstöne, als wäre jemand auf den Tasten zusammengebrochen. Dem folgte ein Schrei, den außer Leo niemand verstand.

»Min Deern!«

Danach war's eine Weile still, und als Irma und ihre Mutter auf die Terrasse traten, wusste wieder nur Leo, was das zu bedeuten hatte.

Mama begrüßte Leo, rief über die Schulter »Luigiii!!« und setzte sich mit Irma zu Leo an den Tisch. Drei Minuten später saß auch Signore Baresi dort. Wahrscheinlich war es Luigi zu verdanken, dass keinerlei Verlegenheit aufkam. Der kleine Italiener, den Irma im vergangenen Sommer verschlafen, zerknittert und mit unschuldigem Gehabe neben einer Leiche auf dem Eugensplatz kennengelernt hatte, war bestens gelaunt und sprühte vor Witz und Charme.

Mama Eichhorn badete im Glück.

Luigi machte Irma und Leo mit den Gästen bekannt – es waren allesamt Verwandte, die vorhatten, gemeinsam Silvester zu feiern. Helga stellte Leo als *professore di liceo* vor, Irma wohlweislich nicht mit Beruf, sondern als *mia cara figlia*.

Irma und Leo lernten zwei Großväter und eine Großmutter, deren insgesamt zwölf Söhne und Töchter und die dazugehörigen Partner kennen. Eine unübersichtliche Kinderschar wuselte und krakeelte durchs Haus und den kleinen Garten, ohne dass es ihnen irgendjemand verwehrt hätte. Alle Anwesenden, einschließlich der temperamentvollen Kinder, hatten sich festlich in Schale geworfen. Irma genierte sich für das legere Räuberzivil, in dem sie und Leo hier aufgekreuzt waren. Doch niemand, nicht einmal ihre Mam, schien daran Anstoß zu nehmen.

Jetzt gegen acht Uhr abends war es zwar schon dunkel, aber nicht kühl. Später legten sich die Damen Wolldecken über die Beine und Stolas über die Schultern.

Irma und Leo wurden im Handumdrehen und wie selbstverständlich in die Festlichkeiten einbezogen. Bei den vielerlei Gerichten zog sich die Mahlzeit endlos hin. Danach mischte sich die Gesellschaft neu, und es bildeten sich kleinere Gruppen. Jeder wollte, dass Irma und Leo bei ihnen sitzen sollten. Und so wechselten die beiden von einem Tisch zum anderen. Dass man sich mit Vornamen vorgestellt hatte, war Irma anfangs recht praktisch erschienen, da aber fast alle Frauen Maria hießen und die Männer überwiegend Guiseppe oder Giovanni, war es schwierig, die Leute auseinanderzuhalten.

Irgendwann landeten Irma und Leo an Luigis Tisch. Luigi gab Gefängnisstorys zum Besten, die sich wie Jägerlatein anhörten. Anscheinend wussten hier alle, wo Luigi die letzten Monate verbracht hatte, denn sie lachten sich schief und klatschten Beifall. Irma verstand zu wenig Italienisch, um folgen zu können. Sie war müde vom Wein, satt und träge, weil sie alles hatte essen müssen, was ihr die italienischen Mammas auf den Teller gepackt hatten. Wenn etwas nicht aufgegessen wird, hatte Luigi ihr gesagt, bedeutet das, es schmeckt nicht und ist eine Beleidigung für die Hausfrauen. Deswegen war Irma bis oben vollgestopft mit gegrilltem Fisch, Pasta, Gemüse, Käse, Oliven, Orangen und Eiscreme.

Sie gähnte durch die Nasenlöcher, lehnte sich zurück und ließ sich von Luigis Palaver einlullen. Fast wäre sie eingenickt, als plötzlich der Name Edmund Körner fiel. Irma hob wie elektrisiert den Kopf. Doch sie verstand kein einziges Wort, weil hier sizilianisch gesprochen wurde, was nochmals anders klang als Italienisch.

Luigi bemerkte Irmas fragende Augen, und da er inzwischen wusste, dass sie Kripokommissarin war, wollte er sich vorsichtshalber bei ihr einschmeicheln und erzählte ihr alles noch einmal auf Deutsch.

Er begann wie ein Märchenonkel: »In der Justizvollzugsanstalt Stammheim teilte ich die Zelle mit einem jungen Mann namens Andy.«

»Und was hat das mit Edmund Körner zu tun?«, fragte Irma.

»Körner war Andys Zellengenosse, bevor Andy mit mir zusammengelegt wurde. Da man sich in der U-Haft gegenseitig seine Lebensgeschichten erzählt, hat Andy über Körner bestens Bescheid gewusst. Man tauscht auch Details über die Straftaten aus, wegen denen man eingesperrt ist. Das ist wie im Krankenhaus, wenn zwei Leidende im selben Zimmer liegen.«

»Mal ohne Vorrede«, sagte Irma, die wieder hellwach war. »Was haben Sie von diesem Andy über Edmund Körner gehört?«

Luigi machte ein bauernschlaues Gesicht und drückte den Rücken durch, um größer zu erscheinen: »Körner hat Andy anvertraut, Tinas Leiche nicht allein, sondern mit einem Komplizen zum Eugensplatz geschafft zu haben. Dieser Komplize habe ihn vorher, während Tina mit dem Tod gerungen hat, daran gehindert, Hilfe zu holen.«

Irma guckte skeptisch. »Davon war bei keiner Vernehmung Körners die Rede!«

»Das weiß ich doch nicht«, grummelte Luigi leicht beleidigt. »Warum sollte mir Andy Lügen auftischen?«

»Vielleicht, um sich wichtig zu machen. Oder aus Langeweile«, grummelte Irma zurück. »Es ist doch unwahrscheinlich, dass Körner etwas, das ihn entlastet hätte, vor der Polizei verheimlicht hat!«

»Seien Sie mal ehrlich, Kommissarin Irma: Die Polizei hätte Körner doch ohnedies nicht geglaubt. Leider hat sich ja auch kein Zeuge gemeldet, der Körner und seinen Komplizen in dieser Nacht gesehen hat.«

»Wir hätten das geprüft«, versicherte Irma. »Wir hätten nach dem Komplizen gesucht!«

»Vielleicht wollte Körner, den Andy als gutmütigen Kerl geschildert hat, diesen angeblichen Komplizen schützen«, sagte Luigi treuherzig.

Das nun, fand Irma, war kein dummer Einfall von dem kleinen Taschendieb. Er wurde ihr sowieso langsam sympathisch. Mit seiner dunklen Stimme, die so gar nicht zu seiner zarten Statur passen wollte, und seinem umwerfenden verschmitzten Lachen war Luigi schlichtweg unwiderstehlich.

Irma begann zu verstehen, dass ihre Mutter dem Charme Luigis erlegen war.

Aber gleich ermahnte sich Irma, sachlich zu bleiben. »Wieso, mein lieber Signore Luigi, packen Sie diese Geschichte erst jetzt aus – so quasi im privaten Plauderstündchen? Das hätten Sie der Polizei schon früher sagen müssen.«

»Hätte mir denn jemand geglaubt, da Sie, wie ich ahne, es ja auch nicht tun?«

In diesem Moment schlug es Mitternacht, und Irma war froh, die letzte Frage Luigis nicht mehr beantworten zu müssen.

Das Zuprosten zog sich in die Länge, und als endlich alle gegenseitigen Glückwünsche ausgetauscht waren, war das Jahr 2013 schon über eine Stunde alt. Bis die Väter, die mit ihren Sprösslingen an den Strand gegangen waren, um das neue Jahr mit Raketen zu begrüßen, zurück waren, war es zwei Uhr morgens.

Irma hatte sich zu ihrer Mutter gesetzt, verbot sich die Frage, warum diese so klammheimlich abgehauen war, und fragte stattdessen, wie sie eigentlich nach Sizilien gereist sei. Mam berichtete, dass sie weder ein Flugzeug noch die Bahn, sondern einen Fernbus genommen hatten.

»Wegen dem Gepäck«, erklärte sie. »Das hätten wir nicht in einem Flugzeug mitnehmen können – und mit dem Zug auch nicht. Wie hätten wir denn mit den vielen Koffern und Kisten umsteigen sollen? Es war Luigis Idee. Er kannte den Busfahrer, einen Sizilianer aus Catania, und der hat uns die Plätze organisiert und für ein kleines Trinkgeld unsre Siebensachen verstaut.«

»Ach so«, sagte Irma und ärgerte sich, nicht selbst daraufgekommen zu sein, dass es Fernbusse gab.

Noch weniger hätte sie sich allerdings vorstellen können, dass ihre Mutter es auf sich genommen hatte, über 2000 Kilometer im Bus durch Italien zu gondeln.

»Du hättest mir in Stuttgart eine Nachricht hinterlassen sollen«, sagte Irma. »Ich hab mich gesorgt. Leo und ich haben dich eine Woche lang auf der Insel gesucht.«

»Ich habe dir doch eine Karte geschickt, min Deern«, verteidigte sich Mama Eichhorn. »Eine Ansichtskarte mit dem Ätna vorn und der Adresse und Telefonnummer hintendrauf.«

Luigi, der dazugekommen war, drohte Helga mit dem Zeigefinger. »Ich hab dir doch gesagt, *cara* Helga, die italienische Post ist langsam.« Und zu Irma gewandt: »Ich habe Ihrer Mama vorgeschlagen, in Stuttgart anzurufen, aber sie hatte Angst, dass Sie sie zurückbeordern. Helga wusste ja, unter welchen misslichen Umständen Sie, verehrte Irma, mich auf dem Eugensplatz kennengelernt haben. Ihre Mama fürchtete, dass Sie etwas dagegen hätten, dass sie mit einem wie mir nach Sizilien zieht.« Und während er zwischen Irma und ihrer Mutter hin und her sah, murmelte er: *»Ma ci sono poche che hanno occhi belli come i vostri.«*

»Und das heißt?«, fragte Irma.

»Wenige haben so schöne Augen wie Sie beide!«

»Ach ja?«, sagte Irma, der auf so viel sizilianische Galanterie nichts einfiel.

»Glauben Sie mir, liebe Irma, Ihre Mama und ich sind sehr glücklich miteinander und wollen zusammen hier alt werden.«

Alt werden?, dachte Irma überrascht. Ist man heutzutage mit über sechzig noch nicht alt? Du meine Güte, wenn doch jeder Mensch so optimistisch sein könnte. Ich glaube, Mam und Luigi sind wirklich glücklich. Irma fiel auf, mit wie viel Zuneigung, ja Ehrfurcht, Luigi von seinen Verwandten bedacht wurde. Sie vermutete, dass das an seinem allgegenwärtigen Charme und seiner guten Laune lag. Irma wusste ja nichts von Luigis Großzügigkeit in puncto Hotelfinanzierung. Wie hätte sie sich auch vorstellen können, dass man sich so viel Geld zusammenklauen konnte?

Luigis Neffe Giuseppe und dessen Frau Maria hatten Irma und Leo stolz durchs Haus geführt. Da steckte Geld drin: elf gut ausgestattete Doppelzimmer mit Bad und WC. In einem geräumigen Zweizimmer-Appartement entdeckte Irma die Nippes und einige Bilder, die sie in der Wohnung ihrer Mutter vermisst hatte. Dies war also die Wohnung, in der Mam künftig mit Luigi leben wollte!

Da das Hotel *Pinocchio* bis zum 2. Januar geschlossen hatte, waren die drei Familien der Verwandtschaft, die aus anderen Orten stammten, in Gästezimmern einquartiert. Irma und Leo war längst die letzte Seilbahn nach Taormina davongefahren, und so nahmen sie die Gastfreundschaft der Familie Baresi an und übernachteten auch im Hotel.

Als alle schon in den Betten lagen, saßen Irma und Leo auf dem Balkon. Das Meer glitzerte unter tausenden Sternen. Der Strand lag in Dunkelheit und Stille. Nur hin und wieder erinnerte ein Böllerschuss daran, dass ein neues Jahr angebrochen war. Irma konnte sich nicht verkneifen, auf Luigis Erzählung über Edmund Körner zurückzukommen.

Leo lachte leise. »Oh, Frau Kommissarin, ist dir eigentlich nichts romantisch genug, um einmal deinen Beruf zu vergessen?«

»Hast ja recht. Tschuldigung«, sagte Irma und lehnte den Kopf an seine Schulter »Darüber reden wir später.«

Aber auch Leo interessierte sich inzwischen für das Schicksal Edmund Körners und spann den Faden selbst weiter: »Meinst du, da kann was dran sein, was der Luigi erzählt hat?«

»Selbst wenn«, sagte Irma. »Körners Prozess ist auf den 7. Januar festgelegt. Bis dahin ist es so gut wie unmöglich, einen Zeugen, wenn es ihn denn gibt, aufzutreiben.«

Leo, der sich daran erinnerte, wie er selbst einmal unschuldig hinter Gittern gesessen hatte, sagte: »Im Namen der Gerechtigkeit wäre es einen Versuch wert!«

»Ich werde mit Schmoll sprechen«, sagte Irma.

Sie gähnte und nahm Kurs aufs Bett.

Alle Übernachtungsgäste und das Hotelpersonal, das auch zur Familie gehörte, frühstückten gemeinsam im Speisesaal, der an die Terrasse anschloss. In diesem Raum war die Bar und hier stand auch das Klavier.

Irma und Leo saßen wieder mit Luigi und Helga an einem Tisch. Außer der putzmunteren Helga, die wie immer tipptopp frisiert und wie aus dem Ei gepellt war, sahen alle anderen ein wenig müde aus, obwohl auch sie der italienischen Sitte gemäß *bella figura* machten, das heißt elegant angezogen waren.

Irma brauchte nicht mehr zu fragen, ob ihre Mam vorhatte, irgendwann nach Deutschland zurückzukommen, denn sie bat Irma, ihr die Rente nachzuschicken und einen Container mit Möbeln und Hausrat auf den Weg nach Sizilien zu bringen.

»Wenn wir uns sehen wollen, min Deern, kommst du zu uns nach Sizilien und machst hier Urlaub.«

Irma stand machtlos vor vollendeten Tatsachen und konnte nur hoffen, Mams »große Liebe« würde diesmal halten.

Luigi verteilte Chianti-Flaschen auf die Tische und goss ein. Mama setzte sich ans Klavier und stimmte das Chianti-Lied an, das Irma in ihrer Kindheit oft vom Plattenspieler gehört hatte. Mam hatte dazu getanzt und mit Rudolf Schock im Duett gesungen. Da begriff Irma plötzlich, dass ihre kleptomanisch und mannstoll veranlagte Mam gefunden hatte, wonach sie ihr ganzes Leben auf der Suche gewesen war.

Nachdem Helga den Schlussakkord in die Tasten gehauen hatte, gab es Applaus. Sie verbeugte sich wie eine Starpianistin. Danach setzte sie sich wieder an den Tisch und frühstückte weiter, als ob nichts gewesen wäre.

»Meine Güte, Mam«, sagte Irma. »Dass du noch so gut spielen kannst!«

»Das verlernt man doch nicht, genau wie Radfahren oder Schwimmen. Ich musste ein paar Tage ein bisschen üben, danach gingen alle Stücke, die ich früher einmal konnte, wie von allein.«

Luigi sagte zu Irma: »Ihre musikalische Mama wird die Attraktion des Hotels. Wir werden einen Tanzabend einführen, an dem auch Gäste aus anderen Hotels teilnehmen können.«

»Ich muss mir noch Noten für Jazz und Schlager, vielleicht auch für Filmmusik besorgen«, sagte Helga.

Luigi sah Helga liebevoll an. »Sie hilft auch in der Küche«, sagte er stolz. »Sie kocht nicht nur perfekt Pasta, sondern auch schwäbische Spätzle und norddeutsche Frikadellen. Wir haben eine internationale Speisekarte!«

Helga schmunzelte geschmeichelt. »Kochen ist mein Hobby!«, sagte sie bescheiden. Sie zeigte auf Luigi: »Er macht sich ja auch nützlich. Jeden zweiten Tag fährt er auf den Markt und packt den Lieferwagen mit frischem Obst und Gemüse voll. Außerdem fegt er die italienischen Terrazzoböden so gut, als ob er schwäbische Kehrwoche macht.

Luigi lächelte. »Ich tue das, weil's mir Spaß macht.«

Irma und Leo wollten nicht mit dem Auto nach Taormina hinaufgebracht werden, weil sie sich auf die Seilbahnfahrt freuten. Sie wurden von drei Dutzend Verwandten zur Talstation gebracht und mit viel Hallo, Umarmungen und nicht enden wollender Küsserei entlassen. Irma knipste noch rasch ein Gruppenbild ihrer neuen Verwandtschaft, bevor die *Funivia* startete.

Die Aussicht über die schönste Landschaft der Welt verschlug Irma und Leo die Sprache.

Eine Stunde später rief Irma bei Schmoll an.

»Prost Neujahr!«, brummte der und es klang verkatert.

»Dir auch alles Gute fürs neue Jahr, und Gruß von Leo«, sagte Irma.

»Danke. Wie ist das Wetter auf Sizilien?«

»Der Winter ist hier besser als ein schlechter Sommer in Deutschland.«

»Das Eichhörnle will doch nicht mit mir übers Wetter reden – was gibt's denn? Bist du über 'ne Leiche gestolpert und brauchst meine Unterstützung? Auf die Mafiainsel kriegst du mich nicht!«

»Das weiß ich, Boss. Und apropos stolpern: Nachdem wir über griechische Ruinen gestolpert sind, sind wir gestern Abend über Luigi Baresi gestolpert.«

»Ah, der kleine Gauner, der den Leuten die Taschen ausräumt und neben toten Mädchen einschläft! Ist der denn schon wieder aus dem Knast raus? Wenn er wieder was ausgefressen hat, sollen sich die Carabinieri darum kümmern. Was hat er denn geklaut?«

»Meine Mutter!«

»Veralbern kann ich mich selber.«

»Ohne Mist. Er ist mit meiner Mutter nach Sizilien abgehauen. Ich hab mich aber inzwischen überzeugen können, dass sie freiwillig mitgegangen ist.«

»Jetzetle«, sagte Schmoll. »Und nun?«

»Ich hab den Baresi inzwischen als charmanten Tausendsassa kennengelernt, und dabei hat er mir eine Story aus dem Knast preisgegeben. Es geht um Edmund Körner.«

Und danach erfuhr Schmoll, was Luigi erzählt hatte. Irma konnte förmlich sehen, wie Schmoll in 2000 Kilometern Entfernung seine Stirn zu Wellblech zog.

»Also, Eichhörnle, ich weiß ja, dass du manchmal den richtigen Riecher hast, doch diesmal glaube ich, du hast gestern beim Rutsch ins neue Jahr zu tief ins Glas geguckt.«

»Schmoll, im Ernst: Kannst du Körner nicht so bald wie möglich in dieser Sache vernehmen?«

»Körner sitzt in U-Haft und steht nächste Woche vor dem Richter«, sagte Schmoll. »Ich mach mich doch nicht lächerlich.«

»Dann komme ich morgen zurück und klappere selbst noch mal die Anwohner am Eugensplatz ab. Wir müssen doch wenigstens versuchen, einen Zeugen zu finden, der den Komplizen bestätigen kann.«

Als Leo hörte, dass Irma entschlossen war, schon am folgenden Tag nach Stuttgart zurückzukehren, war er nicht begeistert. Er bereute, an Irmas Gerechtigkeitssinn appelliert zu haben, und zweifelte plötzlich, ob sie dem schlitzohrigen Sizilianer die Story mit Edmund Körners Komplizen glauben durften. Außerdem hatte Leo nicht bedacht, wie blitzschnell und hartnäckig Irma handelte, wenn sie einen Fall aufklären wollte.

Er sah zum Fenster hinaus, stellte fest, dass es regnete, dachte an die Pleite mit dem gestohlenen Mietwagen, eine Sache, die heute noch bei der Leihwagenfirma zu erledigen war, und sagte zu Irma: »Meinetwegen, ich versuche, einen Flug zu buchen.«

Sie flogen abends mit der letzten Maschine, die von Catania nach Stuttgart startete, zurück in den deutschen Winter.

Dreiundzwanzig

»Hinterhalt im Winzerwald«

Am nächsten Morgen, bevor Irma ins Präsidium fuhr, kam ein Anruf von Helene. Sie war hocherfreut, dass Irma zurück war, und behauptete, seit heute zu wissen, dass Helga Eichhorn ihr Glück auf Sizilien gefunden hatte.

Irma fragte sich, woher das Helene schon wissen konnte, und ihr wurden diese Miss-Marple-Talente fast unheimlich. Doch dann erfuhr sie, dass Helene einen Brief aus Taormina bekommen hatte, in dem ihr Helga begeistert über ihr neues Leben berichtet und sie nach Sizilien eingeladen hatte.

»Nicht wahr, Irmchen«, rief Helene aufgekratzt, »da fahren wir wieder gemeinsam, wie nach Ägypten! Aber jetzt erzähl doch mal, wie eure Reise war!«

»Später«, sagte Irma und lächelte über den Enthusiasmus ihrer alten Freundin. »Ich erzähl dir alles später, aber jetzt muss ich zum Dienst. Tschüss, bis bald mal.«

Bevor Irma aus dem Haus ging, fand sie eine Ansichtskarte im Briefkasten: Vornedrauf war der Ätna abgebildet, im rotglühenden Ausbruch begriffen. Auf der Rückseite stand: »Mein liebstes Irmchen, frohe Weihnachten und einen guten Rutsch ins neue Jahr wünscht dir deine Mama.« Darunter stand die Adresse des Hotels *Pinocchio* und eine ellenlange Telefonnummer.

Später im Präsidium leistete Irma harte Überzeugungsarbeit, bis Schmoll bereit war, Edmund Körner vor dem Prozess noch einmal zu vernehmen.

Schmoll rief im Krankenhaus auf dem Hohenasperg an und erfuhr, dass es Körner schlechter ging und er zurzeit nicht vernehmungsfähig sei.

»Nächste Woche ist doch sein Gerichtstermin«, sagte Schmoll. »Aha, verstehe, der Prozess ist verschoben worden.«

Irma blieb hartnäckig. »Dann haben wir genug Zeit, die Anwohner zwischen Körners Haus und dem Eugensplatz zu befragen. Es lässt mir einfach keine Ruhe.«

»Ist mir schon klar«, knurrte Schmoll. »Und deswegen lässt du *mir* keine Ruhe.«

»Ich bin extra früher von Sizilien zurückgekommen, da kannst du mich jetzt nicht hängen lassen.« In Irmas grünen Augen funkelten die goldenen Pünktchen, immer ein Zeichen, dass sie wild entschlossen war, ihren Willen durchzusetzen.

Schmoll war genervt. »Hast du mal wieder eine Intuition, der du um jeden Preis folgen musst?«

Irma zuckte mit den Schultern.

Katz räusperte sich und rieb seine Nasenspitze. »Des Eichhörnle hot scho öfter a Spur geahnt, die ons weiterbracht hot.«

Schmoll begann Kniebeugen zu machen. Bei Nummer dreizehn keuchte er: »Also gut, ihr habt gewonnen. Fahrt zum Eugensplatz. Aber ohne mich!«

»Und was machst du so lange, Boss?«, fragte Irma.

»Ich gehe in den ›Hinterhalt im Winzerwald‹, um meinen Kopf auszulüften.«

Katz sagte zu Irma: »I han nix gege en Dienschtausflug!« Er grinste. »Die Sonn scheint! Gefühlte Temperatur mindeschdens 20 Grad.«

Irma mummte sich in ihre Daunenjacke und wickelte sich einen dicken Wollschal um den Hals. »Ich fühle mindestens 2 Grad Frost. Nach der milden Luft auf Sizilien verweigern mir Leib und Seele, mich an den deutschen Winter zu gewöhnen.«

Katz stellte seinen VW Polo direkt vor das Gartentor der Körner'schen Villa. Irma spähte durch den schmiedeeisernen Zaun in den Vorgarten. Immergrüne Buchsbaumkugeln, Kirschlorbeersträucher und eine Gruppe Säulenwacholder erinnerten sie an Sizilien.

»Hier residiert nun die schöne Edith seit August letzten Jahres allein«, sagte sie.

Katz sah an der Hausfassade hoch. An den Fenstern des Parterres waren die Rollos geschlossen.

»Es sei denn, sie hot sich scho wieder an Knuddelbär zuglegt und liegt noch em Nescht mit dem«, lästerte er.

»Zügle deine schmutzige Fantasie«, sagte Irma. »Vielleicht führt sie Amus aus und wir treffen sie hier irgendwo auf der Straße. Allerdings könnte ich gern auf Frau Körner verzichten, nur den Hund würde ich gern wiedersehen. Ob er mich noch kennt?«

»Klar kennt der dich. Des Vieh war ja total rabbelich uff deine Schtreicheleinheita.«

»Ich glaub, Amus mag mich«, sagte Irma. »Leo war schon einverstanden gewesen, dass wir ihn behalten – und da nimmt die dumme Kuh ihn mir wieder weg, nur weil sie mir eins auswischen wollte.«

»Jetzt jammer net rum«, sagte Katz. »Mir fanget em Nachbarhaus a, da han mir im Auguscht net älle Mieter atroffe. Weil dr Körner geschtändig war, waret ja auch keine weitere Befragunge mehr nötig.«

»Okay«, sagte Irma, »wir klappern jetzt systematisch jedes der im Umkreis der Villa liegenden Häuser ab.«

Den ganzen Tag, nur unterbrochen von einer kurzen Mittagspause, gingen sie von Haus zu Haus und fragten, ob jemand in der Nacht des 5. August 2012, am letzten Tag des Stuttgarter Sommerfests, zwei Personen auf dem Weg zum Eugensplatz gesehen hätte.

»Zwei Leute, die etwas Großes und Schweres getragen haben«, fügte Irma jedes Mal hinzu.

Doch immer wurden sie mit Schulterzucken und Kopfschütteln bedacht. Niemandem wollte etwas aufgefallen sein.

Die Sonne war mittlerweile hinter einer grauen Wolkendecke verschwunden und der Wind fegte die Straßen. Um fünf Uhr nachmittags war es bereits dunkel. Irma und Katz sahen unter einer Straßenlaterne ihre Notizen durch. Neben ihnen blieb eine Frau stehen, weil ihr Dackel an ebendiesem Laternenpfahl das Bein heben musste. Die Frau sah ihrem Hund ähnlich: kurzbeinig, dickleibig und rauhaarig.

Katz fragte sie, ob sie hier in der Nähe wohne, und Irma sagte ihr Sprüchlein auf, das sie nun schon im Schlaf hätte herunterleiern können.

Die Frau hieß Rehbein und wohnte im Nachbarhaus der Körners. Sie hatten sie dort nicht angetroffen, weil sie mit dem Vormittags-Gassigang beschäftigt gewesen war.

»5. August«, sagte Frau Rehbein, »da kann ich mich genau erinnern, weil es der Tag vor meiner großen Reise war. Wegen der Kofferpackerei war ich mit Bubi später als sonst unterwegs. Es wird so gegen elf Uhr nachts gewesen sein. Wenig Autos und keine Menschenseele weit und breit. Auf dem Nachhauseweg kamen mir ungefähr hier, wo wir jetzt stehen, drüben auf der anderen Straßenseite die Körners entgegen. Ich hätte sie gar nicht erkannt, wenn sie nicht an dem Haus vorbeigegangen wären, an dem Licht angeht, wenn man in die Nähe kommt.«

»Sie sind sicher, dass es Körners waren?«, fragte Irma.

»Natürlich. Ich hab mich gewundert, weil ich sonst immer nur Herrn Körner begegnet bin, wenn er seinen Amus ausgeführt hat. Diesmal war nicht der Hund, sondern seine Frau dabei, und ich fand noch was seltsam …« Frau Rehbein unterbrach ihren Bericht und ließ Leine für Bubi, damit er gegen die nächste Hausecke pinkeln konnte.

»Was fanden Sie seltsam, Frau Rehbein?«, bohrte Irma nach.

»Frau Körner hat einen Rollstuhl geschoben. Wahrscheinlich war es der Rollstuhl, mit dem ihr Mann nach seinem Schlaganfall jeden Tag zusammen mit Amus spazieren gefahren ist.«

»Und Herr Körner lief nebenher? Er saß nicht im Rollstuhl?«

»Da saß jemand anderes, ich konnte nicht erkennen, wer es war.«

Katz sagte vorwurfsvoll: »Des hättet Se dr Polizei melda müssa, Frau Rehbein!«

»Wieso denn?«, sagte sie beleidigt. »Ich kann doch nicht Leute melden, denen ich zufällig nachts beim Gassigehen begegne!«

»Haben Sie nicht in der Zeitung gelesen, was in dieser Nacht auf dem Eugensplatz beziehungsweise im Hause Körner passiert ist?«, fragte Irma.

»Ja, was denn? Erstens lese ich gar nie Zeitung und zweitens bin ich am nächsten Morgen nach Kanada geflogen.«

Frau Rehbein erzählte, sie sei bei ihrer Schwester gewesen, die von ihrem verstorbenen Mann Geld wie Heu geerbt habe.

»Vancouver ist eine Traumstadt! Wir zwei lustigen Witwen haben uns eine wunderbare Zeit gemacht und meine Rückreise immer wieder verschoben.«

»Kanada würde ich mir auch gern ansehen«, sagte Irma, um die Dame gesprächig zu halten.

»Wir sind durch die Rocky Mountains gereist. In Calgary haben wir ...«

Katz unterbrach Frau Rehbeins Weltreise. »Da waret Se wohl lang weg vo Stuegert?«

»Ich bin erst seit ein paar Tagen wieder hier.« Sie zeigte hinunter auf die Stadt. »Jetzt bin ich froh, wieder im Ländle zu sein.« Sie tätschelte ihren Dackel, der winselte, weil's ihm langweilig wurde. »Und meinen Bubi hab ich auch wieder. Er war zwar bei meiner Nichte gut aufgehoben, aber nun bin ich glücklich, dass mein kleiner Racker wieder bei mir ist.«

Irma sagte, das könne sie verstehen, und Katz fragte, ob Frau Rehbein, seit sie aus Kanada zurück sei, Frau Körner schon gesehen habe.

»Gestern ist sie mit ihrem Schickimicki-Sportwagen Richtung Stadt gerast. Aber Herrn Körner und den Amus habe ich noch nicht wiedergesehen. Hoffentlich ist Herr

Körner nicht wieder krank. Ein so netter Mann! Ach, seine Gerlinde, die war eine Seele von einem Mensch. Dass die arme Frau aber auch so tragisch enden musste! Ich kann gar nicht verstehen, wieso der Körner nicht mal das Trauerjahr abwarten konnte und diese junge Ziege geheiratet hat. So sind halt die Männer!«

»Würden Sie bitte morgen ins Präsidium kommen, damit wir Ihre Beobachtungen, die Sie in besagter Nacht gemacht haben, zu Protokoll nehmen können?«, fragte Irma.

Frau Rehbein stutzte, sagte »Platz! Bubi!« und dann aufgeregt: »Ins Polizeipräsidium? Ich hab doch nichts verbrochen!«

»Nein«, sagte Irma. »Sie haben uns sehr geholfen, Frau Rehbein, und vielleicht Herrn Körner auch. Sie müssten nur das Protokoll Ihrer Aussage unterschreiben.«

Katz gab ihr eine Visitenkarte, und Irma notierte sich die Telefonnummer der auskunftsfreudigen Dame.

Frau Rehbein wurde sich ihrer Wichtigkeit bewusst und sie versprach, sich am nächsten Vormittag um zehn Uhr in Schmolls Büro einzufinden.

Da der Dackel an der Leine zerrte, hatten sie notgedrungen ab und zu ein paar Schritte weitergehen müssen. Als sie sich nun verabschiedeten, waren sie am Eugensplatz angekommen.

Schmoll war von seiner Tour aus dem »Hinterhalt im Winzerwald« zurück und saß an seinem Schreibtisch.

Nachdem er den Bericht seiner Mitarbeiter aufmerksam angehört hatte, streichelte er seine Glatze. »Mir scheint, Rollstühle kommen als Tatwaffe in Mode.«

Mehr sagte er nicht. Aber Irma war siedendheiß klar geworden: Schmoll hatte die Zusammenhänge erfasst! Nun, da er wusste, dass ihre Mutter sich mit Luigi Baresi nach Sizilien abgesetzt hatte, hatte er wohl daraus geschlossen, dass sie das ältere »Ehepaar« waren, mit dessen Rollstuhl der Exhibitionist auf dem Cannstatter Frühlingsfest tödlich verunglückt war. Irma war sich nun sicher: Schmoll hatte, genau wie sie selbst, nach der Beschreibung der Zeuginnen ihre Mutter erkannt.

Dass Schmoll später nicht mehr auf das Rollstuhlthema zurückgekommen war, bewies Irma seine Loyalität ihr gegenüber. Ihr war wohler, da er ihr Geheimnis nun durchschaut hatte. War ihm das heute im seinem »Hinterhalt im Winzerwald« eingefallen? Wahrscheinlich hatte er es schon immer gewusst!

Irma meinte nun auch, Schmolls Spruch: »Es gibt keine reine Wahrheit, aber ebenso wenig einen reinen Irrtum« zu verstehen.

Vierundzwanzig

Die Fäden der Wahrheit

Bei Frau Rehbeins Befragung auf dem Präsidium hatte Schmoll den Staatsanwalt hinzugezogen.

Zuvor hatte Irma Frau Rehbein von der jungen Frau, die tot am Eugensplatz gefunden worden war, und von Körners Verhaftung berichtet. Frau Rehbein war erschüttert. Deswegen ließ Irma die Sache mit dem jungen Mann, der im Hause Körner von den Weinflaschen erschlagen worden war, bei ihrem Bericht weg. Diese Geschichte war für die Zeugin unwichtig, und Irma wollte Frau Rehbein nicht noch mehr verwirren.

Nachdem sich die Frau gefasst hatte, berichtete sie noch einmal ihre Beobachtungen in der Nacht des 5. August. Sie unterschrieb das Protokoll und versicherte, bereit zu sein, ihre Aussage vor Gericht unter Eid zu wiederholen.

Ganz ergriffen von der Situation tupfte sie sich die Augen und sagte: »Wenn ich einem unschuldigen Menschen helfen kann, tue ich das gern.«

Nachdem Frau Rehbein gegangen war, erklärte der Staatsanwalt: »Falls Edmund Körner die Aussage der Zeugin Rehbein bestätigt, bedeutet das einen sofortigen Haftbefehl für seine Frau.«

Am frühen Nachmittag rief Schmoll in Asperg im Justizvollzugskrankenhaus an. Edmund Körner war inzwischen wieder vernehmungsfähig. Schmoll fuhr sofort los, steckte aber auf der A 81 bald in einem Stau fest. Schließlich verließ er die Autobahn bei Ludwigsburg Nord und sah wenig später den Kegel des Hohenasperg, dessen Festung schon seit dem Mittelalter als Gefängnis genutzt wird, aus dem hügeligen Umland emporragen.

Nach vielen steilen Kurven hatte Schmoll den einzigen Zugang in die Festung, das Löwentor, erreicht. Er quälte seinen alten Daimler hindurch und den schmalen, stark ansteigenden Weg entlang des Wallgrabens hinauf auf das Gipfelplateau des Aspergs. Dort stellte Schmoll den Daimler auf den Parkplatz, blickte an den efeubewachsenen, stacheldrahtbewehrten Festungsmauern empor und bedauerte, keine Zeit zu haben, um den Panoramablick auf das umliegende Strohgäu und die Weinberge zu genießen.

Schmoll überquerte die Wallgrabenbrücke zum äußeren Torturm und durchschritt den daran anschließenden langgezogenen Gebäudetunnel. Vor dem Eingang des Krankenhauses erwartete ihn ein Wachmann, der ihn durch die Sicherheitsschleuse führte.

Ein Pfleger brachte Schmoll zum Krankenzimmer und sagte: »Der Körner ist ein geduldiger Patient, aber er wird immer wunderlicher. Eben musste ich ihm wieder ein Viertelesglas bringen. Er frönt seinem ›Riesling-Ritual‹, wie er das nennt.« Der Pfleger lächelte nachsichtig. »Körner hat zwar inzwischen kapiert, dass es hier im Gefängniskrankenhaus keinen Remstaler Pulvermächer gibt, aber er besteht darauf, dass das Gesöff hellgelb zu sein hat. Wenn ich ihm verdünnten Karottensaft einschenke, ist er zufrieden. Zu seinem seltsamen Riesling-Ritual gehört tieftraurige Musik. Ich habe mehrmals versucht, ihm CDs mit fröhlichen Klängen einzulegen – aber er will nur immer das eine Stück hören.«

Körner saß im Bett. Sein Kopf ruhte an der hochgestellten Rückenlehne. Er hielt ein braunes Kissen an die Brust gedrückt und streichelte es. Auf dem Nachttisch stand ein stilechtes schwäbisches Viertelesglas mit grünem Henkel, in dem es gelblich schimmerte. Aus dem CD-Player strömten leise schwermütige Klänge und füllten das Zimmer mit Trauer. Schmoll kannte sich nicht aus mit klassischer Musik und wusste weder um welchen Komponisten noch um welches Stück es sich handelte. Erst die CD-Hülle informierte ihn, dass der düstere, erregte Chorgesang, der wie in Vorahnung kommender Schrecken wogte, das Requiem von Mozart war.

Schmoll entschuldigte sich bei Körner, ihn stören zu müssen, und fragte fast schüchtern, ob er die Musik ausstellen dürfe, um sich ein wenig mit ihm zu unterhalten.

Jetzt erst schien Körner Hauptkommissar Schmoll zu erkennen. Er legte das braune Kissen zur Seite, stellte die Musik ab und fragte nach Amus.

Als er hörte, das Tier sei wieder bei seiner Frau, schüttelte Edmund den Kopf und sagte leise: »Wo doch Edith Amus nicht mag!?«

Die Sorge um seinen geliebten Hund trieb ihm Tränen in die Augen.

Um ihn zu beruhigen, sagte Schmoll, er bringe gute Nachrichten. »Wir haben eine Zeugin gefunden, deren Aussage Sie im Prozess entlasten wird.«

Edmund Körner schluckte und ließ den Kopf hängen. Sein kantiges Gesicht unter dem wirren weißen Haar wurde gelb wie Kernseife.

Schmoll erkannte, dass Körner mit sich und der Welt abgeschlossen hatte, dass er nichts mehr von dem hören wollte, weswegen er angeklagt war. Doch Schmoll musste ihn um der Gerechtigkeit willen quälen.

Erst als wieder etwas Farbe in Körners Gesicht zog, wagte sich Schmoll mit der ersten Frage vor. »Ist es wahr, dass Sie Tinas Leiche nicht allein zum Eugensplatz gebracht haben?«

Körner nickte kaum merklich.

»Und ist es wahr, Herr Körner, dass noch jemand dabei war, als Tina Eisele gestorben ist?«

Schmoll sah, wie Körner mit sich rang, ob er antworten sollte.

»Ich glaube, Herr Korner, es würde Sie erleichtern, wenn Sie mir endlich die Wahrheit sagen. Erzählen Sie mir, was geschehen ist, nachdem Tina die Ohrringe verschluckt hat.«

Wider Erwarten richtete sich Edmund auf, seufzte und begann leise die Tragödie zu erzählen, die dem in solchen Dingen abgebrühten Schmoll eine Gänsehaut über den Rücken jagte.

Körner sprach schleppend und monoton. Er blickte dabei ins Leere, als ob er Tinas Todeskampf wieder vor Augen hätte.

»Als Tina keuchend aufs Bett fällt, geht die Schlafzimmertür auf und meine Frau steht dort. Sie schreit und kreischt. Sie beschimpft mich und hindert mich daran, Tinas Kopf hochzustützen!« Den letzten Satz hatte Körner gekeucht. Endlich war er wieder bei Atem und wisperte: »Die plötzliche Wende vom Glück zur Katastrophe machte mich wehrlos.« Er starrte auf seine Hände, als ob er aus den Hautfalten etwas herauslesen wollte. Dann sprach er weiter, hastig, aber gequält: »Tina liegt auf dem Bett und ringt nach Luft. Sie krümmt sich. Sie schlägt mit den Armen um sich. Ihre Beine zucken. Ihr Gesicht färbt sich rot, und ihre Augen leuchten. Leuchten! Dieses Leuchten reißt mich aus meiner Lethargie. Ich greife nach dem Telefon, um den Notdienst anzurufen. Edith schlägt mir den Hörer aus der Hand. Mein Körper versteift sich. Ich bin handlungsunfähig.« Edmund drückte sich die Hand auf die linke Brustseite und schrie seinen körperlichen und seelischen Schmerz heraus: »Ich muss zusehen, wie Tina stirbt, und habe mir gewünscht, selbst zu sterben!«

Nach einer langen Pause flüsterte er: »Ich zittere und spüre, wie sich mein Herz vor Grauen zusammenzieht. Und das Grauen bleibt, als Tina endlich stillliegt. Edith befiehlt mir, ein Laken über Tina zu legen und lässt mich mit ihr allein. Ich bin allein mit Tina und meinem Grauen. Das Grauen ist immer noch da. Das Grauen drückt mir die Luft ab. Ich ersticke wie Tina, nur noch langsamer.«

Schmoll wartete, bis Edmund Körner mit einem tiefen Atemzug aufzuwachen schien. Ein Atemzug wie ein Ertrinkender nach der Wiederbelebung.

Und nun hörte Schmoll den Rest: Wie Körner die Nacht und den nächsten Tag bei Tina ausharrte.

»Ich hab sie gestreichelt und mit ihr gesprochen, habe sie angefleht, aufzuwachen. Als ich gemerkt hab, wie die Totenstarre einsetzt, hab ich ihr die Augen zugedrückt. Das

Schlafzimmer war verschlossen. Das Telefon hatte Edith mit sich genommen. Aber ich wollte sowieso weder das Zimmer verlassen noch telefonieren. Im angrenzenden Bad habe ich mich immer wieder übergeben müssen. Edith ließ sich nicht blicken. Ich hörte Amus vor der Tür winseln. Am nächsten Abend, es wurde bereits dunkel, kam Edith herein und drohte, Amus zu vergiften, wenn ich mich nicht genau an ihren Plan halten würde. Zuerst übte sie mit mir, was ich der Polizei sagen sollte, falls die uns irgendwie auf die Schliche kommen würde. Sie sagte: Merke dir, ich bin nicht früher zurückgekommen, sondern von Freitag bis Montag in Bad Wörishofen gewesen! Ich habe das Mädchen nie gesehen!«

Schmoll räusperte sich. »Diese Aussage haben wir leider bei unserem ersten Besuch bei Ihnen geglaubt. Sie und Ihre Frau haben so überzeugend gelogen, dass wir Sie als Hauptverdächtigen verhaften mussten. Tut mir leid, Herr Körner, aber wir sind keine Hellseher. Sie haben uns nach den Anweisungen Ihrer Frau glaubwürdig etwas vorgespielt.«

Körner nickte apathisch und Schmoll sagte: »Bitte weiter.«

Schmoll merkte Körner an, wie es ihn quälte, den Rest zu erzählen. Die Pausen zwischen den Sätzen wurden immer länger, seine Stimme immer leiser. »Ich musste Tina in den Rollstuhl setzen. Die Totenstarre hatte ihren Körper schon verlassen und sie lag schlaff und weich, aber kalt in meinen Armen. Als Tina im Rollstuhl saß, gab mir Edith einen Gürtel und sagte: ›Festbinden.‹ Danach schob Edith den Rollstuhl auf die Straße. Ich fühlte mich schwach, aber konnte Tina nicht verlassen und schleppte mich nebenher. Mir wurde bewusst, dass ich Edith endgültig und für immer auf Gedeih und Verderb ausgeliefert sein würde. Auf dem Weg zum Eugensplatz betete ich zum ersten Mal seit meiner Kindheit. Ich betete darum, dass uns jemand sehen und unseren Leichentransport vereiteln würde. Aber niemand begegnete uns – und ich legte Tina auf die Bank unter der Pergola.«

Körner verharrte in einem langen Schweigen. Endlich hob er den Kopf und sah Schmoll an. »Als Sie mich drei Tage später verhaftet haben, Herr Kommissar, fühlte ich mich nicht gefangen, sondern befreit. Ich wollte lieber ins Gefängnis als bei Edith bleiben.«

Körners Hand tastete zum Nachttisch und schaltete die Musik ein. Bei den ersten Klängen drückte er das braune Kissen an die Brust und schloss die Augen.

* * *

Während Schmoll im Justizvollzugskrankenhaus bei Körner war, hatte Irma eine Akte studiert. Darin befanden sich eineinhalb Jahre alte Dokumente, in denen die Ermittlungen über Gerlinde Körners tödlichen Sturz auf die Straßenbahngleise festgehalten worden waren. Unter anderem las Irma die Aussage Körners, dass seine Frau von einem Mann angerempelt worden war. Besonders genau hatte Irma das Phantombild, das nach Körners Angaben gezeichnet worden war, betrachtet. Ein Gesicht, das keinen Namen hatte. Auch Irma hätte ihn nicht erkannt, wenn sie dieses Bild gesehen hätte, ohne vorher einen Verdacht im Kopf zu haben.

Als Schmoll aus Asperg zurückkam, erzählte ihm Irma, dass Frau Rehbein angerufen und berichtet habe, ihr sei zu Ohren gekommen, Edith Körner wolle die Villa verkaufen oder habe sie sogar schon verkauft. Diese Nachricht brachte Schmoll zusammen mit Körners Aussage zum Staatsanwalt und kam mit einem Haftbefehl für Edith Körner zurück.

»Höchste Zeit!«, brüllte er durchs Büro. »Wir fahren sofort los und schnappen uns die feine Dame! Diesmal werde ich mich nicht von ihr an der Nase rumführen lassen!«

Schmoll steckte seine Dienstwaffe ein und befahl Irma, das auch zu tun. Wie immer lehnte er ab, einen Streifenwagen und einen bewaffneten Polizisten zur Verstärkung anzufordern.

Zusammen mit Irma preschte er in seinem alten Daimler Richtung Haußmannstraße. Eine halbe Stunde später hielten sie vor der Körner'schen Villa.

Das wiederholte Klingeln am Gartentor nützte nichts, die Gegensprechanlage blieb stumm. Schmoll fuhrwerkte nervös mit dem Dietrich am Schloss herum. Er brauchte viel länger als sonst bei derartigen Maßnahmen. Die Haustür setzte Schmoll den gleichen Widerstand entgegen, aber schließlich standen er und Irma im Haus und schlichen mit gezückten Pistolen vorsichtig von einem Zimmer ins andere. Sie fanden weder Frau Körner noch sonst jemanden. Während Schmoll und Irma berieten, was zu tun sei, traten sie ans Fenster. Beide stöhnten gleichzeitig auf, denn sie sahen im Licht der Straßenlaternen einen knallroten Porsche aus der Garage schießen und die Haußmannstraße hinuntersausen.

Irma hätte nie für möglich gehalten, dass Schmoll so schnell rennen konnte. Sie knallten die Haustür hinter sich zu und saßen kurz darauf im Auto. Schmoll gab Gas.

Schon vor der zweiten roten Ampel kam der Porsche in ihr Sichtfeld. Er klemmte zwischen zwei Lieferwagen. Irma vermutete, dass er sonst ohne Rücksicht auf Verluste bei Rot über die Kreuzung geschossen wäre.

»Wir haben sie!«, sagte Schmoll aufgeregt, aber mit Genugtuung. »Nur drei Wagen zwischen uns. Sie kann uns nicht entkommen.«

Bis zum Olgaeck hinunter ließ sich diese Hoffnung halten, aber als es danach die Hohenheimer Straße hinaufging, zischte der Porsche mit halsbrecherischen Überholmanövern vor ihnen her und gewann Vorsprung. Obwohl Schmoll das Blaulicht aufs Dach gesetzt und die Sirene eingeschaltet hatte, verloren sie auf Höhe des Bopsers, wo die kurvenreiche Neue Weinsteige beginnt, den Porsche aus den Augen. Schmoll schnaufte, als ob er die zurückgelegten Höhenmeter nicht gefahren, sondern gerannt wäre.

»Sie will möglicherweise zum Flughafen!«, sagte Irma.

»Kann sein«, brummte Schmoll. »Wir fahren die B 27 erst einmal weiter bis Echterdingen. Dort wird sie ja nicht in den erstbesten Flieger springen. Wir werden sie auf dem Flughafen suchen. Ich werde sie ausrufen lassen und die

Flughafenpolizei um Hilfe bitten, bis unsere Verstärkung kommt.

Sie fuhren mit dem höchsten Tempo, das Schmolls alter Daimler hergab, und kamen so flott voran, dass sie schon eine halbe Stunde später mit ihrer Suchaktion beginnen konnten.

Damit verging eine weitere Stunde, aber Frau Körner schien samt dem Porsche vom Erdboden verschluckt.

»Sie ist womöglich gar nicht zum Flughafen gefahren«, vermutete Irma.

Schmoll glaubte das auch und gab die Fahndung nach dem Porsche an die Zentrale. Zehn Minuten später kam die Meldung, der Porsche sei vor eineinhalb Stunden in der Danneckerstraße gesehen worden. Ein Verkehrspolizist hatte sich das Kennzeichen notiert, weil der Wagen mit viel zu hoher Geschwindigkeit in Richtung Innenstadt unterwegs gewesen war.

Schmoll nahm den Kopf zwischen die Hände, drückte die Handballen gegen seine Schläfen und stöhnte. »Sie hat uns ausgetrickst. Sie ist vor der Bopser-Anlage rechts abgebogen und über die Danneckerstraße zurück in die Innenstadt geprescht. Verdammt, wir haben kostbare Zeit verloren! Wo, zum Teufel, ist sie bloß hingefahren?!«

In kurzen Abständen kamen noch Meldungen, dass der Porsche in Gaisburg, später in Wangen und zuletzt in Hedelfingen gesehen worden war.

»Wieso immer nur gesehen? Warum kann sie eigentlich keiner aufhalten!?«, donnerte Schmoll.

Er saß mit Irma mittlerweile wieder im Auto. Sie standen immer noch vor dem Flughafen.

»Hedelfingen«, sagte Irma. »Liegt das nicht am Neckar? Gegenüber von Obertürkheim?«

»Ganz recht«, knurrte Schmoll, »aber das bringt uns auch nicht weiter.«

Nachdem ihr Schmoll bestätigt hatte, wo Obertürkheim liegt, wurde Irma klar, wohin Frau Körner unterwegs war. Es fiel ihr wie Schuppen von den Augen und sie erinnerte sich endlich, wo sie den roten Porsche zum ersten Mal gesehen hatte: Als sie und Leo nach Uhlbach gewandert waren, hatte der flotte Flitzer vor einem Appartementhaus in Obertürkheim gestanden und hatte sie später auf ihrer Wanderung durch die Weinberge überholt. Die beiden, die in dem Porsche gesessen hatten, waren Edith Körner und Olaf Bär gewesen! Sie waren ihr und Leo danach noch beim Hasenwirt und zuletzt an der Grabkapelle auf dem Württemberg begegnet.

Verflixt aber auch!, dachte Irma. Hätte ich den Porsche ein einziges Mal vor der Körner'schen Villa stehen sehen und hätte sich die damals langhaarige Blondine nicht in eine Brünette mit Bobschnitt verwandelt, hätte ich das Appartementhaus in Obertürkheim schon viel früher mit Edith Körner und Olaf Bär in Verbindung gebracht!

Irma ärgerte sich, war aber trotzdem froh, dass ihr diese Erkenntnis nun doch noch rechtzeitig gekommen war.

»Ich glaube«, sagte sie zu Schmoll, »Ediths und Olafs Liebesnest, von dem Eva Bär erzählt hat, liegt in Obertürkheim. Wenn Frau Körner diese Wohnung noch nicht aufgegeben hat, wette ich, dass sie sich dort verstecken will.«

»Das fällt dir aber spät ein«, moserte Schmoll. »Also auf nach Obertürkheim! Und zwar auf dem schnellsten und kürzesten Weg.«

Wieder brausten sie mit Blinklicht und Sirene los. Solche Verfolgungsjagden hasste Irma. Sie klammerte sich am Haltegriff fest, erwartete ergeben ihr Ende und hoffte gleichzeitig auf das baldige Ende dieser Achterbahnfahrt. Denn Schmoll raste und kurvte durch Wälder und Dörfer über Berg und Tal durch Gegenden, die ihr völlig unbekannt waren. Mein Gott, dachte die sonst so unerschrockene Irma, will Schmoll uns umbringen?

Nebenbei tauchten auch noch Zweifel in ihr auf, ob ihre Vermutung richtig war. Würde sie das Haus wiederfinden, vor dem der rote Porsche geparkt gewesen war? Irma machte sich auch Vorwürfe, weil sie der Sache mit der Zweitwohnung nie ernsthaft nachgegangen war. Wozu auch? Edith Körner hatte in den Verhören energisch abgestritten, eine Wohnung für sich und Olaf gemietet zu haben. Und dann war das raffinierte Weibsstück freigelassen worden. Wegen Mangel an Beweisen, dass sie an Tinas und Olafs Tod irgendeine Schuld traf.

Die kurvenreichen Schleichwege, die Schmoll nahm, und am Schluss die steile Abfahrt von Lederberg ins Neckartal empfand Irma wie eine Höllenfahrt, aber Schmoll sagte, diese Route würde die Fahrt wesentlich verkürzen. Es ginge schließlich darum, Frau Körner aufzuspüren, bevor sie sich ganz aus dem Staub machen könnte.

Irma hatte keine Mühe, das Haus wiederzufinden, obwohl der Porsche nicht davorstand. An der obersten Klingel stand der Name Bär.

»Alles klar«, sagte Schmoll. »Vom vierten Stockwerk wird sie sich nicht abseilen, und um durch die Garage abzuhauen, hat sie diesmal nicht genügend Zeit.«

Als jemand aus der Eingangstür kam, betraten Irma und Schmoll das Haus, Schmoll nahm den Aufzug und Irma lief die Treppen hoch. Oben klingelten sie nur ein Mal, dann öffnete Schmoll mit dem Dietrich.

Frau Körner lag in der Badewanne, ein Zeichen, dass sie sich ziemlich sicher fühlte. Sie war völlig überrumpelt, zeigte wohl zum ersten Mal eine Miene, die nicht aufgesetzt war. Ihr Gesicht und ihre Haltung drückten blankes Entsetzen aus.

Irma sagte: »Ziehen Sie sich an.«

Edith Körner stieg aus der Wanne, und Irma wartete, bis sie sich mit fahrigen Bewegungen angekleidet hatte.

Als sie zu Schmoll ins Wohnzimmer kamen, zitterte Frau Körner und rang sichtlich um Fassung.

Schmoll sagte: »Sie sind verhaftet, den Rest besprechen wir im Präsidium.«

Da kehrte schlagartig die Willenskraft in Frau Körner zurück. Sie weigerte sich mitzukommen und versuchte, mit ihren manikürten Fingernägeln Schmoll ins Gesicht zu fahren.

Ihm blieb nichts anderes übrig, als ihre heftige Gegenwehr mit einem festen Griff zu beenden, damit ihr Irma Handschellen anlegen konnte. Frau Körner wand sich und schrie sich heiser, als Schmoll und Irma sie aus dem Haus und in Schmolls Wagen bugsierten.

Schmoll bewachte sie, während Irma mit Edith Körners Schlüsselbund bewaffnet die Tiefgarage inspizierte und dort den Porsche fand. Auf dem Rücksitz lagen zwei Koffer und im Handschuhfach eine Dokumentenmappe mit einem Kaufvertrag für die Villa und den Porsche. Mutmaßlich war Edmund so gutmütig gewesen, dass er ihr nach der Heirat Vollmachten für seine Finanzen gegeben hatte.

In der Tasche, die im Wohnzimmer gelegen hatte, steckten der Reisepass, die Wagenpapiere und ein Flugticket nach Zürich. Ein Ticket für den 4. Januar – also für den kommenden Tag. Es war nicht schwer zu erraten: Frau Körner hatte geplant, sich abzusetzen, bevor der Prozess ihres Mannes begann. Dass sie heute schon überstürzt in Richtung Flughafen losgefahren war, war allem Anschein nach reine Panik gewesen. Sie hatte vermutlich Schmoll auf die Villa zukommen sehen, hatte sich nur rasch die Dokumentenmappe und ihre Handtasche geschnappt und war damit in die Garage zu ihrem Porsche gerannt, der dort bereits gepackt stand. Dann war sie unverzüglich abgerauscht. Sie dachte wohl, mit dem Porsche würde niemand sie einholen können.

Irma rief die Spurensicherung an, damit die den Porsche mit Inhalt sicherstellen konnte. Eine Stunde später saßen Schmoll und Irma der tief empörten Edith Körner gegenüber. Um ihr Gezeter zu bremsen, ließ Schmoll ihr von einem Polizisten die Handschellen abnehmen.

Edith Körner war außer sich und keifte los: »Was hab ich Ihnen nun schon wieder getan, Herr Hauptkommissar? Warum lassen Sie mich nicht endlich in Ruhe? Ich bin unschuldig am Tod dieses Mädchens und kann auch nichts dafür, dass Olaf umgekommen ist!«

»Und weil Sie völlig unschuldig an allem sind, haben Sie beschlossen, Stuttgart zu verlassen? Sie haben einen Makler mit dem Verkauf der Villa beauftragt, und der Porsche läuft bereits auf einen neuen Besitzer. Vermute ich richtig, dass er am Flughafen übergeben werden sollte? Das Flugticket nach Zürich scheint den Zweck zu haben, dort von Ihnen zur Seite geschafftes Geld abzuheben. Aber das werden wir noch genau herausfinden. Ihr Pech ist, dass jetzt, wo Sie alles in die Wege geleitet hatten, Ihr Plan doch noch schiefgegangen ist.«

Nach dieser Einleitung konfrontierte Schmoll Frau Körner mit den Aussagen der Zeugin, die den Abtransport der Leiche im Rollstuhl beobachtet hatte.

Edith Körner begriff, dass sie durchschaut war und versuchte, sich herauszureden: Sie habe aus reiner Uneigennützigkeit und Gattenliebe ihrem Mann bei der Leichenbeseitigung geholfen.

In diesem Punkt glaubte Schmoll Körner mehr als Edith. Er tat aber, als ob er ihr das abnehmen würde, und wechselte abrupt zum zweiten Anklagepunkt.

»Können Sie mir vielleicht auch verraten, Frau Körner, wer das Weinregal präpariert hat?«

»Wenn es mein Mann nicht getan hat, ist es Olaf gewesen.«

»Ja, natürlich«, sagte Schmoll. »Olaf Bär baut dieses Weinflaschen-Mordinstrument und lässt sich davon erschlagen!?«

»Olaf wird nicht mehr daran gedacht haben, als er den Wein für uns holen wollte.«

»Den Wein, mit dem sie beide Edmunds Verhaftung feiern wollten?«

»Das hat Olaf vorgeschlagen.«

»Wer das vorgeschlagen hat, können wir nicht nachweisen«, sagte Schmoll. »Und Olaf Bär können wir nicht verurteilen, weil er seine Strafe bereits bekommen hat. Eigentlich recht praktisch für Sie, Frau Körner!« Schmoll schaltete auf

Donnerton: »Erklären Sie mir, wie Sie die Weinflaschen umgelagert haben!«

Nachdem er das dreimal gebrüllt und keine Antwort bekommen hatte, sagte Irma: »Dann werde ich Frau Körner erklären, wie es gewesen ist: Als Sie für Ihren Wochenendausflug einen Koffer von dem Regalbrett herunterziehen wollten, war er Ihnen entgegengerutscht. Sie haben gemerkt, dass eins der vorderen Winkeleisen, auf denen das Brett normalerweise liegt, herausgefallen war. Und dabei ist Ihnen eine Idee gekommen: Sie haben die Flaschen aus den am Boden stehenden Kisten herausgenommen und die leeren Kisten auf das Regelbrett gestellt. Danach haben Sie Flasche für Flasche wieder in die Kisten geschoben. Die vordere Kiste haben Sie offen gelassen, damit die Flaschen einzeln herausfallen, wenn jemand die Erste herausziehen will und die Sache zu kippen beginnt.«

»War es so, Frau Körner!?«, fragte Schmoll.

Keine Antwort.

Schmoll ging dicht zu ihr und flüsterte in ihr Ohr: »War es so oder war's ganz anders?«

Weil Frau Körner nicht wusste, ob alles noch schlimmer würde, wenn es nicht so, sondern anders gewesen wäre, schaltete sie auf Mitleidstour. »Schließlich musste doch mal aufgeräumt werden. Da Edmund immer alles auf den Boden stellte, wollte ich für Ordnung sorgen.«

»Aha, Ordnung«, sagte Schmoll. »Ordnung ist das halbe Leben, nur manchmal kann sie auch ein ganzes Leben kosten.«

Edith konnte oder wollte nicht ganz folgen und jammerte: »Es war furchtbar anstrengend und dauerte lange, die Flaschen umzulagern. Mit jeder Flasche musste ich auf die Trittleiter steigen, um sie einordnen zu können. Vierundzwanzigmal!«

Da donnerte Schmoll unversehens los: »Und sobald das fertig war, haben Sie auch das andere vordere Winkeleisen gelockert!«

Frau Körner begriff plötzlich, dass sie Schmoll auf den Leim gegangen war. Deswegen versicherte sie nochmals, wie mühsam es gewesen sei, die Flaschen einzeln vom Boden hoch in die Kisten auf dem Regal zu verfrachten. »Ich befand mich ja selbst in Lebensgefahr. Das Brett hätte zur Unzeit kippen können, wenn ich mich daran festgehalten oder gar abgestützt hätte!«

Hier schaltete sich Irma ein: »Aber die Aussicht, Edmund würde Ihrer Liaison mit Olaf Bär nicht mehr im Wege stehen, verlieh Ihnen Kraft und Hartnäckigkeit. Ihr einziger Gedanke war: Edmund muss weg! Er wird schon sehen, was passiert, wenn er die erste Flasche aus der Kiste zerrt!«

Edith Körner sackte vornüber und atmete schwer. Sie war nicht erschöpft, sondern sammelte Kraft für weitere Gegenwehr.

Irma sagte: »Und dann ist es passiert: Das Brett ist gekippt und die Flaschen sind abgestürzt – leider nicht auf Ihren Mann, sondern auf Olaf Bär.«

Schmoll brüllte: »Haben Sie das zweite Winkeleisen gelockert? Ja oder nein!«

»Das hat Olaf getan und hat nicht mehr daran gedacht, als er den Wein holen wollte.«

»Diese Version hatten wir schon«, sagte Schmoll trocken. »Ich rate Ihnen, Frau Körner, endlich die Wahrheit zu sagen. Ihr Fluchtversuch ist gescheitert, und Ihr Leugnen hilft Ihnen nichts mehr. Geben Sie endlich auf, Sie kommen so oder so ins Gefängnis, aber wenn Sie geständig sind, auf jeden Fall ein paar Jahre weniger. Oder wollen Sie alt und grau hinter Gittern werden? Wir haben Beweise gegen Sie!«

Schmolls letzter Satz war Bluff, aber verfehlte seine Wirkung nicht.

»Eins der Winkeleisen hat bereits gefehlt«, sagte Frau Körner ziemlich leise.

»Genauer bitte!«

»Das andere hab ich erst gelockert, nachdem die Flaschen umgelagert waren. Aber nur ein bisschen. Danach bin ich rasch weggegangen, weil ich Angst hatte, die Kisten würden mir jeden Augenblick selbst auf den Kopf fallen. Ich hatte Panik, Herr Kommissar.«

»Sie Ärmste! Angst und Panik! Das hätte ich Ihnen gar nicht zugetraut.«

»Ich kann wirklich nichts dafür, dass alles so gekommen ist.«

Schmoll, wieder in verbindlich väterlichem Ton, gab Edith Körner zu verstehen, es sei ja wirklich Künstlerpech gewesen.

Edith nickte eifrig. Selbstvergessen betrachtete sie ihre Hände mit den silbern lackierten Fingernägeln.

Durch diesen Anblick fiel Schmoll plötzlich ein weiteres Rätsel ein, das zu lösen war, die fehlenden Fingerabdrücke an den Flaschen und am Regal. Er ließ seine Augen auf ihren manikürten Händen ruhen und sagte: »Wenigstens haben Sie sich bei der schweren Arbeit der Flaschenumlagerung Ihre Hände nicht ruiniert.«

Frau Körner, besänftigt durch so viel Verständnis, antwortete gedankenverloren: »Natürlich habe ich Putzhandschuhe getragen.«

»Selbstverständlich«, sagte Schmoll. »Man muss ja an alles denken!«

Trotz Schmolls verbindlicher Bemerkung wurde es Frau Körner zunehmend mulmig. Der einzige Gedanke, der ihr blieb, war: endlich raus hier! Keine Frage mehr beantworten!

Aber dann platzte es geradezu aus ihr heraus, mit einer krächzenden Stimme, die wie Krähenschreie klang: »Sie haben ja Edmund, der hat doch das Mädchen vergiftet! Und dass die Flaschen Olaf getroffen haben, dafür kann ich nichts!«

Da stand Irma auf und reichte Edith das Phantombild von Olaf. »Erkennen Sie den Mann wieder, der Gerlinde Körner auf die Straßenbahngleise gestoßen hat?«

Sie starrte darauf, stieß einen Schrei aus und riss das Bild in Fetzen. »Ich hätte nicht auf ihn hören sollen!«, schrie sie.

»Er hat das ausgeheckt! Ich dachte, sein Plan wäre perfekt! Es ist alles schiefgelaufen, seit Edmund mit diesem jungen Mädchen angebandelt hat!«

Frau Körner wusste nicht weiter, wurde unerwartet still, legte den Kopf in den Nacken und lächelte gequält. Es überfiel sie das schale Gefühl, zu viel gesagt zu haben.

Weil Irma vorher keine Zeit gefunden hatte, Schmoll in ihre Recherchen über Gerlinde Körners Tod einzuweihen, wirkte er nach Ediths Wutausbruch etwas ratlos. Irma schob ihm eine Kopie des Phantombildes zu. Er erkannte in dem langhaarigen, bärtigen jungen Mann, den Edmund Körner nach dem Tod seiner ersten Frau beschrieben hatte, das glattrasierte Gesicht Olaf Bärs – und nun war auch Schmoll alles klar. Er nickte Irma zu, weiterzumachen.

Irma begann: »Sie, Frau Körner, und Olaf Bär waren ein Paar. Das Motiv für Ihre Straftaten war bei Ihnen beiden Geldgier. Sie wollten Edmund heiraten, um an sein Vermögen zu kommen. Aber Gerlinde war im Weg. Sie wurde von Olaf auf die Straßenbahngleise gestoßen und brach sich das Genick. Das war der erste Streich.«

Schmoll unterbrach und ergänzte: »Mit Ihrer Reaktion auf Olaf Bärs Phantombild haben Sie uns verraten, Gerlinde Körners Ermordung mitgeplant zu haben.«

Ediths selbstsichere Miene war einer erstaunt verzweifelten gewichen, und Irma fuhr fort: »Edmunds erster Schlaganfall kam Ihnen gerade recht, um sich an ihn heranzumachen, ihn mit scheinbar aufopfernder Hilfe rumzukriegen. Der korrekte Mann heiratete Sie, weil er sich verpflichtet fühlte. Damit war der zweite Streich gelungen.«

Jetzt nahm wieder Schmoll das Wort: »Leider stirbt Edmund nicht, sondern erholt sich. Doch er musste weg, sonst wären der erste und zweite Streich umsonst gewesen. Olaf besorgt Tollkirschen, kocht den tödlichen Sud und panscht ihn in den Wein. Sie, Frau Körner, bereiten im Keller zusätzlich die Kippwippe mit den Weinflaschen vor, die Edmund erschlagen soll, falls die Sache mit dem Gift im Wein nicht klappt. Und dann geht zweierlei schief: An dem vergifteten Wein muss Tina Eisele sterben und statt Edmund wird Olaf erschlagen. Zuerst, Frau Körner, schieben Sie beide Morde auf Ihren Ehemann, später auf Olaf Bär. Sie selbst retten mit diesen Aussagen vorerst Ihre Haut und wähnen sich als Siegerin: Edmund sitzt im Gefängnis, und Olaf ist tot und kann Sie nicht mehr verraten.« Schmoll beugte sich über den Tisch und fixierte Frau Körner: »Edmunds zweiter Schlaganfall ließ Sie hoffen, doch noch zur reichen Witwe zu werden. Da das aber auf sich warten ließ und Sie kein Risiko mehr eingehen wollten, beschlossen Sie, sich doch lieber vor seinem Prozess aus dem Staub zu machen. Ein wenig zu spät, Frau Körner. Denn heute Morgen hat Ihr Ehemann endlich sein Schweigen gebrochen. Er hat mir erzählt, wie Sie ihn gezwungen haben, Tina sterben zu lassen und ihre Leiche wegzuschaffen.«

Frau Körner hatte mit verzerrtem Gesicht den Ausführungen der beiden Ermittler zugehört. Sie brach nicht zusammen wie so mancher überführte Verbrecher, aber ihr irrer Blick verriet, dass sie begriffen hatte, dass ihr mörderisches Spiel zu Ende war.

»Ich denke, wir sehen uns heute noch beim Haftrichter wieder«, sagte Schmoll freundlich, und dann barsch: »Handschellen. Abführen.«

Bevor sie hinausgeführt wurde, musste Irma noch eine Frage an Frau Körner loswerden, die ihr auf der Seele brannte. »Bei Ihrer Verhaftung war kein Hund im Haus. Wo ist Amus?«

Sie bekam keine Antwort und sah schon eine dritte Leiche in der Körner'schen Villa liegen, diesmal die eines Hundes.

Als Schmoll Frau Körner zynisch und provokant fragte, ob sie auch den Hund tot oder lebendig am Eugensplatz ausgesetzt habe, sagte sie mürrisch: »Ausgesetzt schon, aber nicht am Eugensplatz, sondern vor dem Tierheim!«

Epilog

Mit Edith Körners Geständnis hatten sich die Mosaiksteine von drei Mordfällen, die ihren Ursprung in der Villa Körner hatten, zusammengefügt.

Schmoll triumphierte nicht, denn wieder einmal hatte er erfahren müssen, wie viel kriminelle Fantasie Menschen entwickelten, um Verbrechen zu begehen. Auch die Gewissheit, dass Edith Körner lebenslang hinter Gitter wandern würde, konnte Schmolls Gemüt nicht aufheitern. Ein wenig Genugtuung verspürte er nur, weil Ediths Geständnisse Edmund Körner wenigstens teilweise entlasteten.

Schmoll hatte das Bedürfnis, dem gebrochenen Edmund Trost zuzusprechen. Er rief im Justizvollzugskrankenhaus Hohenasperg an und fragte, ob er Edmund noch einmal besuchen dürfe. Diesmal käme er mit einer erfreulichen Nachricht. Aber obwohl Schmoll gelernt hatte, unheilvolle Botschaften mit Gelassenheit zu verkraften, ließ er fast den Telefonhörer fallen, als er hörte, Edmund Körner sei vor zwei Stunden einem dritten Schlaganfall erlegen.

Irma und Leo fuhren noch am selben Tag ins Tierheim, fanden dort tatsächlich Amus, der sie enthusiastisch begrüßte und Irma nicht mehr von der Seite wich. Nachdem die Leiterin des Tierheimes die Vorgeschichte des Hundes und seiner ehemaligen Besitzer gehört hatte, durften sie Amus, ohne die üblicherweise vorgeschriebenen Auflagen und Vorschriften zu erfüllen, sofort mit nach Hause nehmen.

Wer glücklicher war, Irma, Leo oder der Hund, war schwer zu sagen.

Herzlichen Dank

meinen Testlesern und Ratgebern:

Prof. Dr. **Daniela Festi** für die Idee, Irma und Leo auf Wanderungen in und um Stuttgart zu schicken; Oberstudienrätin **Christiane Bonnet** für sprachliche Korrekturen und die Anregungen zur Rehaklinik Hohenurach; Weltenbummlerin **Nika Schmalz** für den Remstaler Pulvermächer, den sie mir ins Buch gedrückt hat; Diplombibliothekarin **Gabi Stelter** für die Übersetzungen der italienischen Dialoge.

Konrad Jelden, Stuttgarter Polizeipräsident im Unruhestand, bekannt als Polizist mit Heimatliebe und Weinverstand, beantwortete mir wieder geduldig Fragen zum Polizeibetrieb, außerdem habe ich ihm für diesen Krimi sein Motto »Promille trüben die Pupille« geklaut.

Britt Reißmann, Krimiautorin und Mitarbeiterin im Polizeipräsidium Stuttgart, gab mir Nachhilfestunden zu Verfahrensfragen; **Simone Ulmer**, Besenwirtschaftsexpertin, erklärte mir die unterschiedliche Verwendung von Vierteles- oder Stielgläsern.

Luigi Baresi, ein alter Freund aus Sizilien, lieh mir seinen Namen und seinen Charme für die Figur des Taschendiebs.

Herzlichen Dank auch dem **Team des Silberburg-Verlags** für die gute Zusammenarbeit, besonders **Bettina Kimpel** für ihr einfühlsames, hilfreiches Lektorat.